原作：藤子《ふじこ》・F《エフ》・不二雄《ふじお》
著・脚本：伊藤公志《いとうさとし》
監督：寺本幸代《てらもとゆきよ》
小説
映画《えいが》ドラえもん
のび太の
絵世界物語《えせかいものがたり》

登場人物《とうじょうじんぶつ》

小説　映画ドラえもん

のび太の絵世界物語

藤子・F・不二雄／原作
伊藤公志／著・脚本　寺本幸代／監督

★小学館ジュニア文庫★

もくじ

プロローグ

空一面《そらいちめん》の羊雲《ひつじぐも》が、オレンジ色《いろ》に染《そ》まりかけている。鏡《かがみ》のような湖面《こめん》に、空《そら》がひっくり返《かえ》ったように映《うつ》っていて、絵画《かいが》のような美《うつく》しさ。ぷかりと浮《う》かんだ小島《こじま》には、石造《いしづく》りのお城《しろ》がそびえている。ひときわ目《め》を引《ひ》く高《たか》い尖塔《せんとう》の周《まわ》りに、夜《よる》が待《ま》ちきれないのか、気《き》の早《はや》い数匹《すうひき》のコウモリが飛《と》び交《か》っていた。

「マイロ～、いつまでそんなことをしているんじゃ」

その城《しろ》のお姫様《ひめさま》であるクレアのつまらなさそうな声《こえ》が聞《き》こえてくる。クレアは、ドレスが汚《よご》れるのを気《き》にする様子《ようす》もなく、芝生《しばふ》の上《うえ》に寝転《ねころ》んでほおづえをつき、ほっぺを膨《ふく》らませている。

不機嫌《ふきげん》そうに見《み》つめる視線《しせん》の先《さき》で、木炭《もくたん》で板《いた》に絵《え》を描《か》いているのは、クレアと同《おな》い年《どし》、六歳《ろくさい》の男《おとこ》の子《こ》、マイロ。

「ちょっと待《ま》ってよ。もう少《すこ》しだから……」

空《そら》を舞《ま》うコウモリの数《かず》も増《ふ》え始《はじ》めた。クレアはゴロリと転《ころ》がり、空《そら》を見上《みあ》げる。

「あの中《なか》に青《あお》いコウモリがいるかもしれんぞ！」

「え？　どこどこ？」

やっとマイロが手《て》を止《と》め、クレアの話《はなし》に耳《みみ》を傾《かたむ》けた。

この国《くに》には古《ふる》くから、青《あお》いコウモリは幸《しあわ》せを運《はこ》んで来《く》るという言《い》い伝《つた》えがあったからだ。

「伝説《でんせつ》の青《あお》いコウモリを探《さが》しに行《い》くのじゃ。迷《まよ》いの森《もり》に」

「え……あそこは悪魔《あくま》が出《で》るから行《い》っちゃいけない決《き》まりじゃないか」

湖《みずうみ》の小島《こじま》に立《た》つこの城《しろ》から、向《む》こう岸《ぎし》に向《む》かって大《おお》きな石橋《いしばし》がまっすぐ通《とお》っている。その橋《はし》を渡《わた》った先《さき》には城下町《じょうかまち》があり、さらにそのはずれには、迷《まよ》いの森《もり》と呼《よ》ばれる深《ふか》い森《もり》があり、悪魔《あくま》が出《で》ると恐《おそ》れられていた。

「絵《え》ばっか描《か》いてないで、一緒《いっしょ》に森《もり》で遊《あそ》ぶのじゃ！」

目《め》を三角《さんかく》にして怒《おこ》ったクレアだが、その青《あお》い瞳《ひとみ》があまりにきれいで、マイロはそれを描《か》きとめようと、さらに熱心《ねっしん》に木炭《もくたん》を走《はし》らせた。

「動《うご》かないで、じっとしててね」

何《なに》を言《い》っても手《て》を止《と》めないマイロに、とうとうクレアはしびれを切《き》らしてしまった。

「もう！　絵《え》なんか大《だい》っ嫌《きら》いじゃ！」

マイロが板《いた》に描《か》いていたのは、クレアが天真爛漫《てんしんらんまん》に遊《あそ》ぶ姿《すがた》だったのだが、結局《けっきょく》その絵《え》を見《み》ることもなく、おてんば姫《ひめ》はアカンベーをして、駆《か》け出《だ》して行《い》ってしまった。

＊

太陽《たいよう》が沈《しず》みかかった頃《ころ》、クレアの姿《すがた》は、城下町《じょうかまち》のはずれにある迷《まよ》いの森《もり》にあった。

「絵《え》ばっか……。マイロなんか嫌《きら》いじゃ……」

冷《つめ》たい風《かぜ》が足元《あしもと》をスゥと吹《ふ》き抜《ぬ》けていく。走《はし》って来《き》た身体《からだ》のほてりを冷《さ》ましてくれるような心地《ここち》よさもつかの間《ま》。風《かぜ》は徐々《じょじょ》に強《つよ》くなり、土煙《つちけむり》を上《あ》げながら、あっという間《ま》に竜巻《たつまき》のような渦《うず》になった。

「うわっ」

土《つち》や葉《は》っぱ、小石《こいし》も巻《ま》き上《あ》がり、クレアの身体《からだ》に遠慮《えんりょ》なく当《あ》たってくる。ドレスはバサバサと音《おと》を立《た》ててめくれ上《あ》がり、クレアはふんばらないと足元《あしもと》がすくわれそうになる。

「悪魔《あくま》のしわざか？」

クレアがそう思《おも》いたくなるような、小《ちい》さな稲妻《いなずま》があちこちでパチパチとはじけ、頭上《ずじょう》にブラックホールのような穴《あな》が、空間《くうかん》を引《ひ》き裂《さ》くようにして開《あ》いた。

あわてて逃《に》げようとするが、空間《くうかん》の裂《さ》け目《め》が大《おお》きな掃除機《そうじき》のように、周《まわ》りのものを吸《す》い込《こ》んでいく。長《なが》いドレスも風《かぜ》になびき、クレアは後《うし》ろへ後《うし》ろへと引《ひ》っ張《ぱ》られていく。

「な……なにが起《お》きている……んじゃ」

風《かぜ》で舞《ま》った砂粒《すなつぶ》が青《あお》い瞳《ひとみ》に入《はい》る。思《おも》わず目《め》を押《お》さえ、ふんばっていた足《あし》の力《ちから》が緩《ゆる》んだ瞬《しゅん》間《かん》だった。ぶわっ……小《ちい》さな身体《からだ》が宙《ちゅう》に浮《う》かんだ。

「！！！」

こうなると、どんなにジタバタしてもどうしようもない。ただただ風《かぜ》に運《はこ》ばれ、裂《さ》け目《め》の中《なか》へと引《ひ》きずり込《こ》まれ……飲《の》み込《こ》まれてしまった。その瞬間《しゅんかん》に大穴《おおあな》はふさがり、うなりを上《あ》げていた風《かぜ》はぴたりとやんだ。

森《もり》はいつもの静《しず》けさを取《と》り戻《もど》し、夜空《よぞら》にはコウモリが飛《と》び交《か》う。そして、地面《じめん》に落《お》ちたクレアの首飾《くびかざ》りだけが、月《つき》あかりに輝《かがや》いていた。

*

薄暗《うすぐら》く迷路《めいろ》のように入《い》り組《く》んだクノッソス宮殿《きゅうでん》。重《おも》い空気《くうき》を吸《す》い込《こ》むと、湿《しめ》ったかび臭《くさ》いにおいがする。陽《ひ》の光《ひかり》は全《まった》く届《とど》かず、昼《ひる》か夜《よる》かもわからない。そんな迷宮《めいきゅう》を、たいまつの明《あ》かりをたよりに、歩《ある》いている人《ひと》の姿《すがた》があった。

一人《ひとり》はメガネと半《はん》ズボンの少年《しょうねん》。おどおどとした歩《ある》き方《かた》ひとつ見《み》ても、気弱《きよわ》な感《かん》じが伝《つた》わってくる。暗闇《くらやみ》の中《なか》とはいえ、つまずいて転《ころ》んだり、天井《てんじょう》に頭《あたま》をぶつけたり、運動神経《うんどうしんけい》もあまり良《よ》くはなさそう。そんな少年《しょうねん》の名前《なまえ》は野比《のび》のび太《た》。小学五年生《しょうがくごねんせい》の男《おとこ》の子《こ》だ。

のび太《た》はいつも家《いえ》に帰《かえ》ると宿題《しゅくだい》そっちのけで昼寝《ひるね》をするほどの、ぐーたら少年《しょうねん》だが、今日《きょう》だけは違《ちが》った。二十二世紀《にじゅうにせいき》の未来《みらい》から来《き》て、普段《ふだん》は兄弟《きょうだい》のように暮《く》らしているネコ型《がた》ロボットのドラえもんと一緒《いっしょ》に、迷宮《めいきゅう》の中《なか》を進《すす》んでいた。ネコ型《がた》と言《い》っても身体《からだ》は青《あお》く、赤《あか》い鼻《はな》。ヒゲはあるもののとがった耳《みみ》はなく、だるまのようなフォルムをしている。でも、おなかには『四次元《よじげん》ポケット』と呼《よ》ばれる白《しろ》いポケットがついていて、未来《みらい》の道具《どうぐ》がたくさん入《はい》っている。困《こま》ったことや大変《たいへん》なことが起《お》きた時《とき》には、いつもその道具《どうぐ》で助《たす》けてくれる頼《たの》もしい存在《そんざい》なのだが、この時《とき》ばかりは自信《じしん》なさげにのび太《た》にたずねた。

「『はいりこみライト』の出口《でぐち》はどこだっけ?」

「わかるわけないだろ? とんでもない迷路《めいろ》じゃないか」

「でも、そもそもキミがこの迷宮《めいきゅう》に入《はい》りたいと言《い》ったんじゃ……」

そう言《い》いかけた時《とき》、ブルルルル〜!!!

鼻息《はないき》のような息《いき》づかいが聞《き》こえ、ドラえもんは言葉《ことば》を詰《つ》まらせた。

「ふざけないでよ、のび太《た》くん」

「ふざけてなんかないよ、今《いま》のは後《うし》ろから……」

ブルルルル〜! 確《たし》かに後《うし》ろから、今度《こんど》は、生暖《なまあたた》かい風《かぜ》まで感《かん》じた。

二人《ふたり》はおそるおそる振《ふ》り返《かえ》り、たいまつをかざしてみる。そこには両刃《りょうば》の大斧《おおおの》をかついだ怪物《かいぶつ》が二人《ふたり》を見下《みお》ろしていた。

「ミミミミ……ミノタウロス……」

ドラえもんの声《こえ》が震《ふる》えている。ギリシャ神話《しんわ》に登場《とうじょう》するミノタウロスとは、身体《からだ》は筋骨《きんこつ》隆々《りゅうりゅう》な人間《にんげん》で、頭《あたま》は雄牛《おうし》という半人半牛《はんじんはんぎゅう》の怪物《かいぶつ》。二人《ふたり》がどうしていいかわからず震《ふる》えていると、目《め》の前《まえ》に大斧《おおおの》が降《ふ》って来《き》て、石張《いしば》りの床《ゆか》を真《ま》っ二《ぷた》つにした。

「ギャアアアア！」

二人《ふたり》は、入《い》り組《く》んだ迷宮《めいきゅう》の中《なか》を逃《に》げ回《まわ》った。普段《ふだん》は縄跳《なわと》びも満足《まんぞく》にとべないのび太《た》だが、こういう時《とき》にはピカイチの運動神経《うんどうしんけい》を発揮《はっき》する。

しかし、散々《さんざん》逃《に》げ回《まわ》ったあげく、袋小路《ふくろこうじ》に行《い》きあたってしまった……。

「しまった、どうしよう……ドラえもん」

とっさに引《ひ》き返《かえ》そうとするが、背後《はいご》から鼻息《はないき》を荒《あら》くした怪物《かいぶつ》が、じわりじわりと、近《ちか》づいて来《く》る。次《つぎ》に大斧《おおおの》が振《ふ》り下《お》ろされれば、アジの干物《ひもの》みたいに切《き》り開《ひら》かれてしまうだろう。

「もうだめだぁ……」

のび太《た》が、頭《あたま》を抱《かか》えてミノタウロスから目《め》を背《そむ》けた時《とき》……

「あれ？」

横《よこ》の壁《かべ》に、空間《くうかん》を四角《しかく》く切《き》り抜《ぬ》いたような、時空《じくう》トンネルの出入《でい》り口《ぐち》である時空《じくう》ホールが浮《う》かんでいた。

「ドラえもん!! 出口《でぐち》があった!」

「はやく入《はい》るんだ〜!!」

ドラえもんはのび太《た》を、時空《じくう》ホールの中《なか》へ押《お》し込《こ》んだ。しかし、逆上《さかあ》がりも満足《まんぞく》にできないのび太《た》は、穴《あな》のへりにおなかをのせた状態《じょうたい》で足《あし》をジタバタさせている。

「ほら、はやく!」

慌《あわ》てたドラえもんは、のび太《た》の横《よこ》から頭《あたま》をねじ込《こ》み、二人《ふたり》はおしくらまんじゅうのようになりながら、時空《じくう》ホールの中《なか》へと消《き》えて行《い》った。

*

のび太《た》の友達《ともだち》の一人《ひとり》である骨川《ほねかわ》スネ夫《お》は、のび太《た》に意地悪《いじわる》をしたり、イヤミなことを言《い》ったりしてくるが、たまに遊《あそ》び飽《あ》きたゲームやマンガを貸《か》したりしてくれる一面《いちめん》もある。

スネ夫《お》のパパは会社《かいしゃ》の社長《しゃちょう》をしているお金持《かねも》ちで、骨董品《こっとうひん》や絵画《かいが》を飾《かざ》るコレクションルームまである大《おお》きな家《いえ》に住《す》んでいる。

その美術《びじゅつ》コレクションの一枚《いちまい》である大《おお》きな雪山《ゆきやま》の絵《え》が突然《とつぜん》ぐわりと歪《ゆが》み、額縁《がくぶち》から外《はず》れそうな勢《いきお》いで波打《なみう》ち始《はじ》めると、「ヤッホ〜ッ」と、絵《え》から三人《さんにん》の小学生《しょうがくせい》が飛《と》び出《で》て来《き》た。

一人《ひとり》はこの家《いえ》の子供《こども》である骨川《ほねかわ》スネ夫《お》。

もう一人《ひとり》は、気《き》は優《やさ》しいが、機嫌《きげん》が悪《わる》いとついのび太《た》をいじめてしまうガキ大将《だいしょう》、ジャイアン。名前《なまえ》は剛田武《ごうだたけし》だが、身体《からだ》と態度《たいど》の大《おお》きさからか、ジャイアンと呼《よ》ばれている。

最後《さいご》に、誰《だれ》にでも優《やさ》しく、一日三回《いちにちさんかい》はお風呂《ふろ》に入《はい》っていたいほどきれい好《ず》きの女《おんな》の子《こ》、源静香《みなもとしずか》だった。

「雪《ゆき》あそび、楽《たの》しかったわ〜」

「こう暑《あつ》いと、雪山《ゆきやま》の涼《すず》しさは最高《さいこう》だな」

頭《あたま》にのっていた雪《ゆき》を払《はら》いながら、しずかとジャイアンが言《い》った。

「ちょっと寒《さむ》すぎたよ」

スネ夫《お》が肩《かた》に雪《ゆき》をのせたまま震《ふる》えていると、のび太《た》の声《こえ》が聞《き》こえてきた。

「ぐにににに」

クノッソス宮殿《きゅうでん》の絵《え》の中《なか》からのび太《た》とドラえもんが飛《と》び出《で》て来《き》て、床《ゆか》へドスンと落《お》ちた。

その直後《ちょくご》、「グウォ～!!!」という雄叫《おたけ》びと共《とも》に、ミノタウロスが絵《え》の中《なか》から身《み》を乗《の》り出《だ》し、斧《おの》を振《ふ》り上《あ》げた。額縁《がくぶち》を乗《の》り越《こ》えて部屋《へや》の中《なか》に突入《とつにゅう》してきそうな勢《いきお》いだ。

「キャ～ッ」

真《ま》っ青《さお》になったしずかが悲鳴《ひめい》をあげる。

「どうしよう!　ドラえもん」

「えっとえっと……あれだあれ」

のび太《た》がすがりつくと、ドラえもんはおなかにある白《しろ》いポケットに手《て》を入《い》れた。ここには二十二世紀《にじゅうにせいき》の便利《べんり》なひみつ道具《どうぐ》がたくさんつまっているが、急《いそ》いでいる時《とき》に限《かぎ》って、穴《あな》の開《あ》いたヤカンやゲタの片《かた》っぽといったガラクタばかりしか出《で》て来《こ》ない。

「あれ、はいりこみライトがない」

「それなら、テーブルの上《うえ》だよ!!」

『はいりこみライト』は、ライトの光《ひかり》を当《あ》てると、その絵《え》の中《なか》に入《はい》ることができるという二十二世紀《にじゅうにせいき》の「ひみつ道具《どうぐ》」で、効果《こうか》を消《け》したい場合《ばあい》は、スイッチを逆《ぎゃく》に入《い》れることで放《はな》たれる解除光線《かいじょこうせん》を当《あ》てなくてはならない。

ドラえもんは、すぐさま『はいりこみライト』を拾《ひろ》い上《あ》げ、クノッソス宮殿《きゅうでん》の絵《え》に照射《しょうしゃ》した。

「はいりこみライト、解除《かいじょ》～！！！」

とたんにミノタウロスは、ジタバタしながら絵《え》に吸《す》い込《こ》まれていき、骨川家《ほねかわけ》の美術《びじゅつ》コレクションの一《ひと》つに戻《もど》った。

のび太《た》は、おそるおそる絵《え》の表面《ひょうめん》をノックしてみる。

「ちゃんと元《もと》に戻《もど》ったみたい。でも、絵《え》の中《なか》の怪物《かいぶつ》でよかったよ、あんなのが現実《げんじつ》にいたら大変《たいへん》だもんね」

一安心《ひとあんしん》したものの、今度《こんど》はスネ夫《お》にコレクション自慢《じまん》の火《ひ》がともったようで、得意《とくい》げに語《かた》り始《はじ》めた。

「たしかにこの絵《え》にあるミノタウロスは、神話《しんわ》の中《なか》の怪物《かいぶつ》だけど、クノッソス宮殿《きゅうでん》そのものは、本当《ほんとう》にあるんだよ。ミノア文明《ぶんめい》といってね、この宮殿《きゅうでん》の発見《はっけん》によって、失《うしな》われた文《ぶん》

「明の存在がわかったんだ」

スネ夫が一度自慢話を語り始めると、なかなか止まらない。すっと横に移動し、隣の絵に描《か》かれている、トロイの木馬《もくば》についての解説《かいせつ》も始《はじ》めた。

「トロイの木馬《もくば》で知《し》られるトロイ遺跡《いせき》だって、おとぎ話《ばなし》の世界《せかい》だと言《い》われていたのに、十九世紀《きゅうせいき》になって発見《はっけん》されたんだよ。ロマンあるじゃないか。もしかしたら歴史《れきし》に埋《う》もれたまま見《み》つかっていない国《くに》や文明《ぶんめい》というのは、まだまだあるのかもしれないね」

「おい、歴史《れきし》の勉強《べんきょう》はどうでもいい。もっとほかの絵《え》に入《はい》りこんで遊《あそ》ぼうぜ」

ジャイアンがケーキの絵《え》を指《ゆび》さして言《い》った。

スネ夫《お》の講義《こうぎ》にうんざりしていたのび太《た》やしずかも後《あと》に続《つづ》く。

「わたしは、南国《なんごく》のビーチがいいわ」

「じゃあぼくは空《そら》を飛《と》びたい」

「よーし、それじゃまとめてみんな、いってらっしゃ～い！」

ドラえもんはみんなの夢《ゆめ》をかなえてあげようと、それぞれの絵《え》に、『はいりこみライト』の光《ひかり》を当《あ》ててあげるのだった。

01

絵《え》が落《お》ちて来《き》た!?

チリーン。

野比家《のびけ》の居間《いま》の軒先《のきさき》で、風鈴《ふうりん》が涼《すず》しげな音《おと》を立《た》てている。

ドラえもんは冷蔵庫《れいぞうこ》からメロンアイスを持《も》ってくると、座《すわ》る前《まえ》から食《た》べ始《はじ》め、扇風機《せんぷうき》の風《かぜ》が一番当《いちばんあ》たる場所《ばしょ》を陣取《じんど》った。

「ふぅ、こうも暑《あつ》いと、何《なに》もしたくなくなるよね。のび太《た》くん」

しかし、いるはずののび太《た》から返事《へんじ》がない。

「あれ、どうしたの？　珍《めずら》しいことしちゃって」

のび太《た》は流《なが》れる汗《あせ》も気《き》にせず、夏休《なつやす》みの宿題《しゅくだい》でパパの絵《え》を描《か》いていた。真剣《しんけん》なまなざしの先《さき》では、パパが座布団《ざぶとん》を枕《まくら》にして寝《ね》そべっている。

「ふあ～」

パパが大《おお》あくびをして寝返《ねがえ》りをうつ。

「動《うご》かないでよパパ。うまく描《か》けないんだからさぁ」

「すまんすまん」と、眠気《ねむけ》まなこのパパ。

ドラえもんは、のび太《た》がどんな絵《え》を描《か》いているかとのぞき込《こ》んでみた。絵《え》の下手《へた》さは知《し》っていたから、そこまでの期待《きたい》はしていなかったものの、その想像《そうぞう》を超《こ》えた下手《へた》さに、思《おも》わず「ククク」と笑《わら》ってしまった。

「なんだよドラえもん。パパが動《うご》くからうまく描《か》けないんだよ」

「ククク……そう？　パパが動《うご》いても動《うご》いてなくても、あまり関係《かんけい》なさそうだよ。アハハ」

と、ドラえもんが笑《わら》うと、パパがあくび混《ま》じりに言《い》う。

「いいか、絵《え》で大事《だいじ》なのはうまく描《か》くことじゃないんだ」

パパが若《わか》い頃《ころ》に画家《がか》を目指《めざ》したほどの腕前《うでまえ》なのを知《し》っているのび太《た》は、絵《え》が簡単《かんたん》に上達《じょうたつ》する方法《ほうほう》でも聞《き》けるのかと前《まえ》のめりになった。

「絵《え》で大事《だいじ》なのは……なに⁉」

「大事《だいじ》なのは……その……なんだ……。グ～……グ～」

パパは、言《い》いかけたまま肝心《かんじん》なことを口《くち》にせずに寝《ね》てしまった。

「もう!」

やる気《き》を失《うしな》ったのび太《た》は、鉛筆《えんぴつ》を放《ほう》り出《だ》し、畳《たたみ》にゴロンと転《ころ》がった。

「あーあ、やっぱりこうなっちゃうんだ。夏休《なつやす》みが始《はじ》まってすぐに宿題《しゅくだい》を始《はじ》めるっていうから、はいりこみライトも出《だ》してあげたのになぁ」

スネ夫《お》の家《いえ》でたくさんの絵《え》を見《み》たり、その中《なか》に入《はい》ったりしたのも、もともとはスケッチの参考《さんこう》にするためだった。

「いいのいいの。夏休《なつやす》みはまだまだあるんだから、終《お》わるまでにやればいいでしょ」

「そう言《い》って、いつも夏休《なつやす》みの最後《さいご》に大変《たいへん》な思《おも》いをするんじゃないか」

ドラえもんの言葉《ことば》に、のび太《た》は返事《へんじ》をするのも面倒《めんどう》だといわんばかりに背中《せなか》を向《む》けた。

「はぁ~、いやなことはすぐに後回《あとまわ》しにするんだからまったく……」

食《た》べ終《お》わったメロンアイスの入《い》れ物《もの》を持《も》ってドラえもんは居間《いま》を出《で》ていく。

「あーあ。出来上《できあ》がった絵《え》でも降《ふ》って来《こ》ないかなっと」

のび太《た》は、なんとはなしに消《け》しゴムを天井《てんじょう》に向《む》かって投《な》げた。コツ。天井《てんじょう》に当《あ》たり、はね返《かえ》ってきたのをキャッチする。再《ふたた》び投《な》げて、天井《てんじょう》にコツンとやって、キャッチ。そればかりを続《つづ》けていたら、突然《とつぜん》、天井《てんじょう》にマンホールのような黒《くろ》くて丸《まる》い穴《あな》が開《あ》いた。

「えっ⁉」

穴《あな》が開《あ》いたことに驚《おどろ》いたが、そこへ向《む》けてもう一度《いちど》消《け》しゴムを投《な》げ上《あ》げると、偶然《ぐうぜん》にもそのど真《ま》ん中《なか》を潜《くぐ》り抜《ぬ》け……消《き》えた。

「ふぎゃっ！」

なぜだか、穴《あな》の奥《おく》から声《こえ》が聞《き》こえてきた。

「どういうこと？」

のび太《た》は、身体《からだ》を起《お》こして黒《くろ》い穴《あな》を見《み》つめる。すると、そこから消《け》しゴムではない何《なに》かが落《お》ちて来《き》て、頭《あたま》にゴツン！　と、当《あ》たった。

「イテテテテ」

それは見《み》たことのない板切《いたき》れだった。見上《みあ》げると、天井《てんじょう》の穴《あな》も既《すで》に消《き》えている。

「え⁉」

落《お》ちて来《き》た板《いた》は、ちょうどかまぼこのような形《かたち》をしていた。のび太《た》は不思議《ふしぎ》そうに、板《いた》と天井とを交互に見るばかり。でも、こんな不思議なことが起きているのに、パパはずっと、いびきをかいたままでいる。

「ぼくの昼寝好《ひるねず》きは、パパゆずりだな」などと、ひとり言《ごと》を言《い》いながら、ふと板《いた》を裏返《うらがえ》してみると……。

「え⁉　なにこれ？　ドラえも～ん‼」

ドラえもんを呼《よ》んで、かまぼこ形《がた》の板《いた》を見《み》せた。

「これが天井《てんじょう》から降《ふ》って来《き》ただって？」

「そうなんだよ。出来上《できあ》がった絵《え》でも落《お》ちて来《こ》ないかなと思《おも》ったら……」

かまぼこ形《がた》の板《いた》の裏《うら》には、薄暗《うすぐら》い森《もり》の中《なか》を走《はし》る女《おんな》の子《こ》の絵《え》が描《か》かれていた。エレガントなドレスを着《き》ていて、どこかの国《くに》のお姫様《ひめさま》かもしれない。

ドラえもんは、絵《え》が板《いた》に描《か》かれていることに注目《ちゅうもく》した。普通《ふつう》はキャンバスといって、木《き》の枠《わく》に白《しろ》い生地《きじ》が張《は》られたものや、画用紙《がようし》に描《か》くことが多《おお》いが、この絵《え》は板《いた》を使《つか》っている。

しかも、かまぼこのような形《かたち》。もともとは四角《しかく》い板《いた》に描《か》かれていたものが丸《まる》く切《き》られ、下半分《したはんぶん》だけが残《のこ》ったようにも見《み》える。

「これはコウモリ？」

のび太《た》が女《おんな》の子《こ》の上《うえ》に飛《と》んでいるものを指《ゆび》さして言《い》った。

「そうみたいだけど…変《へん》に青《あお》いね」

「え？　青《あお》じゃないよ、どっちかっていうと紫《むらさき》に見《み》えるけど？」

ドラえもんは、じっくり見《み》ようと、絵《え》を目《め》の前《まえ》に持《も》ってくる。すると、コウモリの色《いろ》が青《あお》から紫色《むらさきいろ》に変化《へんか》したのがわかった。

「あ、色《いろ》が変《か》わるんだ」

絵《え》を左右《さゆう》に傾《かたむ》けたり戻《もど》したりしてみると、青《あお》から紫《むらさき》、そしてピンク味《み》を帯《お》びた青《あお》へと色《いろ》が変《か》わり、ホログラムのシールを見《み》ているよう。

「でも、時空《じくう》ホールのような穴《あな》が開《あ》いて、こんな絵《え》が降《ふ》って来《き》たなんて……どういうことだろう」

「そうだ！　この子《こ》に直接《ちょくせつ》聞《き》いてみよう！」

のび太《た》は、絵《え》の中《なか》の女《おんな》の子《こ》を指《ゆび》さした。

二人《ふたり》でのび太《た》の部屋《へや》に戻《もど》ると、ドラえもんは、ポケットから『はいりこみライト』を取《と》り出《だ》し、女《おんな》の子《こ》の絵《え》に光《ひかり》を当《あ》てた。

「女《おんな》の子《こ》に聞《き》いたって、時空《じくう》ホールから落《お》ちて来《き》た理由《りゆう》なんてわからないと思《おも》うけど…」

絵《え》を畳《たたみ》に置《お》くと、プルン……と、池《いけ》に小石《こいし》を落《お》としたように波紋《はもん》が広《ひろ》がる。

靴《くつ》を持《も》って待《ま》っていたのび太《た》は、ドラえもんの意見《いけん》には耳《みみ》を貸《か》さず、「それっ」と、絵《え》の中《なか》へ飛《と》び込《こ》んだ。

これが、大冒険《だいぼうけん》へ向《む》かう最初《さいしょ》の一歩《いっぽ》になるなんて知《し》らないままに……。

＊

絵《え》の中《なか》に入《はい》り込《こ》んだのび太《た》は、周《まわ》りの景色《けしき》を見《み》て「?」となった。頭《あたま》の上《うえ》に地面《じめん》があって、足元《あしもと》に大空《おおぞら》が広《ひろ》がっていたからだ。どういうことかと理解《りかい》がおいつく間《ま》もなく、地面《じめん》に引《ひ》っ張《ぱ》られ、『頭上《ずじょう》に』ドスンとたたきつけられた。

これは絵《え》を畳《たたみ》に置《お》いたせいで、のび太《た》の部屋《へや》と、絵《え》の中《なか》の世界《せかい》とが地面同士《じめんどうし》でくっつくようにつながってしまったからだった。あとから来《き》たドラえもんも、絵《え》から飛《と》び出《で》て、空中《くうちゅう》でU《ユー》ターンをして、のび太《た》の上《うえ》にドスンと落《お》ちた。

「うぎゃっ」

「ごめん……のび太《た》くん……」

絵《え》の中《なか》の世界《せかい》は、広葉樹《こうようじゅ》がひしめきあう深《ふか》い森《もり》。葉《は》っぱで遮《さえぎ》られた日光《にっこう》が、ところどころから筋《すじ》となって降《ふ》り注《そそ》ぎ、神秘的《しんぴてき》な雰囲気《ふんいき》を漂《ただよ》わせていた。

「あの子《こ》はどこにいるんだろう」

のび太《た》は周《まわ》りをキョロキョロしながら女《おんな》の子《こ》を探《さが》す。

「絵《え》に描《か》いてあったんだ。近《ちか》くにいるはずだよ」

太陽《たいよう》に雲《くも》がかかったのか、木漏《こも》れ日《び》が消《き》え、まわりが薄暗《うすぐら》くなる。

「半袖《はんそで》だとちょっと寒《さむ》いね」

のび太《た》は身《み》を縮《ちぢ》こませた。すると今度《こんど》は雲《くも》が切《き》れ、森《もり》の奥《おく》が明《あか》るくなる。その光《ひかり》の中《なか》を、絵《え》で見《み》た通《とお》りのドレス姿《すがた》の子《こ》が横切《よこぎ》った。

「ねえ、待《ま》ってよ」

のび太《た》は女《おんな》の子《こ》を追《お》いかけて走《はし》り出《だ》し、ドラえもんもそれに続《つづ》く。

女《おんな》の子《こ》は手《て》を伸《の》ばしながら、チョウを追《お》いかけているようだった。それなのに走《はし》るのが速《はや》く、追《お》いつけないどころか見失《みうしな》ってしまった。

「ハァ……。ずいぶん元気《げんき》な子《こ》だな」

そんな二人《ふたり》を、木《き》の枝《えだ》からじっと見《み》ている生《い》き物《もの》がいる。それはコウモリのように逆《さか》さにぶら下《さ》がり、獲物《えもの》を見《み》るかのように目《め》を光《ひか》らせていた……。


花《はな》にとまったチョウをつかまえようと、ドレスの女《おんな》の子《こ》が息《いき》を殺《ころ》して手《て》を伸《の》ばした時《とき》、ひと筋《すじ》の木漏《こも》れ日《び》がスポットライトのように降《ふ》り注《そそ》いだ。すると、その瞳《ひとみ》が光《ひかり》を受《う》けて、薄《うす》い青《あお》から深《ふか》い青《あお》へ、さらに紫色《むらさきいろ》へと、宝石《ほうせき》のように輝《かがや》いた。チョウはその光《ひかり》に反応《はんのう》したのか、空高《そらたか》く飛《と》んで行《い》く。

女《おんな》の子《こ》がチョウの後《あと》を追《お》いかけたその時《とき》だった。

「！！！」

突然《とつぜん》あたりが真《ま》っ暗《くら》になると同時《どうじ》に、身体《からだ》がふわりと浮《う》き上《あ》がったと思《おも》ったら……ドシン。尻《しり》もちをつくと、今《いま》までいた森《もり》とは全《まった》く違《ちが》う場所《ばしょ》になっていた。

女《おんな》の子《こ》が痛《いた》そうに身体《からだ》をさすっている場所《ばしょ》は、畳《たたみ》の上《うえ》だった。と、いっても、彼女《かのじょ》は畳《たたみ》なんてものは知《し》らない。それだけじゃない、周《まわ》りにあるもの、置《お》かれている物《もの》すべてが、初《はじ》めて目《め》にするものばかり。

「……………」

畳《たたみ》の上《うえ》には、おもちゃや読《よ》みかけのマンガ本《ぼん》、ランドセルが乱雑《らんざつ》に転《ころ》がり、机《つくえ》の上《うえ》には、途中《とちゅう》で投《な》げ出《だ》した宿題《しゅくだい》のノート……。ガラス窓《まど》や天井《てんじょう》からぶら下《さ》がる電気《でんき》の傘《かさ》も、何《なに》もかもが、女《おんな》の子《こ》にとっては何《なに》がなんだかわからない。

「のび太《た》〜？　いるの？」

顔《かお》を出《だ》したのはのび太《た》のママ。そう、ここはのび太《た》の部屋《へや》。少女《しょうじょ》は、『はいりこみライト』の出入《でい》り口《ぐち》を抜《ぬ》け、現実世界《げんじつせかい》へ迷《まよ》い込《こ》んでしまっていたのだった。

まごまごしている女《おんな》の子《こ》に、ママは、精一杯《せいいっぱい》の笑顔《えがお》を浮《う》かべて、語《かた》りかけた。

「まぁ、かわいらしいドレスを着《き》て。のび太《た》のお友達《ともだち》？」

ところが、ドレスから足元《あしもと》に目《め》をやってビックリ仰天《ぎょうてん》。

「ど……どどどど……土足《どそく》⁉」

少女《しょうじょ》は、靴《くつ》を履《は》いたままで、畳《たたみ》の上《うえ》はすでに泥《どろ》だらけになっている。

「やめて～！！！」

ママの金切《かなき》り声《ごえ》に驚《おどろ》いた少女《しょうじょ》は、その横《よこ》をすり抜《ぬ》けて、部屋《へや》の外《そと》へと逃《に》げ出《だ》した。

「ちょっと待《ま》って！　靴《くつ》を脱《ぬ》いでからにしてちょうだい！」


居間《いま》ではパパがテレビのニュースを夢中《むちゅう》で見《み》ていた。画面《がめん》に『謎《なぞ》の絵画大発見《かいがだいはっけん》』というテロップが躍《おど》り、美術評論家《びじゅつひょうろんか》が熱《ねつ》っぽく語《かた》っている。

「これは美術史《びじゅつし》を塗《ぬ》り変《か》える大発見《だいはっけん》です！」

ヨーロッパ南東《なんとう》の山岳地帯《さんがくちたい》で行《おこな》われている発掘調査《はっくつちょうさ》で見《み》つかった遺跡《いせき》が、歴史《れきし》の年表《ねんぴょう》に登場《とうじょう》していない、未知《みち》の文明《ぶんめい》のものであることが専門家《せんもんか》に指摘《してき》されていた。

「それだけでも大《おお》きな発見《はっけん》なのですが、そこで珍《めずら》しい絵画《かいが》が見《み》つかったんです」

その絵《え》には、大《おお》きな湖《みずうみ》に小島《こじま》が浮《う》かんでいる様子《ようす》が描《えが》かれていて、島《しま》には、石造《いしづく》りのお城《しろ》が立《た》っている。どうしてこの絵《え》が美術史《びじゅつし》を塗《ぬ》り変《か》えるほどの絵《え》なのかというと、秘密《ひみつ》は塗《ぬ》られた色《いろ》にあった。湖《みずうみ》の青色《あおいろ》が、見《み》る角度《かくど》によってキラキラと輝《かがや》きながら変化《へんか》し、赤《あか》っぽく見《み》えたり、紫《むらさき》がかって見《み》えたりするのだという。

「十三世紀《じゅうさんせいき》頃《ごろ》の作品《さくひん》と思《おも》われますが、この不思議《ふしぎ》な青《あお》はとても珍《めずら》しく、現代《げんだい》においても再《さい》現《げん》は不可能《ふかのう》だといわれております」

絵《え》の具《ぐ》は、石《いし》や土《つち》から作《つく》られるが、このような特殊《とくしゅ》な輝《かがや》きを放《はな》つ青色《あおいろ》を作《つく》り出《だ》せる鉱石《こうせき》は、現代《げんだい》でも見《み》つけられていないらしい。

「このブルーを作《つく》り出《だ》せる石《いし》が発見《はっけん》されれば、ダイヤモンド以上《いじょう》、いや、数百億円《すうひゃくおくえん》の価値《かち》はあるでしょうね」

「ふーん、すごい発見《はっけん》だなぁ」

若《わか》い頃《ころ》に画家《がか》を目指《めざ》していたパパは、このニュースをみて感心《かんしん》している。

そこへドタドタとやってきたのは、さっきの女《おんな》の子《こ》。

ママと追《お》いかけっこをしながらテーブルの周《まわ》りをぐるぐる回《まわ》っている。

テレビの前《まえ》を何度《なんど》も横切《よこぎ》るが、パパはニュースに夢中《むちゅう》で、まばたきも忘《わす》れている。

「こら、のび太《た》……。テレビが見《み》えないぞ」

どうやら、女《おんな》の子《こ》をのび太《た》だと勘違《かんちが》いするほど画面《がめん》に食《く》い入《い》っているようだ。

そしてとうとう女《おんな》の子《こ》は、窓《まど》から庭《にわ》へ降《お》り、さらに家《いえ》の外《そと》へと逃《に》げて行《い》ってしまった。

「な、なんてすばしっこい子《こ》なの……」

すっかりへたり込《こ》んでしまったママ。

それとは対照的《たいしょうてき》に、パパは、少女《しょうじょ》の足《あし》あとだらけの畳《たたみ》の上《うえ》で、最後《さいご》までこの騒動《そうどう》に気《き》づかず、ニュースに夢中《むちゅう》のままだった。


「はわぁ～」

飛《と》び出《で》て行《い》った女《おんな》の子《こ》は、口《くち》をあんぐりと開《あ》けて、家《いえ》が立《た》ち並《なら》んだ東京《とうきょう》の街並《まちな》みの中《なか》にいた。もらした言葉《ことば》は、どこの国《くに》のものかは不明《ふめい》だが、驚《おどろ》いていることだけはわかった。

目《め》にしたこともない高《たか》さの建物《たてもの》、城下町《じょうかまち》よりもたくさんの家々《いえいえ》。歩《ある》く人々《ひとびと》の格好《かっこう》は、そのどれもが彼女《かのじょ》には奇妙《きみょう》に見《み》えた。自転車《じてんしゃ》やバイクは、魔法使《まほうつか》いか悪魔《あくま》の乗《の》り物《もの》のようだし、自動車《じどうしゃ》は鉄《てつ》の馬《うま》だ。もっと気《き》になったのは信号機《しんごうき》で、赤《あか》く光《ひか》ったり緑《みどり》になったりするのを、いつまでも見《み》ていた。そんな見知《みし》らぬ町《まち》で、彼女《かのじょ》にとって一《ひと》つだけ見覚《みおぼ》えのあるものが飛《と》んでいた。それは……チョウ。見《み》つけたとたん、手《て》を伸《の》ばして追《お》いかけ始《はじ》めた。

しずかはピアノのレッスンを終《お》え、家《いえ》に帰《かえ》る途中《とちゅう》だった。大《おお》きな交差点《こうさてん》を渡《わた》り、その先《さき》にあるビルの工事現場《こうじげんば》にさしかかった時《とき》、ドレスを着《き》た女《おんな》の子《こ》が目《め》にとまった。

「あら、見慣《みな》れない子《こ》ね……」

その子《こ》は、チョウの後《あと》を追《お》って、工事現場《こうじげんば》の中《なか》へ入《はい》っていく。

「え⁉」

しずかが目《め》を丸《まる》くしながら中《なか》をのぞくと、大《おお》きなダンプカーが砂利《じゃり》を運《はこ》んでいたり、ショベルカーがアームを回転《かいてん》させていたり、クレーンで吊《つ》られた鉄骨《てっこつ》が上下《じょうげ》していたりする。

「危《あぶ》ないわよ！　戻《もど》っておいで～‼」

しかし、少女《しょうじょ》はチョウに夢中《むちゅう》で気《き》づかない。ダンプカーにひかれそうになったかと思《おも》えば、コンクリートの池《いけ》に落《お》ちそうになったり、吊《つ》り下《さ》がった鉄骨《てっこつ》スレスレを走《はし》ったり。

「はっ、わっ、キャッ！」

危険《きけん》な瞬間《しゅんかん》を見《み》るたび、目《め》を覆《おお》ってしまう。今《いま》は運《うん》よく避《よ》けられているようだが、この先《さき》の巨大《きょだい》プレス機《き》に入《はい》ってしまうと、ぺらぺらの玄関《げんかん》マットにされてしまう。

「行《い》っちゃダメ～！！！」

しずかの大声《おおごえ》を耳《みみ》にした現場監督《げんばかんとく》が、少女《しょうじょ》に気《き》づいて叫《さけ》んだ。

「ストップストップ‼」

その号令《ごうれい》によって、ダンプカーやショベルカーのほか、すべての重機《じゅうき》が緊急停止《きんきゅうていし》した。

それは、少女《しょうじょ》が玄関《げんかん》マットになる寸前《すんぜん》のタイミングだった。

「ふう……」

ひとまず胸《むね》をなでおろしたが、そのことにすら気《き》づいていない少女《しょうじょ》は、何食《なにく》わぬ顔《かお》で工《こう》事現場《じげんば》の外《そと》へ。今度《こんど》は、大《おお》きな交差点《こうさてん》へと向《む》かっていったものだから、しずかのハラハラは止《と》まらない。そこは、街《まち》でも一番《いちばん》の大通《おおどお》りでたくさんの車《くるま》が行《い》き来《き》している場所《ばしょ》だ。

「え？　まさか……」

信号《しんごう》が赤《あか》にもかかわらず、少女《しょうじょ》は道路《どうろ》の中《なか》へと突《つ》き進《すす》もうとしていて、その先《さき》には、車《くるま》がビュンビュンと飛《と》ぶように走《はし》っている。

「ダメよ！　道路《どうろ》に入《はい》っちゃ‼」

しずかの声《こえ》は全《まった》く届《とど》かず、少女《しょうじょ》はそのまま車道《しゃどう》へ入《はい》ってしまった。これではペチャンコになってしまう！　そんな時《とき》、ジャイアンとスネ夫《お》が歩《ある》いて来《く》るのが見《み》えた。

「たけしさん！　その子《こ》を止《と》めて！！！」

「ん？」

自分《じぶん》の名前《なまえ》を呼《よ》ばれた気《き》がして、ジャイアンがキョロキョロしていると、赤信号《あかしんごう》の交差《こうさ》点《てん》に入《はい》り込《こ》んで行《い》く少女《しょうじょ》の姿《すがた》が目《め》に入《はい》った。

「見《み》てよジャイアン！　あの子《こ》！」

スネ夫《お》が指《ゆび》さす先《さき》で、女《おんな》の子《こ》が右折《うせつ》してきたトラックに、巻《ま》き込《こ》まれかけている。しずかも「キャッ」と、思《おも》わず顔《かお》を覆《おお》った。あわや大事故《だいじこ》というその直前《ちょくぜん》で、ジャイアンは、女《おんな》の子《こ》を後《うし》ろから引《ひ》っ張《ぱ》り、抱《かか》え込《こ》みながら路肩《ろかた》へ倒《たお》れ込《こ》んだ。

ブロロロロ……。何事《なにごと》もなかったかのように走《はし》り去《さ》っていくトラック。

「おい、大丈夫《だいじょうぶ》か？」

ジャイアンが、女《おんな》の子《こ》をゆっくりと立《た》たせてあげているところへ、しずかとスネ夫《お》が駆《か》けつける。

「ありがとう、たけしさん」

「ジャイアンがいなかったらキミはペチャンコにされてたところだよ」

スネ夫《お》が女《おんな》の子《こ》に言葉《ことば》をかけるが、その返答《へんとう》に驚《おどろ》いてしまった。

「ペラペラリン、ペラリンコ」

「え？　もしかして日本語《にほんご》わからないの？」

絵《え》から飛《と》び出《で》た少女《しょうじょ》は、必死《ひっし》に語《かた》っているが、三人《さんにん》は何《なに》を言《い》っているかも、それが何語《なにご》なのかもわからない。

「ひとまず、ぼくんちそこだから、紅茶《こうちゃ》でも飲《の》んで落《お》ち着《つ》こうよ」

「そうだ。スネ夫《お》んちなら、うまいおやつも食《く》えるし、いいじゃないか」

「ペラペラペラリン！」

「困《こま》ったわねぇ～こういう時《とき》、ドラちゃんがいてくれたら……」

しずかが、ため息《いき》をついていたところに「あ！　いた！」と、聞《き》き覚《おぼ》えのある声《こえ》が聞《き》こえてきた。それはのび太《た》とドラえもん。絵《え》の中《なか》から一旦《いったん》戻《もど》った二人《ふたり》は、部屋《へや》の足《あし》あとを見《み》て、女《おんな》の子《こ》が現実世界《げんじつせかい》に出《で》てしまったことを知《し》り、街《まち》じゅうを探《さが》していたのだという。

青《あお》い瞳《ひとみ》の少女《しょうじょ》を連《つ》れ、みんなはスネ夫《お》の家《いえ》のリビングへやって来《き》た。

女《おんな》の子《こ》は、テレビや時計《とけい》、ガラス戸《ど》でさえも珍《めずら》しいのか、興味津々《きょうみしんしん》でさわったり動《うご》かしたりしてみては、聞《き》いたことのない言葉《ことば》で感嘆《かんたん》の声《こえ》を上《あ》げている。

そこでドラえもんは、四次元《よじげん》ポケットからおなじみのひみつ道具《どうぐ》を取《と》り出《だ》した。

「『ほんやくコンニャク』〜!」

これを食《た》べると、どんな言葉《ことば》でもわかるようになる。

「はい、これを食《た》べてみて」

『ほんやくコンニャク』を差《さ》し出《だ》された女《おんな》の子《こ》は、おそるおそる顔《かお》を近《ちか》づけると、くんくんしただけで、プイと顔《かお》を背《そむ》けてしまった。

「あれ、おかしいなぁ」

困《こま》っているドラえもんに、スネ夫《お》が言《い》った。

「日本人《にほんじん》じゃなければ、コンニャクなんて、食《た》べ物《もの》かどうかすらわからないよ」

「そういうことなら……」

「え？　もっといい翻訳機《ほんやくき》でもあるの？」

のび太《た》も期待《きたい》を膨《ふく》らませている。

「それならぼくたちみんなで食《た》べよう！」

ドラえもんは、五人前《ごにんまえ》の『ほんやくコンニャク』を取《と》り出《だ》した。

「ありゃ、そういうこと……か」と、ずっこける一同《いちどう》だったが、みんなが『ほんやくコンニャク』を食《た》べたことで、やっと女《おんな》の子《こ》と話《はな》せるようになった。

最初《さいしょ》にのび太《た》が、おそるおそる話《はな》しかけてみる。

「えー、テストテスト。ぼくの言葉《ことば》はわかる？」

みんなの視線《しせん》が、女《おんな》の子《こ》に集《あつ》まる。彼女《かのじょ》の顔《かお》がパッとにこやかになった。

「お、お主《ぬし》の言葉《ことば》がわかるぞ!!」

彼女《かのじょ》の言葉《ことば》を聞《き》き取《と》ることができた瞬間《しゅんかん》だった。

すぐに、しずかが状況《じょうきょう》を説明《せつめい》する。

「すごいでしょ、ドラちゃんは未来《みらい》のロボットなのよ。そのおかげでこうやって話《はな》せるようになったの」

「ロ……ボットとな？」

「ロボットってのは、魔法使《まほうつか》いみたいなもんだよ」

ジャイアンがわかりやすく言《い》い換《か》え、さらに続《つづ》けた。

「で、その魔法使《まほうつか》いってのが、こいつ」

「フフフ、ぼくドラえもん」

「わらわは…クレアじゃ」

瞳《ひとみ》がブルーに輝《かがや》き、髪《かみ》の毛《け》が黄金色《こがねいろ》の少女《しょうじょ》は、名前《なまえ》をクレアと言《い》った。

「かわいい名前《なまえ》だね。ぼくは野比《のび》のび太《た》」

「のび太《た》？　そなたの名前《なまえ》はヘンチクリンじゃな」

バカにするつもりではなく、心底珍《しんそこめずら》しいと思《おも》ったからなのだが、周《まわ》りのみんなは大笑《おおわら》い。

「ウハハハハ。オレは剛田武《ごうだたけし》」

「ジャイアンって呼《よ》んであげて。それでぼくはスネ夫《お》」

「わたしはしずかよ、よろしくね」

「みんな……不思議《ふしぎ》な名前《なまえ》じゃな。それに――」

クレアはみんなを見渡《みわた》しつつ、付《つ》け加《くわ》える。

「――おかしな格好《かっこう》じゃ。外《そと》には鉄《てつ》の馬《うま》も走《はし》っておるし、奇妙《きみょう》な建物《たてもの》がぎっしり。ここはおかしな国《くに》じゃの」

ドラえもんは、しずか、ジャイアン、スネ夫《お》を隅《すみ》っこに引《ひ》っ張《ぱ》って行《い》き、小声《こごえ》で伝《つた》えた。

「実《じつ》はさっき、のび太《た》くんと絵《え》に入《はい》ったんだけど、その中《なか》から出《で》てきちゃった子《こ》なんだよ」

「そういうことだったのね」

「それで納得《なっとく》だよ。おとぎ話《ばなし》みたいな格好《かっこう》だったからな」

「車《くるま》のことを鉄《てつ》の馬《うま》とか言《い》っちゃってたしね」

ドラえもんたちがヒソヒソ話《はな》しているところへ、クレアがツカツカやって来《く》る。

「ドラと言《い》ったな。そなたが魔法使《まほうつか》いなら願《ねが》いをかなえてみせよ」

「ドラって……ぼくのこと？」

「わらわをアートリア公国《こうこく》へ連《つ》れて行《い》ってほしいのじゃ。城《しろ》のみなが姫《ひめ》をほったらかしにして探《さが》しにも来《こ》ずに難儀《なんぎ》しておる……」

「え⁉　お姫様《ひめさま》なの～？」

みんなが口《くち》を揃《そろ》えて驚《おどろ》いた。

「だから、絵《え》の中《なか》の子《こ》が言《い》っているだけだよ」

ドラえもんだけが冷静《れいせい》につっこんだ。

スネ夫《お》も、百科事典《ひゃっかじてん》を開《ひら》いてみたが、アートリアという国《くに》の名前《なまえ》は見当《みあ》たらない。

「百科事典《ひゃっかじてん》にもないということは、やっぱり、絵《え》の世界《せかい》のことなのかもしれないね」

誰《だれ》も自分《じぶん》の国《くに》のことを知《し》らないとわかると、クレアは残念《ざんねん》そうにうつむいた。しかし、その視線《しせん》の先《さき》に置《お》いてあった新聞《しんぶん》を見《み》て表情《ひょうじょう》が一変《いっぺん》する。

「お～！　これこそわが城《しろ》、アートリア城《じょう》!!　ここがアートリア公国《こうこく》じゃ!!」

紙面《しめん》には、ニュースでも話題《わだい》になっていた絵画《かいが》の写真《しゃしん》が載《の》っていた。

「これ知《し》ってる！　ヨーロッパで見《み》つかったっていう謎《なぞ》の絵《え》だよ！」

スネ夫《お》は、湖《みずうみ》のあたりを指《ゆび》さしながら、興奮気味《こうふんぎみ》に続《つづ》ける。

「見《み》る角度《かくど》によって色《いろ》が変《か》わる不思議《ふしぎ》な『青《あお》』を作《つく》れる石《いし》があったら、ダイヤモンドどころか、数百億円《すうひゃくおくえん》の価値《かち》があるんだってよ」

「本当《ほんとう》か？　新聞《しんぶん》に載《の》ってるってことは、アートリアはあるってことじゃないか！」

お宝《たから》に目《め》がくらんだジャイアンは、アートリア探《さが》しに名乗《なの》りを上《あ》げた。

「やっぱり探《さが》す価値《かち》がありそうだね！」

スネ夫《お》も一転《いってん》、乗《の》り気《き》になる。

百科事典《ひゃっかじてん》にもない国《くに》が本当《ほんとう》にあるのかどうか、しずかがもう一度《いちど》クレアに聞《き》いてみた。

「ヨーロッパのどのあたりかしら？　地中海《ちちゅうかい》？　それともバルト海《かい》の方《ほう》とか？」

「わからぬことを申《もう》すな。アートリアはアートリアじゃ」

「とにかくもう一回《いっかい》、絵《え》の中《なか》に入《はい》ってみようよ。何《なに》かわかるかもしれない」

のび太《た》の意見《いけん》にしずかが賛成《さんせい》し、スネ夫《お》やジャイアンも、お宝《たから》が欲《ほ》しいというヨコシマな理由《りゆう》があったものの、アートリア公国探《こうこくさが》しに意欲《いよく》をみなぎらせている。

「あの絵《え》に、お城《しろ》なんて描《か》かれてなかったけど……、どっちにしてもクレアを絵《え》の中《なか》に帰《かえ》してあげないといけないし……」

悩《なや》んだあげく、ドラえもんも賛成《さんせい》し、のび太《た》の部屋《へや》へ向《む》かうことにした。あの、かまぼこ形《がた》の絵《え》の中《なか》へ……。

＊

「いやじゃいやじゃ、どうしてじゃ!!」

家《いえ》に入《はい》ったら静《しず》かにしてよと言《い》っておいたのにもかかわらず、野比家《のびけ》の玄関《げんかん》でさっそく騒《さわ》ぎになった。日本人《にほんじん》なら当然《とうぜん》のことなのだが、彼女《かのじょ》には全《まった》く理解《りかい》できなかったからだ。

それは、家《いえ》にあがる時《とき》には靴《くつ》を脱《ぬ》ぐ、ということ。

「なぜそんなことをしなくてはならないのじゃ」

「だっておうちだよ？　家《いえ》の中《なか》を靴《くつ》で歩《ある》き回《まわ》る人《ひと》なんていないでしょ？」

のび太《た》が優《やさ》しく教《おし》えてあげたが伝《つた》わらない。

「わらわは家《いえ》でも脱《ぬ》いだりせぬぞ」

騒《さわ》ぎを聞《き》きつけてママが来《き》たらもっとややこしいことになってしまう。

「とにかく今《いま》はこうしてよ」と、のび太《た》は脱《ぬ》がせた靴《くつ》を手《て》に持《も》たせ、階段《かいだん》を上《のぼ》った。

部屋《へや》にやってきてすぐ、のび太《た》はクレアにかまぼこ形《がた》の絵《え》を見《み》せた。

「この絵《え》が、時空《じくう》ホールのような穴《あな》から落《お》っこちて来《き》たんだけど、どうしてなのかわかる？わけ……ないよ……ね？」

「おい、何《なに》を申《もう》しておるのじゃ？」

クレアはやはり絵《え》の出《で》どころについては知《し》らないようだ。

「みて、こっちにもすごい絵《え》があったぞ！」

スネ夫《お》が机《つくえ》の上《うえ》にあった絵《え》を見《み》て叫《さけ》んだ。ジャイアンも後《うし》ろからのぞき込《こ》んで大笑《おおわら》い。

「ほんとだ！　こりゃいいや。たしかにすごい絵《え》だ。ガハハハハ」

それは、ヘタッピな上《うえ》に、のび太《た》が描《か》きかけで放《ほう》り出《だ》したパパの絵《え》だった。

「バカにしないでよ」

顔《かお》を真《ま》っ赤《か》にして、絵《え》を机《つくえ》の引《ひ》き出《だ》しにねじ込《こ》むのび太《た》。

「それより、こっちこっち。行《い》くよ～！」

ドラえもんが、かまぼこ形《がた》の絵《え》を机《つくえ》の上《うえ》に立《た》てかけ、「出発《しゅっぱつ》ッ!!」と、絵《え》の中《なか》へ潜《もぐ》り込《こ》んでいき、みんなも次々《つぎつぎ》に絵《え》の中《なか》へと入《はい》って行《い》った。

02

絵《え》世界《せかい》へ出発《しゅっぱつ》！

絵《え》の中《なか》にやってきたみんなは、薄暗《うすぐら》くて深《ふか》い森《もり》の中《なか》にいた。お城《しろ》を探《さが》そうにも、うっそうとした茂《しげ》みが邪魔《じゃま》で遠《とお》くを見通《みとお》すことができない。

「よーし、オレ様《さま》にまかせろ」

そう言《い》って、木《き》にしがみついたのはジャイアン。得意《とくい》の木登《きのぼ》りで、高《たか》い場所《ばしょ》から森《もり》を見《み》渡《わた》してみた。

「この先《さき》もずーっと森《もり》ばっかり。なんも見《み》えねーぞ」

「絵《え》に描《か》かれていないんだから、やっぱりお城《しろ》や湖《みずうみ》はないんだよ」

木《き》の根元《ねもと》にいたドラえもんが、ため息《いき》をつきつつ、みんなに言《い》った。

「でも、あの絵《え》って、途中《とちゅう》で丸《まる》く切《き》れていて、続《つづ》きがありそうじゃないかしら？」

「続《つづ》きがあれば、そこにお城《しろ》や湖《みずうみ》があるかもしれないね」

しずかとのび太《た》が、この森《もり》にお城《しろ》がある可能性《かのうせい》を探《さぐ》っていると、クレアが口《くち》を挟《はさ》んだ。

「いいや、ここが迷《まよ》いの森《もり》だからじゃ」

迷《まよ》いの森《もり》は一度入《いちどはい》ると、簡単《かんたん》には出《で》られない。城《しろ》や湖《みずうみ》はその先《さき》にあるのだという。

「この森《もり》をなんとか抜《ぬ》け出《だ》したいのじゃが、出《で》るのがとても難《むずか》しくてな……」

カサッ…カサカサッ。近《ちか》くで、葉《は》っぱがこすれるような音《おと》がした。

「ん？」

気《き》になって、のび太《た》が見上《みあ》げると、暗《くら》がりの中《なか》で、ぴかりと光《ひか》る二《ふた》つの目《め》。

「！！！」

あれはなんだ？　と、思《おも》う間《ま》もなくその目《め》がのび太《た》の方《ほう》へと向《む》かって来《き》た。

「ヒッ、ヒィイイイイイ‼」

何《なに》かが顔《かお》に貼《は》り付《つ》いて、もがもがしながら倒《たお》れ込《こ》むのび太《た》。

「のび太《た》くん‼　大丈夫《だいじょうぶ》⁉」

ドラえもんが駆《か》けよると、のび太《た》の顔《かお》にはコウモリのような生《い》き物《もの》がへばりついていて、いくら引《ひ》っ張《ぱ》っても離《はな》れてくれない。

「どうしよう⁉　のび太《た》くん、息《いき》はできる？」

もがくのび太《た》をみんなが心配《しんぱい》そうに見《み》ている中《なか》、クレアだけは冷《さ》めた目《め》で見《み》つめていた。

そして、あきれたような顔《かお》をしながら、生《い》き物《もの》のしっぽをつかみ、「ふん」とあっさり引《ひ》き剝《は》がした。

「チャイまたお主《ぬし》か！」

クレアに逆《さか》さづりにされ、翼《つばさ》をバタバタしている姿《すがた》はコウモリそっくりだが、くりくりとした瞳《ひとみ》に大《おお》きな耳《みみ》、身体《からだ》はピンクがかった茶色《ちゃいろ》で、しずかも「かわいい～」と、思《おも》わず声《こえ》を上《あ》げてしまう愛《あい》らしさがあった。

「こやつはチャイ。アートリアでは、昔《むかし》から青《あお》いコウモリは幸《しあわ》せを運《はこ》んで来《く》ると言《い》われておるが、それとは逆《ぎゃく》。森《もり》で迷《まよ》った人間《にんげん》を驚《おどろ》かす、性格《せいかく》の悪《わる》い小悪魔《こあくま》じゃ。かわいいコウモリなどではないぞ」

「キキッ、性格《せいかく》の良《よ》い悪魔《あくま》なんていいるわけねーだロ」

チャイがかわいらしい目《め》を三角《さんかく》にして言《い》った。

のび太《た》たちは「しゃべれるんだ」と、驚《おどろ》きつつも、皮肉《ひにく》のきいた受《う》け答《こた》えに、クスクスと笑《わら》ってしまった。

「でもな、チャイ。今日《きょう》こそ、この迷《まよ》いの森《もり》を抜《ぬ》けてみせるぞ」

クレアはチャイをのぞき込《こ》み、得意《とくい》げに語《かた》った。

「キキキッ、ムリムリ。そんなことわかってんだロ？」

「これチャイ！　あまりたわけたことを申《もう》すと、逆《さか》さはりつけじゃぞ」

「ほんとか!?　オイラ、逆《さか》さになるの大好《だいす》きなんだヨ！　キキキ」

そう言《い》って、枝《えだ》にぶら下《さ》がってみせ、ケタケタと笑《わら》った。

「それはいつもの昼寝《ひるね》のポーズではないか!!　逆《さか》さはりつけというのはじゃな……」

そんな二人《ふたり》のやり取《と》りはほほえましく、のび太《た》たちは口元《くちもと》をほころばせている。

クレアは、これまで何度《なんど》も森《もり》からの脱出《だっしゅつ》に失敗《しっぱい》してきたが、今回《こんかい》ばかりは自信《じしん》があった。

「ドラ！　頼《たの》むぞよ！」

そう言《い》ってクレアは、ドラえもんの肩《かた》をたたいた。

「え？　ぼくが？」

目《め》を丸《まる》くしているドラえもんの肩《かた》を、今度《こんど》はジャイアンがポンとたたく。

「そうだぞ。魔法使《まほうつか》いのドラえもんっ」

魔《ま》法《ほう》のようなひみつ道具《どうぐ》を日《ひ》の当《あ》たりにしてきたのだから、クレアが、ドラえもんのことを魔《ま》法使《ほうつか》いだと信《しん》じ込《こ》むのも無理《むり》はない。

「キキキ、魔《ま》法使《ほうつか》いがいるなら、迷《まよ》いの森《もり》からの脱出《だっしゅつ》もなんとかなるかもしれないナ」

チャイもドラえもんに追《お》いうちをかける。

「もう……。ジャイアンがあんなことを言《い》うから……」

あてがあるわけでもなかったが、ドラえもんは、ひとまず先頭《せんとう》に立《た》って森《もり》の中《なか》を進《すす》み始《はじ》めた。

「別《べつ》にドラえもんの力《ちから》をかりなくたって、まっすぐ進《すす》めばいつかは森《もり》から出《で》られるでしょ」

自信《じしん》ありげにドラえもんの前《まえ》に来《く》るスネ夫《お》。

「特徴《とくちょう》のある木《き》の形《かたち》なんかを覚《おぼ》えておいて、同《おな》じ道《みち》を通《とお》らないようにすればいいだけだよ。ぼくについて来《き》て！」

「たしかにスネ夫《お》の言《い》う通《とお》りだ」

ジャイアンもスネ夫《お》の言《い》うことにうなずいた。しずかやのび太《た》もその後《あと》に続《つづ》いたが、クレアとチャイだけは不安《ふあん》げで、その意味《いみ》は、しばらく歩《ある》き進《すす》めた頃《ころ》に判明《はんめい》する。

「あら？　なんだか変《へん》だわ」

最初《さいしょ》に異変《いへん》に気《き》が付《つ》いたのは、しずかだった。周《まわ》りをよく見《み》てみると、森《もり》のあちこちが、色《いろ》が抜《ぬ》け落《お》ちたように白《しろ》くなっていき、さらに歩《ある》き進《すす》めると、色《いろ》はすっかりなくなり、輪《りん》郭《かく》を引《ひ》いた線《せん》だけに。やがて、その線《せん》も薄《うす》くなっていき……とうとう真《ま》っ白《しろ》で何《なに》もない世《せ》界《かい》になってしまった。もちろん、アートリアの城《しろ》や湖《みずうみ》なんてあるはずもない。

「ほ〜らみロ。やっぱり迷《まよ》いの森《もり》から抜《ぬ》けられないじゃないか。キキキキ」

チャイがケラケラと笑《わら》いながら、呆然《ぼうぜん》と立《た》ち尽《つ》くすみんなの周《まわ》りを飛《と》び回《まわ》っている。

「これは……絵《え》の端《はし》っこ？」

ドラえもんがボソリと口《くち》にした。

クレアたちの語《かた》る、出口《でぐち》のない迷《まよ》いの森《もり》とは、絵《え》の端《はし》っこのことだった。描《えが》かれている部《ぶ》分《ぶん》はそこまでだから当然《とうぜん》その先《さき》はない。クレアたちのような絵《え》の中《なか》の住民《じゅうみん》がその場所《ばしょ》から抜《ぬ》け出《だ》すことができないというのは、そういうことだったのだ。

笑《わら》い続《つづ》けているチャイに、クレアが怒鳴《どな》りつける。

「やかましいぞチャイ！　今度《こんど》こそ逆《さか》さはりつけじゃぞ！」

「キキキ、わーい！　逆《さか》さま大好《だいす》き～!!」

チャイとクレアが言《い》い合《あ》っている中《なか》、ドラえもんたちは、別《べつ》の相談《そうだん》をしていた。やはり絵《え》の世界《せかい》は、絵《え》に描《か》かれた部分《ぶぶん》だけしか存在《そんざい》しない。それを身《み》をもって知《し》り、クレアの言《い》う故郷《こきょう》である『アートリア城《じょう》』なんてここにはないことがわかったからだった。

「クレア……、アートリアに帰《かえ》れないことを知《し》ったら、がっかりするだろうなぁ」

ドラえもんがこの状況《じょうきょう》をどうやってクレアに伝《つた》えようか頭《あたま》を抱《かか》えていると、負《ま》けん気《き》の強《つよ》いお姫様《ひめさま》に、先手《せんて》を打《う》たれてしまった。

「おいドラ。そなたの出番《でばん》じゃ。森《もり》から抜《ぬ》ける魔法《まほう》を頼《たの》むぞ」

「え、そ、そんなこと言《い》われても……」

戸惑《とまど》うドラえもんに、しずかも助《たす》け船《ぶね》を出《だ》す。

「クレアちゃん、いくら魔《ま》法使《ほうつか》いだからって、何《なん》でもできるわけじゃないのよ」

それでもお姫様《ひめさま》は、ドラえもんに詰《つ》め寄《よ》る。

「さあ！　どうしたドラ。魔法《まほう》を頼《たの》む」

「いや、あの、その……」

クレアの圧《あつ》に負《ま》け、ドラえもんが、ずるずる後《あと》ずさりしていると……フッ。神隠《かみかく》しにでもあったように、ドラえもんの姿《すがた》が消《き》えた。のび太《た》たちは、何《なに》が起《お》きたのかと驚《おどろ》いているが、クレアだけは目《め》を輝《かがや》かせている。

「ほう、これが魔法《まほう》か？　すごいぞよ！」

しかし、ドラえもんに魔法《まほう》が使《つか》えるはずはない。

のび太《た》が、心配《しんぱい》になってドラえもんが消《き》えた草《くさ》むらのあたりを探《さが》し回《まわ》っていると、足元《あしもと》に妙《みょう》な形《かたち》に光《ひか》る穴《あな》が開《あ》いているのに気《き》が付《つ》いた。

「ん？　これって……」

その穴《あな》をじっと見《み》つめていると……、急《きゅう》にドラえもんの顔《かお》が飛《と》び出《で》て来《き》た。

「みんな！　見《み》つけたよ～！　すぐにこっちへ来《き》て」

そういうと、再《ふたた》び穴《あな》の中《なか》へ。

何《なに》が起《お》きたか戸惑《とまど》っているのび太《た》たちだが、クレアだけは、さすが魔法使《まほうつか》いだと言《い》わんばかりに感心《かんしん》しながら、その後《あと》に続《つづ》いた。

「それっ」

「本当《ほんとう》におてんばなんだから」

しずかも後《あと》を追《お》いかける。のび太《た》たちも「待《ま》って～」と、穴《あな》へ飛《と》び込《こ》んだ。

穴《あな》を抜《ぬ》けた先《さき》の世界《せかい》は、またしても地面同士《じめんどうし》がつながっていた。だから、反対側《はんたいがわ》の世界《せかい》では、穴《あな》から飛《と》び出《で》てくる格好《かっこう》になる。みんなは、穴《あな》から、噴水《ふんすい》のように飛《と》び上《あ》がってから地面《じめん》に落下《らっか》し、どさどさと山《やま》のように折《お》り重《かさ》なった。

「イテテテテ」

最初《さいしょ》に飛《と》び出《で》たクレアは、一番下《いちばんした》でみんなの下敷《したじ》きになっている。

「ドラの魔法《まほう》はちと荒《あら》っぽいぞ。ここは一体《いったい》どこなんじゃ？」

人《ひと》の山《やま》から這《は》い出《で》てきたクレアが、土《つち》ぼこりを払《はら》いながらあたりを見《み》ると、そこは見知《みし》らぬ丘《おか》の上《うえ》だった。薄暗《うすぐら》い森《もり》とうってかわって、太陽《たいよう》がまぶしく、目《め》を細《ほそ》めながらふもとを見下《みお》ろしてみると……。

「わ～!!」

雄大《ゆうだい》な湖《みずうみ》と、長《なが》い石橋《いしばし》。渡《わた》った先《さき》には、大《おお》きな城郭《じょうかく》のそびえる小島《こじま》が浮《う》かんでいる。それは、テレビや新聞《しんぶん》を騒《さわ》がせていた謎《なぞ》の絵《え》の風景《ふうけい》そのものだった。

「まさしくあれがアートリア城《じょう》じゃ」

クレアは、湖《みずうみ》のような青《あお》い瞳《ひとみ》に涙《なみだ》をため、キラキラとさせている。

みんなも「やった！　見《み》つけた！」と、大喜《おおよろこ》び。

その上《うえ》をパタパタと飛《と》んでいた皮肉屋《ひにくや》のチャイも、さすがに感心《かんしん》していたようだった。

「まさか、迷《まよ》いの森《もり》の出口《でぐち》を見《み》つけるとは。ドラは、なかなかスゲー魔法使《まほうつか》いなのかもしれないナ。キキキ」

クレアは、涙《なみだ》を見《み》られないよう、握《にぎ》りこぶしで目元《めもと》をぐりんと拭《ぬぐ》ってから、ドラえもんに抱《だ》きついた。

「さすがドラじゃ！」

ドラえもんは、偶然《ぐうぜん》見《み》つけたということが、のどまで出《で》かかったが、飲《の》み込《こ》んで「エヘヘ」と笑《わら》ってごまかした。

喜《よろこ》ぶ一同《いちどう》の輪《わ》から外《はず》れ、ジャイアンとスネ夫《お》は、ヒソヒソとささやき合《あ》っている。

「ねぇ、ジャイアン。この景色《けしき》って、テレビで見《み》た通《とお》りの場所《ばしょ》だよ」

「幻《まぼろし》の絵《え》の具《ぐ》が作《つく》れる石《いし》がざくざくっていう、あの場所《ばしょ》か？」

「そうそう。お宝《たから》、お宝《たから》。手《て》に入《い》れなきゃ損《そん》だよ！」

迷《まよ》いの森《もり》の出口《でぐち》となった光《ひか》る穴《あな》は、出《で》て来《き》てみると板《いた》に描《か》かれた絵《え》だった。つまり、あの絵世界《えせかい》には出入《でい》り口《ぐち》が二《ふた》つ存在《そんざい》したということになる。一《ひと》つはのび太《た》の部屋《へや》の絵《え》。もう一《ひと》つが、今《いま》、目《め》の前《まえ》に落《お》ちている絵《え》。

そのもう一《ひと》つの絵《え》を拾《ひろ》い上《あ》げ、のび太《た》は、ドラえもんと一緒《いっしょ》にじっくりと眺《なが》めた。

「この形《かたち》ってもしかして……」

「そうだね。のび太《た》くんの頭《あたま》に落《お》ちて来《き》たあの絵《え》の続《つづ》きだよ」

アートリアの丘《おか》に落《お》ちていた絵《え》は、四角《しかく》の一辺《いっぺん》が丸《まる》くえぐれたような不思議《ふしぎ》な形《かたち》。へこまぼこ形《がた》の絵《え》と、パズルのようにぴったりくっつきそうなシルエットをしている。

「そうか！　これでアートリアに来《く》ることができた謎《なぞ》がとけたぞ！」

ドラえもんはひらめいたアイディアを語《かた》り始《はじ》めた。

「もともとこれは一《ひと》つの絵《え》だったんだよ。でも、なんかの理由《りゆう》で二《ふた》つに分《わ》かれて、一《ひと》つがのび太《た》くんの家《いえ》、もう一《ひと》つがここ、アートリアの丘《おか》に落《お》ちたんだ」

「ぼくの家《いえ》に来《き》た絵《え》に、はいりこみライトを当《あ》てて、その中《なか》の世界《せかい》に入《はい》ったんだよね」

「でもその時《とき》に、もう片方《かたほう》の絵《え》にも、はいりこみライトの効果《こうか》が出《で》ていたんだ。だから出《で》入《い》り口《ぐち》が二《ふた》つになって、ぼくたちはそのもう一《ひと》つの方《ほう》から出《で》て来《き》ちゃった」

つまり、のび太《た》の部屋《へや》から絵《え》世界《せかい》に入《はい》り、その中《なか》にあったもう一《ひと》つの出入《でい》り口《ぐち》から外《そと》に出《で》たことでアートリア公国《こうこく》のはずれにやって来《き》た、ということだった。

みんながドラえもんの仮説《かせつ》を「ふうん」と聞《き》いていたが、しずかが疑問《ぎもん》を投《な》げかけた。

「……ということは、ここは絵《え》じゃなくて現実《げんじつ》の世界《せかい》なのよね？　アートリアという国《くに》は、百科事典《ひゃっかじてん》にも載《の》ってないけど、どういうことなのかしら？」

「そ……それもそうだ……ね」

ドラえもんが戸惑《とまど》っていると、今度《こんど》はスネ夫《お》が得意《とくい》げに語《かた》り始《はじ》めた。

「それはきっと、ミノタウロスがいたクノッソス宮殿《きゅうでん》や、トロイ遺跡《いせき》と一緒《いっしょ》で、長《なが》い歴史《れきし》の中《なか》で失《うしな》われてしまった国《くに》なんじゃないかな」

確《たし》かにスネ夫《お》の言《い》うように、長《なが》い人類《じんるい》の歴史《れきし》の中《なか》には、年表《ねんぴょう》にも歴史《れきし》の教科書《きょうかしょ》にも載《の》っていない、時代《じだい》の狭間《はざま》に消《き》えていった国《くに》はたくさんあるという。その中《なか》の一《ひと》つにアートリア公国《こうこく》と呼《よ》ばれた国《くに》があったとしてもおかしくはない。

「その確率《かくりつ》はゼロじゃないけど、今《いま》、この時代《じだい》に見知《みし》らぬ国《くに》があるのは変《へん》だ」

そこでドラえもんは、ポケットから『年代《ねんだい》そくてい機《き》』を取《と》り出《だ》し、のぞき込《こ》んだ。これはメガネのように装着《そうちゃく》し、レンズを通《とお》して見《み》ると、その場所《ばしょ》がどこか、いつの時代《じだい》かを測《はか》ることができるというひみつ道具《どうぐ》だ。

「どうやらここは……ヨーロッパの南東部《なんとうぶ》らしい。そして時代《じだい》は……」

耳部分《みみぶぶん》のつまみをカチカチ回《まわ》し……声《こえ》を上《あ》げた。

「じゅ、十三世紀《じゅうさんせいき》⁉」

「え〜っ」

みんなもびっくりしている。

ドラえもんも「そんなわけない」と、もう一度《いちど》測定《そくてい》してみたが結果《けっか》は同《おな》じ。絵《え》の中《なか》の世界《せかい》を通《とお》って、十三世紀《じゅうさんせいき》の昔《むかし》までさかのぼっていたのだった。

「ニュースで言《い》っていた通《とお》りだ。あの絵《え》は十三世紀頃《じゅうさんせいきごろ》の作品《さくひん》だって。やっぱりそうなんだよ」

スネ夫《お》は、そこに宝《たから》があると確信《かくしん》し、いてもたってもいられず、ジャイアンと共《とも》に町《まち》の方《ほう》へ走《はし》り出《だ》した。

「とにかく町《まち》へ行《い》ってみよう！」

「わらわも、はやく城《しろ》に行《い》きたいぞよ」

「クレアちゃん、下《くだ》り坂《ざか》を走《はし》っちゃ危《あぶ》ないわよ！」

クレアとしずかも後《あと》に続《つづ》き、チャイものび太《た》もその後《あと》を追《お》いかける。

一人取《ひとりと》り残《のこ》されたドラえもんも、『年代《ねんだい》そくてい機《き》』と、もう一《ひと》つの絵《え》の片割《かたわ》れをポケットにしまいながら、走《はし》り出《だ》すのだった。

「ちょっと待《ま》ってよ〜！！！」

03 わが故郷《こきょう》アートリア

アートリア湖《こ》のまわりには、城下町《じょうかまち》が広《ひろ》がっている。赤《あか》い瓦屋根《かわらやね》の家《いえ》がひしめくように連《つら》なり、まるで童話《どうわ》にでてくるような町並《まちな》み。毎朝《まいあさ》とれたての野菜《やさい》や川魚《かわざかな》を売《う》る市《いち》がたち、物売《ものう》りの声《こえ》や買《か》い物客《ものきゃく》の笑《わら》い声《ごえ》が飛《と》び交《か》い、活気《かっき》に満《み》ちている。

アートリアの民《たみ》は、山《やま》に囲《かこ》まれた小《ちい》さな国《くに》ながら、国民思《こくみんおも》いで温和《おんわ》な王《おう》の統治《とうち》の元《もと》、不《ふ》自由《じゆう》なく幸《しあわ》せに暮《く》らしているようだった。

山《やま》を下《お》り、ドラえもんたちが城下町《じょうかまち》へとやってきた頃《ころ》には、太陽《たいよう》が西《にし》に傾《かたむ》き始《はじ》めていた。町《まち》の中心《ちゅうしん》には広場《ひろば》があり、そこへと向《む》かう長《なが》い階段《かいだん》からのぞむ青《あお》い空《そら》と赤《あか》い瓦屋根《かわらやね》のコントラストが清々《すがすが》しい。クレアにとっては、夢《ゆめ》にまで見《み》た故郷《こきょう》だ。

「この階段《かいだん》。あの屋根《やね》……どれもがあの時《とき》のままじゃ。懐《なつ》かしいぞよ……」

感激《かんげき》しているクレアの様子《ようす》を見《み》たのび太《た》が、ドラえもんに問《と》いかける。

「やっぱりクレアは、絵《え》の中《なか》の人《ひと》じゃなく、何《なに》かの原因《げんいん》で絵《え》に迷《まよ》い込《こ》んでしまった人《ひと》なのかもしれないよ」

「うん……、この景色《けしき》を知《し》っているということは、そうなのかもしれない」

しずかが、突然《とつぜん》、階段《かいだん》を下《お》りる足《あし》を止《と》めた。

「ねぇ、なんか変《へん》よ。みんながこっちをジロジロ見《み》ているみたいなんだけど……」

改《あらた》めて見回《みまわ》すと、町《まち》のあちこちから、確《たし》かに視線《しせん》を感《かん》じる。

「しまった！」ドラえもんが急《きゅう》に声《こえ》を上《あ》げ、あわててみんなを路地裏《ろじうら》へと押《お》し込《こ》んだ。

「急《きゅう》にどうしたのよ、ドラちゃん」

「これだよ、これを忘《わす》れてた。『きせかえカメラ！』」

ドラえもんはポケットから『きせかえカメラ』を取《と》り出《だ》した。このカメラで撮影《さつえい》されると、カメラにセットしたイラストと同《おな》じ服《ふく》に着替《きが》えることができるというひみつ道具《どうぐ》だ。

それを見《み》て、みんなはやっと町《まち》の人々《ひとびと》にジロジロ見《み》られていた意味《いみ》を理解《りかい》した。十三世《じゅうさんせい》紀《き》にはありえない服装《ふくそう》だったからだ。

「ハイ、チーズ」

シャッター音《おん》と共《とも》に、しずか、ジャイアン、スネ夫《お》、のび太《た》がアートリアの人々《ひとびと》のような服《ふく》に変身《へんしん》。ジャイアン、スネ夫《お》、のび太《た》はチュニックと呼《よ》ばれる、幅《はば》が広《ひろ》く丈《たけ》の長《なが》い服《ふく》をベルトで絞《しぼ》り、下《した》は細身《ほそみ》のズボン。しずかはさらに丈《たけ》の長《なが》いワンピースのような服《ふく》に切《き》り替《か》わった。ドラえもんはフードのついたローブに手《て》には杖《つえ》という、魔法使《まほうつか》いらしい服装《ふくそう》。

みんなが、『きせかえカメラ』で服装《ふくそう》を変《か》えることは、もはやおなじみの行動《こうどう》だったが、クレアにとっては摩訶不思議《まかふしぎ》なこと。

「やっぱりドラの魔法《まほう》はすごいのじゃ」

「キキキ、こんなすごい魔法使《まほうつか》いだとはな。ほかの悪魔《あくま》たちに見《み》せてやりたいゾ！」

チャイも羽《は》ばたきをやめてしまいそうになるほど、驚《おどろ》いている。

「さあ、これならアートリアの町《まち》を堂々《どうどう》と歩《ある》けるよ！」

ドラえもんは、みんなを引《ひ》き連《つ》れ、改《あらた》めて城下町《じょうかまち》へ向《む》かった。

「さぁ買《か》った買《か》った！　新鮮《しんせん》な産《う》みたてたまごだよ」

「こっちは焼《や》きたてのミートパイよ」

ずらりと屋台《やたい》の並《なら》ぶ市場《いちば》は活気《かっき》にあふれ、見《み》ているとー気《いっき》におなかがすいてしまうほど。食《た》べ物《もの》だけではなく、美術品《びじゅつひん》を売《う》る店《みせ》もあって、町角《まちかど》や広場《ひろば》など、いたるところに絵画《かいが》や彫刻《ちょうこく》が飾《かざ》られている。

クレアによると、アートリア公国《こうこく》は、アートが盛《さか》んなのだという。

「城《しろ》には、美術品《びじゅつひん》を飾《かざ》るそれはそれは大《おお》きな部屋《へや》があるし、宮廷絵師《きゅうていえし》といって、お抱《かか》えの絵師《えし》もおるんじゃ」

王室《おうしつ》はもちろんのこと、国民《こくみん》に、絵《え》を飾《かざ》ったり彫刻《ちょうこく》を置《お》いたりする人《ひと》が少《すく》なくないという。町《まち》にある美術品《びじゅつひん》で一番大《いちばんおお》きいものは、広場《ひろば》の中央《ちゅうおう》にある女神像《めがみぞう》。足元《あしもと》にはこんこんと水《みず》が湧《わ》いていて、人々《ひとびと》の水《みず》くみ場《ば》になっている。

ここへ来《く》るまで歩《ある》きづめで、のどがカラカラだったのび太《た》たちは、湧《わ》き水《みず》があると知《し》ったとたん、女神像《めがみぞう》の泉《いずみ》へと走《はし》り出《だ》し、のどを潤《うるお》した。

「ふう生《い》き返《かえ》ったぁ。女神様《めがみさま》のおかげだ」

口元《くちもと》の水《みず》を拭《ぬぐ》ってから、女神像《めがみぞう》に手《て》を合《あ》わせるのび太《た》。

「この像《ぞう》は、このアートリア公国《こうこく》を守《まも》る芸術《げいじゅつ》の女神《めがみ》じゃが、お供《そな》え物《もの》をすれば、願《ねが》いをかなえてくれるといわれておるのじゃ」

それを聞《き》いたスネ夫《お》は、服《ふく》を着替《きが》える前《まえ》から大事《だいじ》に持《も》っていたチョコレートを供《そな》え物《もの》の台《だい》に置《お》き、手《て》を合《あ》わせた。

「幻《まぼろし》の青色《あおいろ》が作《つく》れるという、宝《たから》の石《いし》が、すぐに見《み》つかりますように」

「……ようにぃ～」

ジャイアンも横《よこ》からスッと入《はい》り込《こ》んで、手《て》を合《あ》わせる。

「あ、ぼくのお供《そな》え物《もの》で願《ねが》い事《ごと》をしたでしょ」

「いいだろ？　一緒《いっしょ》にお宝《たから》を探《さが》すんだから乗《の》っからせてくれよ。ガハハハ」

「キキッ、その茶色《ちゃいろ》いのはなんだ？」

お供《そな》えしたチョコレートをチャイが興味津々《きょうみしんしん》に見《み》つめている。

「知《し》らねーのか？　チョコレートだぞ？」

どうして知《し》らないのか不思議《ふしぎ》に思《おも》っているジャイアンに、しずかが答《こた》える。

「十三世紀《じゅうさんせいき》よ。チョコレートなんてわからなくて当然《とうぜん》よ。そうでしょ？　クレアちゃん」

「チョ、チョコレイトウ……？　食《た》べ物《もの》なのか？」

「キキキー。食《た》べる食《た》べる！　オイラが先《さき》！」

チャイがクレアの頭《あたま》の上《うえ》に乗《の》って、大《おお》きな口《くち》をパカッと開《あ》けたので、スネ夫《お》はそこをめがけてチョコレートを放《ほう》り込《こ》んだ。

「なんだコレ〜！！！」

チャイは、両方《りょうほう》の翼《つばさ》をほっぺに当《あ》て、とろけるような表情《ひょうじょう》で目《め》を輝《かがや》かせた。

「キキキ〜‼　地獄《じごく》のようなおいしさだ〜‼」

「おい、わらわもチョコレイトウがほしいぞよ」

「はいはい、お姫様《ひめさま》も、おひとつどうぞ」

パクリ。クレアもチョコレートを口《くち》にいれると、チャイと同《おな》じように、両手《りょうて》でほっぺをおさえながら、目《め》を輝《かがや》かせた。

「うわぁ、天国《てんごく》のようなおいしさじゃ〜！！！」

「同《おな》じおいしさでも、チャイにとっては地獄《じごく》のようで、クレアには天国《てんごく》のようなおいしさなんだ。おっかしいね」

のび太《た》がそう言《い》うと、みんなも大笑《おおわら》い。女神像《めがみぞう》も一緒《いっしょ》に微笑《ほほえ》んでいるかのようだった。

城下町《じょうかまち》を抜《ぬ》けると、目《め》の前《まえ》には、アートリア湖《こ》の大《だい》パノラマ。その中《なか》に浮《う》かぶ小島《こじま》に、お城《しろ》がそびえている。その姿《すがた》が湖面《こめん》に逆《さか》さになって映《うつ》り込《こ》み、まさに絵画《かいが》のような美《うつく》しさだった。のび太《た》も、鏡《かがみ》のような湖《みずうみ》に自分《じぶん》の姿《すがた》を映《うつ》して見《み》ていて、あることに気《き》が付《つ》いた。

「あれ、見《み》る場所《ばしょ》によって、色《いろ》が変《か》わって見《み》えるよ」

「この湖《みずうみ》の色《いろ》は、アートリアブルーと呼《よ》ばれておるのじゃ。見《み》る角度《かくど》によって深《ふか》い青《あお》、淡《あわ》い青《あお》、光《ひか》り輝《かがや》く青《あお》など、いろんな表情《ひょうじょう》を見《み》せてくれる。アートリア自慢《じまん》の湖《みずうみ》じゃ」

湖《みずうみ》の説明《せつめい》に耳《みみ》を傾《かたむ》けつつ、のび太《た》としずかが、クレアの青《あお》い瞳《ひとみ》をのぞき込《こ》む。

「そういえば、クレアの目《め》って、湖《みずうみ》と似《に》ているよねぇ」

「わたしもそう思《おも》っていたのよ。いろんな色《いろ》に変《か》わってキレイだわ」

「姫《ひめ》の目《め》をそんなにじっくり見《み》るものじゃないぞよ」

クレアは、頬《ほお》を赤《あか》くし、少《すこ》し照《て》れた様子《ようす》でうつむいた。でもその上目《うわめ》づかいの瞳《ひとみ》がまた違《ちが》う青色《あおいろ》に輝《かがや》いたのを、二人《ふたり》は見逃《みのが》さなかった。

ジャイアンとスネ夫《お》は、またしても二人《ふたり》でこそこそと話《はな》し合《あ》っている。

「聞《き》いた？　ジャイアン。アートリアブルーってニュースでやってた青色《あおいろ》のことだよ」

「やっぱり、あの色《いろ》を出《だ》せる石《いし》は、この国《くに》のどこかにあるってことだな。イヒヒヒ」

アートリアを取《と》り囲《かこ》むようにそびえる山《やま》の中《なか》から、白《しろ》い煙《けむり》がもくもくと勢《いきお》いよく上《あ》がるのをドラえもんがいち早《はや》く見《み》つけた。

「なんだろ、山火事《やまかじ》かな」

「あれは火山《かざん》じゃ。煙《けむり》の出《で》ているあたりは地獄谷《じごくだに》と呼《よ》ばれていて、そこに落《お》ちたものは、その名《な》の通《とお》り、地獄行《じごくい》きになるといわれておる」

その話《はなし》を聞《き》いて怖《こわ》がるしずかとは反対《はんたい》に、大喜《おおよろこ》びしている小悪魔《こあくま》がいた。

「地獄《じごく》かぁ、オイラは今《いま》すぐにでも行《い》ってみたいなぁ。キキキキ!!」

チャイにあきれつつも、クレアは火山《かざん》の話《はなし》を続《つづ》けた。

「でも、アートリア湖《こ》も、大昔《おおむかし》の噴火《ふんか》でできたというくらいじゃから、ここも地獄《じごく》のようだったんじゃろうな」

アートリアは山《やま》に囲《かこ》まれていて、限《かぎ》られた平野《へいや》の真《ま》ん中《なか》が湖《みずうみ》になっている。これはいわゆるカルデラ湖《こ》といって、噴火《ふんか》によってできたへこみに水《みず》がたまってできたもの。

「火山《かざん》があるということは……このへんに、温泉《おんせん》……も、あったりするのかしら」

「温泉《おんせん》ならいくつもあるぞ。わらわは嫌《きら》いじゃがな」

「わ～！　入《はい》ってみたいわ～」

「温泉《おんせん》なんてどこがいいんだか……。オイラは地獄《じごく》の方《ほう》が行《い》ってみたいけどな。キキキ」

温泉《おんせん》に喜《よろこ》ぶしずかを見《み》て、今度《こんど》はチャイがあきれたようだった。

「そろそろ城《しろ》へ向《む》かわないと日《ひ》が暮《く》れてしまうぞよ」

クレアとドラえもんたちは、再《ふたた》び城《しろ》へと向《む》かい始《はじ》めたのだが、その直後《ちょくご》、クレアが踏《ふ》み出《だ》した足《あし》を止《と》め、前《まえ》を向《む》いたまま固《かた》まってしまった。

「どうしたの？　急《きゅう》に止《と》まって」

ドラえもんが、クレアの見《み》つめている先《さき》に目《め》をやると、湖畔《こはん》で絵《え》を描《か》いている少年《しょうねん》の姿《すがた》があった。

「誰《だれ》か知《し》ってる人《ひと》？」

「………」

クレアは、しばらく少年《しょうねん》を見《み》つめたままだったが、引《ひ》き絞《しぼ》った弓《ゆみ》から一気《いっき》に放《はな》たれた矢《や》のように、少年《しょうねん》に向《む》かって駆《か》け出《だ》した！

太陽《たいよう》の光《ひかり》をキラキラと反射《はんしゃ》させる湖《みずうみ》の景色《けしき》を、そのまま板《いた》に写《うつ》し取《と》るかのように絵《え》にしている少年《しょうねん》がいる。十三世紀《じゅうさんせいき》の時代《じだい》には、画用紙《がようし》やキャンバスはなく、板《いた》に直接色《ちょくせついろ》を塗《ぬ》るのが一般的《いっぱんてき》で、少年《しょうねん》もまた、その方法《ほうほう》で絵《え》を描《か》いていた。

きれいな身《み》なりをしているが、エプロンと袖口《そでぐち》だけは絵《え》の具《ぐ》だらけ。それを見《み》るだけでも、かなりの数《かず》の絵《え》を描《か》いていることがうかがい知《し》れた。

そんな少年《しょうねん》が筆《ふで》を走《はし》らせていると、ダダッダダッダダッと、激《はげ》しい足音《あしおと》が近《ちか》づいて来《き》た。

筆《ふで》を止《と》めて振《ふ》り向《む》くと、そこに青《あお》い瞳《ひとみ》の女《おんな》の子《こ》が、肩《かた》で息《いき》をしながら立《た》っていた。

たくし上《あ》げていたドレスのすそをゆっくりと下《お》ろし、じっと少年《しょうねん》を見《み》つめている。

「はぁ……はぁ……、はぁ……、はぁ……」

少年《しょうねん》も、女《おんな》の子《こ》を見《み》つめたまま、目《め》を離《はな》すことができずにいる。

チュンチュン。鳥《とり》のさえずりだけが響《ひび》き、そして……ポトリ。

握《にぎ》っていた絵筆《えふで》が、亜麻色《あまいろ》の髪《かみ》の少年《しょうねん》の手《て》から滑《すべ》り落《お》ちた。

「も……、もしかして……クレア……」

青《あお》い瞳《ひとみ》のお姫様《ひめさま》も、荒《あ》れた息《いき》をなんとか飲《の》み込《こ》んで、声《こえ》を振《ふ》り絞《しぼ》った。

「やっぱり……マイロか……」

クレアの前《まえ》に立《た》っている絵描《えか》きの少年《しょうねん》は、マイロと言《い》った。

マイロとクレアは、お互《たが》いに少《すこ》しずつ近《ちか》づき、向《む》かい合《あ》った。

「でも……」

「でも……」

二人《ふたり》は声《こえ》を揃《そろ》えてそう言《い》うと、クレアは、自分《じぶん》よりも頭《あたま》ひとつ分大《ぶんおお》きいマイロを指《ゆび》さし、
マイロは、自分《じぶん》よりも頭《あたま》ひとつ分小《ぶんちい》さいクレアを指《ゆび》さし、同時《どうじ》にこう言《い》った。

「おっきい！」

「小《ちい》さい！」

マイロはクレアの瞳《ひとみ》を見《み》つめながら肩《かた》に手《て》を回《まわ》し、ぎゅっと抱《だ》きしめた。

「湖《みずうみ》のような輝《かがや》きの青《あお》い瞳《ひとみ》。やっぱりクレアだ。無事《ぶじ》でいてくれたんだね」

クレアが走《はし》って来《き》た時《とき》のほてりが、マイロの両腕《りょううで》に、胸《むね》に、伝《つた》わっていく。

「ここに戻《もど》って来《く》るのは、とっても大変《たいへん》だったんじゃ。それなのに……マイロはわらわのことを探《さが》しもせずに、絵《え》ばっか描《か》いておったのか？」

「まさか！　もちろん探《さが》したさ。城《しろ》も湖《みずうみ》も森《もり》も……。国中《くにじゅう》みんなで探《さが》したんだ」

マイロはクレアの両肩《りょうかた》に手《て》を置《お》き直《なお》し、青《あお》い瞳《ひとみ》を見《み》つめながら続《つづ》ける。

「でも、ほんと……無事《ぶじ》でよかった……」

クレアの頭《あたま》をポンポンとやってから、再《ふたた》びぎゅっと抱《だ》きしめる。

腕《うで》に包《つつ》み込《こ》まれたクレアは、戸惑《とまど》いつつも、心地《ここち》よさそう。

「でも、四年《よねん》もの間《あいだ》どこへ行《い》っていたの？」

「え⁉」

四年《よねん》という年月《ねんげつ》が過《す》ぎていたことに、全《まった》く身《み》に覚《おぼ》えがないクレアは、言葉《ことば》を失《うしな》った。

後《うし》ろで見守《みまも》っていた、ドラえもんやのび太《た》、しずかたちも、クレアが四年間《よねんかん》も迷子《まいご》だったことを耳《みみ》にして、思《おも》わず声《こえ》を上《あ》げてしまった。

「四年《よねん》もだって⁉」

見知《みし》らぬ子供《こども》たちに気《き》づき、マイロはあわてた様子《ようす》でクレアから離《はな》れる。

「わらわを迷《まよ》いの森《もり》から連《つ》れ出《だ》してくれた魔法使《まほうつか》いのドラと、その仲間《なかま》たちじゃ」

クレアにそう紹介《しょうかい》されると、マイロは安心《あんしん》して、一人一人《ひとりひとり》と握手《あくしゅ》を交《か》わした。

「そうか、キミたちがクレアを……。ありがとう。よかったら、お茶《ちゃ》でもいれるよ。汚《きたな》いところだけど、どうぞ」

すぐそばに立《た》つアトリエに、マイロはみんなを招《まね》き入《い》れた。


アートリア城《じょう》のお抱《かか》え絵師《えし》である宮廷画家《きゅうていがか》の家《いえ》に生《う》まれたマイロは、城内《じょうない》に住《す》まいがあるのだが、それとは別《べつ》に、絵《え》の製作《せいさく》に使《つか》うアトリエを持《も》っていた。そこは、アートリア湖《こ》のほとりにあるが、板《いた》と石《いし》で造《つく》られた粗末《そまつ》な小屋《こや》。とはいえ、ちょっとした料理《りょうり》を作《つく》ることのできるかまどとベッド、庭《にわ》には鶏小屋《とりごや》もあった。

「たいしたおもてなしはできないけど……どうぞ」

リビングテーブルなどはなく、みんなは、形《かたち》の違《ちが》うイスや、小上《こあ》がりの段差《だんさ》などに腰《こし》を下《お》ろし、お茶《ちゃ》を口《くち》にした。

「ぼくは、クレアと同《おな》い年《どし》だったから、小《ちい》さい頃《ころ》からよく一緒《いっしょ》に遊《あそ》んでいたんだよ」

「遊《あそ》んでいたじゃと？」

クレアが不機嫌《ふきげん》そうに口《くち》を挟《はさ》む。

「フン、一緒《いっしょ》に遊《あそ》ぶといっても、いつもいつも絵《え》ばっか描《か》いておったではないか。マイロは今《いま》も昔《むかし》もずっと同《おな》じじゃ。絵《え》ばっか」

「いやぁ、そんなことないよ。あの時《とき》だって……」

お茶《ちゃ》を一口《ひとくち》すすり上《あ》げ、マイロは、ゆっくりと語《かた》り始《はじ》めた。

＊

四年前《よねんまえ》。

アートリア城《じょう》の宮廷画家《きゅうていがか》であるマイロの父《ちち》が、玉座《ぎょくざ》の間《ま》で絵《え》を描《か》いていた。

「今《いま》は、大事《だいじ》なお顔《かお》を描《か》いておりますゆえ、しばし、動《うご》かれませぬよう……」

アートリア王《おう》と王妃《おうひ》が玉座《ぎょくざ》に座《すわ》り、娘《むすめ》でありプリンセスのクレアがその間《あいだ》に立《た》っている。

クレアが六歳《ろくさい》になった記念《きねん》として、三人《さんにん》の肖像《しょうぞう》を描《か》いていたのだった。

しかし、この頃《ころ》からおてんばのクレアは、じっとしていることはなく、すぐにあたりを走《はし》り回《まわ》ってしまう。そのクレアの遊《あそ》び相手《あいて》になっていたのが、マイロだった。

マイロは、早《はや》くに母親《ははおや》を亡《な》くし、父《ちち》と二人暮《ふたりぐ》らし。母《はは》がいないため、いつも父《ちち》の足元《あしもと》にいて、使《つか》い古《ふる》しの短《みじか》い木炭《もくたん》や絵《え》の具《ぐ》の残《のこ》りをもらって、お絵描《えか》きをする毎日《まいにち》だった。三歳《さんさい》になる頃《ころ》にはもう父《ちち》の見《み》よう見《み》まねで絵《え》を描《か》いていたので、六歳《ろくさい》とはいえ、絵《え》はなかなかの腕前《うでまえ》だった。「門前《もんぜん》の小僧《こぞう》習《なら》わぬ経《きょう》を読《よ》む」とはまさにこのことだった。

王宮《おうきゅう》の仕事《しごと》の際《さい》には、いつもマイロとクレアは一緒《いっしょ》だったので、二人《ふたり》は自然《しぜん》と仲良《なかよ》しになっていった。そんなマイロが、ある時《とき》、父《ちち》の足元《あしもと》でクレアの絵《え》を描《か》き始《はじ》めた。でもクレアはじっとしていないため、思《おも》わず声《こえ》を上《あ》げてしまう。

「今《いま》、大事《だいじ》なお顔《かお》を描《か》いているんだから、動《うご》いちゃダメだよ。クレア」

いっぱしの絵描《えか》きのようなセリフを口《くち》にするマイロに、王《おう》も王妃《おうひ》も、そしてマイロの父《ちち》からも、笑《え》みがこぼれた。

そんな日常《にちじょう》を送《おく》っていたある日《ひ》のこと。

マイロがいつものように中庭《なかにわ》で絵《え》を描《か》いていると、やっぱりいつものように城《しろ》を抜《ぬ》け出《だ》して来《き》たクレアが、伝説《でんせつ》の青《あお》いコウモリを探《さが》しに行《い》こうと誘《さそ》いに来《き》た。

でもマイロは、何度《なんど》話《はな》しかけても夢中《むちゅう》で絵《え》を描《か》き続《つづ》けるばかり。

「ずっとず〜っと、絵《え》ばっか描《か》いて！」

顔《かお》を真《ま》っ赤《か》にしたクレアは、アカンベーをして駆《か》け出《だ》して行《い》ってしまった。

「クレアって、どうしてあんなにおてんばなんだろなぁ……」

マイロが描《か》いていたのは、クレアの誕生日《たんじょうび》のお祝《いわ》いに渡《わた》そうと思《おも》っていた絵《え》だ。早《はや》く完《かん》成《せい》させたかったのだが、飛《と》び出《だ》して行《い》ったクレアのことが気《き》になり、結局《けっきょく》は後《あと》を追《お》いかけることになるのだった。

すぐに追《お》いつくつもりが、おてんば姫《ひめ》の足《あし》は速《はや》く、城門《じょうもん》の前《まえ》でも、湖《みずうみ》にかかる橋《はし》まで行《い》っても見当《みあ》たらない。結局迷《けっきょくまよ》いの森《もり》の入《い》り口《ぐち》まで来《き》てみたが、そこにも姿《すがた》はなかった。

さすがにここまで一人《ひとり》で来《く》ることはないかと思《おも》い直《なお》し、お城《しろ》に帰《かえ》ろうとした時《とき》、ざわざわと大風《おおかぜ》が吹《ふ》き始《はじ》めた。木々《きぎ》がざわめき、葉《は》っぱがビュンビュンと一直線《いっちょくせん》に飛《と》んで行《い》く。

〈もし、森《もり》の中《なか》にクレアがいたらどうしよう……〉

マイロは心配《しんぱい》になり、もう少《すこ》しだけ森《もり》の奥《おく》に行《い》ってみることにした。

中《なか》へ進《すす》むにつれ風《かぜ》は強《つよ》くなってうねり、空《そら》のある一点《いってん》に向《む》かって渦《うず》を巻《ま》き始《はじ》めた。

ゴォオオオウウ〜。

渦《うず》の中心《ちゅうしん》には黒《くろ》くて大《おお》きな穴《あな》があり、木《こ》の葉《は》や枝《えだ》などが、どんどん吸《す》い込《こ》まれている。

「ま……まずい……」

自分《じぶん》も飛《と》ばされそうになり、姿勢《しせい》を低《ひく》くしながら少《すこ》しずつ後《うし》ろに下《さ》がり始《はじ》めた時《とき》、あるものが目《め》に飛《と》び込《こ》んできた。

「クレア⁉」

視線《しせん》の先《さき》で、クレアが渦《うず》に飲《の》み込《こ》まれそうになるのを必死《ひっし》に耐《た》えていた。

「クレア！　今《いま》すぐ行《い》くからね‼」

大風《おおかぜ》をくぐるように背中《せなか》を丸《まる》め、マイロはじわりじわりと前《まえ》へ進《すす》むが、力《ちから》を抜《ぬ》くと、すぐに身体《からだ》がさらわれそうになる。渦《うず》はさらに、その吸引力《きゅういんりょく》を増《ま》していき……。

「ひゃっ」

クレアの身体《からだ》がふわっと浮《う》き上《あ》がった。吸《す》い込《こ》まれまいと空中《くうちゅう》で足《あし》をバタバタさせている。一瞬《いっしゅん》、風《かぜ》が弱《よわ》まったのか、再《ふたた》び地面《じめん》に足《あし》がついた瞬間《しゅんかん》に、駆《か》け出《だ》そうとした。しかし、その足《あし》も、やがて空回《からまわ》りへ変《か》わった。

「な、なんじゃ⁉」

浮《う》いた状態《じょうたい》では、いくら足《あし》を動《うご》かそうが手《て》を振《ふ》ろうが無駄《むだ》だった。空《そら》の大穴《おおあな》のまわりに雷《かみなり》のような、電気《でんき》のスパークが放射状《ほうしゃじょう》に走《はし》る。風《かぜ》は猛烈《もうれつ》さを極《きわ》め、クレアは糸《いと》の切《き》れた凧《たこ》のように翻弄《ほんろう》され、渦《うず》の中心《ちゅうしん》に向《む》かってぐるぐると回《まわ》りながら穴《あな》の中《なか》へと消《き》えてしまった。

「クレア～！！！」

クレアの姿《すがた》を飲《の》み込《こ》んだとたん、風《かぜ》がやみ、大穴《おおあな》は消《き》え、何《なに》もなかったかのように静《しず》まり返《かえ》った。

すると、そこから何《なに》かが降《ふ》って来《き》て、マイロの足元近《あしもとちか》くに落《お》ちた。拾《ひろ》い上《あ》げてみると、それはクレアの首飾《くびかざ》り。

「まだ……あたたかい……」

姿《すがた》がないのに、ぬくもりだけが伝《つた》わってきて、マイロはよけいに悲《かな》しくなるのだった。

＊

六歳《ろくさい》だった頃《ころ》のマイロにとっての、この最悪《さいあく》の思《おも》い出《で》に、ドラえもんたちは、黙《だま》ったまじっと聞《き》き入《い》っていた。湯気《ゆげ》の上《あ》がっていたお茶《ちゃ》も、すっかり冷《さ》めきっている。

「お城《しろ》はもう、大変《たいへん》な騒《さわ》ぎになってね。城中《しろじゅう》の人《ひと》みんなで森《もり》の中《なか》はもちろん、城《しろ》や湖《みずうみ》の隅々《すみずみ》まで探《さが》し続《つづ》けたよ。それでも見《み》つからなくて、お城《しろ》の占《うらな》い師《し》は、イゼールの呪《のろ》いだとまで言《い》い出《だ》してね……」

「イゼールって？」のび太《た》がたずねる。

「この国《くに》に伝《つた》わる悪魔《あくま》だよ。いつか復活《ふっかつ》して、この世《よ》を終《お》わらせると恐《おそ》れられているんだ」

「わらわは、イゼールなんぞに会《あ》ってないぞ」

「そう、イゼールは迷信《めいしん》さ。一度《いちど》は国中《くにじゅう》がパニックになりかけたけど、占《うらな》い師《し》が急《きゅう》にいなくなってからは、熱《ねつ》も冷《さ》めていって、結局《けっきょく》クレアは神隠《かみかく》しにあったという事《こと》になったんだ」

「それから四年《よねん》が経《た》って、ぼくたちがクレアを連《つ》れてあらわれたっていうことか」

そう言《い》って、お茶《ちゃ》をすするドラえもん。

「そういうことだったんだね」

納得《なっとく》するのび太《た》だが、しずかにはまだ疑問《ぎもん》が残《のこ》っていた。

「でも、どうしてクレアちゃんが絵《え》の中《なか》にいたのかしら？」

「それはきっと、タイムトリッパーだったんじゃないかなぁ」

これまで聞《き》いた話《はなし》を元《もと》に、ドラえもんが弾《はじ》き出《だ》した見解《けんかい》だった。

「突然空《とつぜんそら》に開《あ》いた穴《あな》って、たぶん時空《じくう》ホールだよ。これは時間《じかん》の歪《ゆが》みが大《おお》きくなった時《とき》にできる裂《さ》け目《め》なんだけど、それに巻《ま》き込《こ》まれる人《ひと》が時々《ときどき》いるんだ。時空《じくう》をさまよい続《つづ》けたり、別《べつ》の時代《じだい》へ飛《と》び越《こ》えたりする人《ひと》もいる。そういう現象《げんしょう》を昔《むかし》は神隠《かみかく》しといっていたんだ」

「そんな人《ひと》がいるもんなのか」と、ジャイアンやスネ夫《お》も不思議《ふしぎ》そうに聞《き》いている。

「未来《みらい》ではタイムトリッパーと呼《よ》ばれていて、そういう人《ひと》を救《すく》うため、タイムパトロールが監視《かんし》しているくらいなんだよ」

タイムパトロールとは、全時代《ぜんじだい》において、不幸《ふこう》な死《し》を遂《と》げたり、時《とき》のはざまに陥《おちい》った人《ひと》たちを助《たす》ける未来《みらい》の組織《そしき》のこと。クレアもタイムパトロールの救助対象《きゅうじょたいしょう》にはなるが、対象《たいしょう》者《しゃ》は全世界《ぜんせかい》、全時代《ぜんじだい》にわたり、その数《かず》は膨大《ぼうだい》になるため、発見《はっけん》されていなかったとしても不思議《ふしぎ》ではない。

「絵《え》の世界《せかい》に入《はい》る時《とき》にこれを使《つか》ったでしょ？」

ドラえもんが、『はいりこみフライト』を『四次元《よじげん》ポケット』から取《と》り出《だ》して見《み》せた。

「これは絵《え》と現実《げんじつ》とを時空《じくう》ホールの原理《げんり》でつなぐんだ。だから、ライトを使《つか》った時《とき》に、たまたま時空《じくう》を漂《ただよ》っていたクレアが、絵《え》の中《なか》に流《なが》れ込《こ》んだのかもしれない」

「そういうことなのね」

疑問《ぎもん》が残《のこ》っていたしずかも、うなずいた。

「そんな覚《おぼ》えはある？」

のび太《た》がクレアにたずねる。

「さっぱりわからぬ。気《き》が付《つ》いたらあの迷《まよ》いの森《もり》にいたのじゃ。それより、わらわの父上《ちちうえ》と母上《ははうえ》はどうしているんじゃ？」

「王様《おうさま》と王妃様《おうひさま》の悲《かな》しみようはすごくてね。ぼくの父《とう》さんがクレアの絵《え》を描《か》いて慰《なぐさ》めてさし上《あ》げたりもしたんだけど……その父《とう》さんも去年《きょねん》、急《きゅう》に亡《な》くなって……」

うつむいて、ゆっくりと目《め》を閉《と》じるマイロ。

「それはまことか⁉」

「絵《え》のことをもっともっと教《おし》えてほしかったんだけど……。だから今《いま》は一人《ひとり》で必死《ひっし》に勉強《べんきょう》をしているってわけ」

「だから……」クレアは、マイロをまっすぐ見《み》つめて言《い》った。

「だから、こんなボロ小屋《ごや》にいるのか？」

みんなが思《おも》わずプププと笑《わら》ってしまった。でも、クレアには、笑《わら》わそうとか、茶化《ちゃか》そうという意図《いと》はなく、マイロを心配《しんぱい》していたからこそ出《で》た言葉《ことば》だったのだが、狭《せま》いアトリエの中《なか》は、これで一気《いっき》に明《あか》るくなった。

「た、たしかにここは狭《せま》くてボロだけど、お城《しろ》の中《なか》にもちゃんと住《す》まいはあるよ」

「それなら一安心《ひとあんしん》じゃ」

大《おお》まじめな顔《かお》で安心《あんしん》しているクレアを見《み》て、またみんなが笑《わら》った。

「おーい！　そろそろ城《しろ》に向《む》かわないと日《ひ》が暮《く》れちまうゾ。キキキ」

窓《まど》からチャイが飛《と》び込《こ》んで来《き》て、ぐるぐると回《まわ》っている。

それを目《め》で追《お》いながら「今日《きょう》は不思議《ふしぎ》なお客《きゃく》さんが多《おお》いな」と、つぶやくマイロ。

「そうじゃった。城《しろ》へ向《む》かわねば。父上《ちちうえ》も母上《ははうえ》も心配《しんぱい》しておる」

クレアはすぐに向《む》かおうと立《た》ち上《あ》がったが、マイロによると、王《おう》と王妃《おうひ》は外遊《がいゆう》に出《で》ていてお城《しろ》にはいないのだという。

「娘《むすめ》がこうして戻《もど》って来《き》たというのに、留守《るす》じゃと!?」

クレアは声《こえ》を張《は》り上《あ》げるが、外遊先《がいゆうさき》は遠方《えんぽう》のため、いつ帰《かえ》るかもわからないらしい。

「だったらこのまま、湖《みずうみ》でキャンプでもして待《ま》とう！　な、スネ夫《お》」

「それはいいね、そうしようよ。な、のび太《た》」

「うん、せっかくの夏休《なつやす》みだしね！　ドラえもん、いいでしょ？」

ジャイアンの提案《ていあん》に、みんなはノリノリ。しかし、しずかだけは、表情《ひょうじょう》を曇《くも》らせた。

「クレアちゃんを放《ほう》ってはおけないけど、おうちに帰《かえ》らないとママが心配《しんぱい》しちゃうわ」

この心配《しんぱい》は、ドラえもんが解決《かいけつ》してくれた。

「それなら、帰《かえ》ってからタイムマシンで出発《しゅっぱつ》した日《ひ》に戻《もど》ればいいよ。そうすれば、ずっと家《いえ》にいたことになるから、ママが心配《しんぱい》することもない」

「ほんと？　それならいいわ!!」

こうして、アートリアでの滞在《たいざい》が決《き》まった。

しかし、お世辞《せじ》にもキレイとはいえないアトリエに、お姫様《ひめさま》を寝《ね》かせるわけにはいかない。それ以前《いぜん》に、のび太《た》たち全員《ぜんいん》が寝《ね》られる場所《ばしょ》もない。

「どうしよう……ドラえもん」

「せっかくだから、マイロに一《ひと》つお願《ねが》いしちゃおっかな」

「……え？」

マイロは、一体《いったい》何《なに》をお願《ねが》いされるのか見当《けんとう》がつかず、キョトンとしていると、ドラえもんは『四次元《よじげん》ポケット』から、スケッチブックとクレヨンを取《と》り出《だ》した。

「まずは、ここに、みんなが一緒《いっしょ》に暮《く》らせるような、建物《たてもの》の絵《え》を描《か》いてほしいんだ」

「これに？」

マイロは、画材《がざい》を受《う》け取《と》ると、絵《え》を描《か》き始《はじ》めたのだが、まず驚《おどろ》いたのはクレヨンの描《か》き心地《ごこち》の良《よ》さ。

「なにこれ！　すごい、すごいよ！　こんなに簡単《かんたん》に、しかも好《す》きなように絵《え》が描《か》けるなんて、本当《ほんとう》にドラえもんは魔法使《まほうつか》いなんだね」

のび太《た》は不思議《ふしぎ》そうな顔《かお》をしてのぞき込《こ》む。

「え、それタダのスケッチブックとクレヨンだよ？」

「バカだなぁのび太《た》は」

スネ夫《お》が割《わ》り込《こ》んできて、したり顔《がお》で語《かた》り始《はじ》めた。

「この時代《じだい》にクレヨンがあるわけないだろ？　紙《かみ》だって手《て》に入《はい》らないくらいなんだから」

確《たし》かに十三世紀《じゅうさんせいき》では、まだまだ紙《かみ》は貴重品《きちょうひん》。板《いた》に直接《ちょくせつ》描《か》く手法《しゅほう》が主流《しゅりゅう》だった。ましてクレヨンのようにすらすらと鮮《あざ》やかな色《いろ》で描《か》ける画材《がざい》なんて存在《そんざい》すらしていない。

「これでどうかな」

マイロは、アートリア城《じょう》に負《ま》けないほど堂々《どうどう》とした、白亜《はくあ》の砦《とりで》を描《か》き上《あ》げた。

「それで？　この絵《え》をどうしようってんだ？」

ジャイアンだけではなく、みんなが思《おも》っている疑問《ぎもん》だった。するとドラえもんはニヤリとしながらアトリエを出《で》て、「こっちこっち」と、湖《みずうみ》のほとりへ向《む》かった。

04 水《みず》で砦《とりで》をつくっちゃえ

「『水《みず》ビル建築機《けんちくき》』!」

ドラえもんは、『四次元《よじげん》ポケット』の大《おお》きさからは想像《そうぞう》もつかないサイズの機械《きかい》を取《と》り出《だ》し、湖《みずうみ》のそばにドスンと置《お》いた。『水《みず》ビル建築機《けんちくき》』とは、ポンプで吸《す》い上《あ》げた水《みず》を『水加《みずか》工用《こうよう》ふりかけ』で固《かた》めてブロックにし、それを使《つか》って、設計図通《せっけいずどお》りに建物《たてもの》をつくるマシン。本体《ほんたい》から伸《の》びる蛇腹《じゃばら》のホースを湖《みずうみ》の中《なか》に入《い》れ、本体《ほんたい》に『水加工用《みずかこうよう》ふりかけ』の大瓶《おおびん》をセットすると、それを見《み》ていたのび太《た》が、感心《かんしん》しながらも疑問《ぎもん》を口《くち》にした。

「へ~、でも設計図《せっけいず》はどうするの?」

「それなら今《いま》でき上《あ》がったじゃないか」

ドラえもんはマイロから砦《とりで》の絵《え》を受《う》け取《と》ると、機械《きかい》の中《なか》へ。この時《とき》、クレアから魔法使《まほうつか》いだといわれていたのを思《おも》い出《だ》し、呪文《じゅもん》のような言葉《ことば》を唱《とな》えながら始動《しどう》ボタンを押《お》した。

「チンカラ……ホイッ」

スポコンスポコン……スポコンスポコン……『水《みず》ビル建築機《けんちくき》』がそんな音《おと》をたてながら、アートリア湖《こ》の水《みず》を吸《す》い上《あ》げ始《はじ》めた。その水《みず》を、『水加工用《みずかこうよう》ふりかけ』と混《ま》ぜ合《あ》わせて瞬《しゅん》時《じ》にブロック化《か》し、大砲《たいほう》のように打《う》ち出《だ》した。

「うわ～!!」

マイロもクレアも、腰《こし》を抜《ぬ》かしそうになっていたが、それだけではない。飛《と》び出《で》た透明《とうめい》なブロックは、秩序《ちつじょ》だって整列《せいれつ》しながら地面《じめん》に並《なら》び、次々《つぎつぎ》に積《つ》み上《あ》がっていった。すると徐々《じょじょ》に形《かたち》をなしていき、マイロが描《か》いた通《とお》りの砦《とりで》が現実《げんじつ》となってそびえ立《た》った。

「え……まさか……」

その光景《こうけい》に、描《か》いた本人《ほんにん》も声《こえ》を失《うしな》っている。

早速《さっそく》みんなで中《なか》へ入《はい》ってみると、広々《ひろびろ》とした大広間《おおひろま》があり、その奥《おく》には、長《なが》い階段《かいだん》が壁《かべ》に沿《そ》って伸《の》びている。さらに先《さき》には五《いつ》つの扉《とびら》があり、それぞれの個室《こしつ》につながっていた。

「王様《おうさま》たちがお城《しろ》に戻《もど》るまでは、ここで暮《く》らせばいい」

ドラえもんが得意《とくい》げに語《かた》ったが、しずかが心配《しんぱい》そうに言《い》った。

「でも……中《なか》が丸見《まるみ》えなのは……落《お》ち着《つ》かないわね……」

「水《みず》でできているからね。でも、それなら大丈夫《だいじょうぶ》」

ドラえもんは、コショウの小瓶《こびん》のような入《い》れ物《もの》が何本《なんぼん》か組《く》み合《あ》わさった、『水加工用《みずかこうよう》ふりかけセット』を『四次元《よじげん》ポケット』から取《と》り出《だ》して言《い》った。

「これをふりかければ、水《みず》の砦《とりで》を好《す》きな色《いろ》に塗《ぬ》ることができるよ」

「じゃあこれでぼくが塗《ぬ》ってあげる」

のび太《た》は、『水加工用《みずかこうよう》ふりかけセット』の中《なか》の一本《いっぽん》をパッと手《て》に取《と》り、あたりに振《ふ》りまこうとしたが、ドラえもんがあわてて引《ひ》き留《と》め、瓶《びん》のラベルを確《たし》かめた。

「やっぱりそうだ。これは『水《みず》もどしふりかけ』だよ。これを使《つか》ったら、砦《とりで》が一気《いっき》に水《みず》に戻《もど》っちゃうじゃないか。危《あぶ》ないなぁ」

のび太《た》が手《て》にしたのは、ブロックを元《もと》の水《みず》に戻《もど》してしまうふりかけだった。

「危《あぶ》ないから、色塗《いろぬ》りはぼくがやるよ」

ドラえもんはその代《か》わりにと、『イメージベレーぼう』を取《と》り出《だ》し、のび太《た》や、ほかのみんなに渡《わた》した。この帽子《ぼうし》を頭《あたま》にかぶって欲《ほ》しい物《もの》をイメージすると、その先端《せんたん》から煙《けむり》のようなモヤモヤが出《で》て、考《かんが》えた通《とお》りの物《もの》に実体化《じったいか》するのだという。

「これで、お部屋《へや》の家具《かぐ》とかインテリアを作《つく》るといい」

『イメージベレーぼう』を受《う》け取《と》ったみんなは、それぞれ自分好《じぶんごの》みの部屋《へや》にするために、奥《おく》の階段《かいだん》を駆《か》け上《あ》がっていった。

その間《あいだ》に、ドラえもんは『タケコプター』で建物《たてもの》の上《うえ》まで飛《と》んで行《い》き、『水加工用《みずかこうよう》ふりかけ』をかけた。すると、建物《たてもの》はペンキがかかったように染《そ》まっていき、白亜《はくあ》の砦《とりで》が完成《かんせい》。湖《みずうみ》の真《ま》ん中《なか》に浮《う》かぶ城《しろ》と並《なら》び立《た》つその姿《すがた》は、風景《ふうけい》に調和《ちょうわ》して、とても美《うつく》しく輝《かがや》いていた。


その頃《ころ》しずかは、ルームメイトのクレアと一緒《いっしょ》に部屋《へや》づくりをしていた。まず最初《さいしょ》に作《つく》ったのはバスルームで、それも憧《あこが》れだった猫足《ねこあし》のバスタブ。まだお湯《ゆ》も出《で》ないうちから、中《なか》で横《よこ》になり、お風呂気分《ふろきぶん》を味《あじ》わっている。

「クレアちゃんもなにか作《つく》ってみない？」

『イメージベレーぼう』をクレアにかぶせてあげると、クレアは腕組《うでぐ》みをして必死《ひっし》に何《なに》かをイメージし始《はじ》めた。帽子《ぼうし》の先端《せんたん》からもくもくと煙《けむり》が立《た》ち上《あ》がると、大《おお》きなシャンデリアに変化《へんか》し、そのまま天井《てんじょう》にぶら下《さ》がった。

「さすがクレアちゃん。豪華《ごうか》ね～」

「部屋《へや》にはこれくらいの明《あ》かりがほしいぞよ」

一方《いっぽう》スネ夫《お》は、ヨーロッパ風家具《ふうかぐ》をぞくぞくとイメージして作《つく》り上《あ》げていた。豪華《ごうか》なベッドやソファに、暖炉《だんろ》も設置《せっち》。そこに自分《じぶん》の好《す》きなロボットなどをアクセントとして飾《かざ》っている。ジャイアンは、うまくイメージできなかったのか、ベッドの代《か》わりにハンモックを吊《つ》るし、家具《かぐ》は少《すく》な目《め》。ただ、小《ちい》さなステージを作《つく》ってその上《うえ》にカラオケセットを設置《せっち》するのは忘《わす》れなかったようで、いつでもリサイタルをできるようにしていた。

その頃《ころ》のび太《た》は、『ねん土《ど》ふりかけ』を持《も》ってアートリア湖《こ》の水際《みずぎわ》にいた。『ねん土《ど》ふりかけ』は、『水加工用《みずかこうよう》ふりかけセット』のうちの一《ひと》つで、粘土《ねんど》のように柔《やわ》らかい水《みず》のかたまりを作《つく》ることができる。のび太《た》はそれを湖面《こめん》にふりかけてから手《て》を突《つ》っ込《こ》むと、大《おお》きな水風船《みずふうせん》でもつかんだように水《みず》を持《も》ち上《あ》げることができた。

「イメージベレーぼうでもできないものを作《つく》ってやるんだ」

のび太《た》は、つかみ上《あ》げた水《みず》のかたまりを何個《なんこ》も合体《がったい》させ、大《おお》きな水《みず》のボールを作《つく》り上《あ》げた。ちょうど運動会《うんどうかい》の大玉《おおだま》のような大《おお》きさ。そのボールに背中《せなか》を向《む》けて立《た》ち「それっ」と、後《うし》ろにジャンプし、お尻《しり》から突《つ》っ込《こ》んだ。

ぽちゃわん。ぽわん。

のび太《た》は、ホットドッグに挟《はさ》まれたソーセージのように、水《みず》に包《つつ》み込《こ》まれた。

「思《おも》った通《とお》りだ。ゆりかごにいるみたい……気持《きも》ちいい～」

本当《ほんとう》は部屋《へや》に持《も》ち込《こ》むために作《つく》ったのだが、あまりの寝心地《ねごこち》の良《よ》さに、その場《ば》でうつらうつら……ただでさえ昼寝《ひるね》の好《す》きなのび太《た》は、そのまま眠《ねむ》ってしまった……。

砦《とりで》の色塗《いろぬ》りを終《お》えたドラえもんも、部屋《へや》づくりをスタート。どうせならと、どら焼《や》きをイメージしたデザインに統一《とういつ》した家具《かぐ》を作《つく》った。どら焼《や》き型《がた》テレビ、どら焼《や》き柄《がら》のテーブルに電気《でんき》スタンド。ベッドや座布団《ざぶとん》もふわふわなどら焼《や》きの形《かたち》にし、どら焼《や》きを置《お》くための棚《たな》まで作《つく》るこだわりよう。ただ一《ひと》つ、ここに置《お》かれたもので、どら焼《や》きの形《かたち》をしていないものがあった。それはアートリアの丘《おか》と迷《まよ》いの森《もり》とをつないでいた絵《え》。アートリアにやって来《き》た際《さい》に拾《ひろ》っておいたものを、インテリアの一《ひと》つとして棚《たな》の上《うえ》に飾《かざ》ったのだった。

「ドラちゃん、いるかしら？」

しずかがドラえもんの部屋《へや》にやって来《き》た。

「お部屋《へや》づくりは順調《じゅんちょう》？」

と、ドラえもんがたずねると、

「それなんだけど……相談《そうだん》があって……」

しずかは、すまなそうにしながらも、ドラえもんにゴニョゴニョと耳打《みみう》ちをした。

「フフフ。そういうことか。それなら……」

ドラえもんは、『ノビール水道管温泉用《すいどうかんおんせんよう》』をポケットから取《と》り出《だ》し、しずかに渡《わた》した。

この道具《どうぐ》は、壁《かべ》や床《ゆか》に取《と》り付《つ》けると、温泉《おんせん》のある場所《ばしょ》まで自動《じどう》で水道管《すいどうかん》が伸《の》びていき、お湯《ゆ》を運《はこ》んできてくれるというもの。

「取《と》り付《つ》けたら、あとは蛇口《じゃぐち》をひねるだけで温泉《おんせん》が出《で》てくるよ」

「ありがとう、ドラちゃん！」

小躍《こおど》りしながら部屋《へや》に戻《もど》って来《き》たしずかは、さっそく猫足《ねこあし》バスタブのすぐ横《よこ》の壁《かべ》に、『ノビール水道管温泉用《すいどうかんおんせんよう》』をセットした。そしてゆっくり蛇口《じゃぐち》のハンドルを回《まわ》すと、コポ、コポポポポ……、水《みず》の音《おと》がだんだん近《ちか》づいてきて、勢《いきお》いよくお湯《ゆ》が噴《ふ》き出《で》て来《き》た。

「わ〜っ‼」

牛乳《ぎゅうにゅう》をまぜたような乳白色《にゅうはくしょく》のお湯《ゆ》に手《て》をかざすと、ほどよい温《あたた》かさ。そしてほんのりと花火《はなび》の後《あと》のようなにおいがして、かなり良質《りょうしつ》な温泉《おんせん》のようだ。

「クレアちゃん、温泉《おんせん》よ‼　好《す》きなだけ温泉《おんせん》に入《はい》れるわよ！　後《あと》で一緒《いっしょ》に入《はい》りましょ」

クレアは、壁《かべ》から温泉《おんせん》を出《だ》した魔法《まほう》に驚《おどろ》いたのか、それとも温泉《おんせん》が嫌《きら》いなのか、のけぞったまま目《め》を丸《まる》くしている。

「わ、わらわは、け、けっこうじゃ」

「オイラも遠慮《えんりょ》しとくぞ。キキキ」

いつの間《ま》にか部屋《へや》に来《き》ていたチャイまでが、クレアと一緒《いっしょ》に温泉《おんせん》に驚《おどろ》き、逃《に》げて行《い》った。

「グゥ……グゥ……」

のび太《た》は、会心《かいしん》の出来《でき》となった水《みず》のベッドで、まだ気持《きも》ちよさそうに眠《ねむ》っている。

そこへニヤニヤ笑《わら》いながら、忍《しの》び足《あし》で近《ちか》づく二人《ふたり》は、ジャイアンとスネ夫《お》。

「イヒヒヒ、今《いま》がチャンスだよジャイアン」

「まかしとけ」

ジャイアンの手《て》には『水《みず》もどしふりかけ』の瓶《びん》が握《にぎ》られている。二人《ふたり》は目《め》で合図《あいず》を送《おく》りながらゆっくり近《ちか》づき、水《みず》のベッドにふりかけると……。

バシャ〜！　ベッドは一気《いっき》に水《みず》に戻《もど》り、のび太《た》はずぶ濡《ぬ》れになって地面《じめん》に落《お》ちた。打《う》ちつけた背中《せなか》の痛《いた》さと、水《みず》をかぶった苦《くる》しさで、あわてふためいている。

狙《ねら》い通《どお》り以上《いじょう》の展開《てんかい》に、二人《ふたり》は大笑《おおわら》い。

「ガハハハハ。水《みず》もどしふりかけの効果《こうか》を、いっぺん見《み》てみたくってな」

「最高《さいこう》だよ、のび太《た》。アハハハハ」

「ひどいよ、せっかく最高《さいこう》のベッドを作《つく》ったのにぃ〜」

のび太《た》が悔《くや》しがっていると、ピンポンパンポーン！　チャイムが鳴《な》ってドラえもんによる館内放送《かんないほうそう》が流《なが》れ出《だ》した。

「お食事《しょくじ》の用意《ようい》ができましたので、屋上《おくじょう》までお集《あつ》まりくださ〜い」

見上《みあ》げると、屋上《おくじょう》でドラえもんが手《て》を振《ふ》っていた。

「はやくおいで〜」

「ごはんだ〜！」

三人《さんにん》は、これまでのことをすっかり忘《わす》れ、砦《とりで》の中《なか》へと駆《か》け込《こ》んでいった。

＊

「みんな集《あつ》まったね。それじゃ行《い》くよ〜！！！」

テニスの審判《しんぱん》が座《すわ》りそうな高《たか》いイスから、みんなを見下《みお》ろしつつ、ドラえもんが言《い》った。

砦《とりで》の屋上《おくじょう》には、ウォータースライダーのようにまがりくねった半円型《はんえんがた》のパイプが張《は》り巡《めぐ》らされている。これは一体何《いったいなん》だろうかと不思議《ふしぎ》に思《おも》った一同《いちどう》だが、ドラえもんが抱《かか》えた大《おお》きなザルに、山盛《やまも》りのそうめんがのっているのを見《み》て、何《なに》かがわかった。

「流《なが》しそうめんだね！」

のび太《た》が叫《さけ》んだと同時《どうじ》に、みんなの気分《きぶん》が一気《いっき》に盛《も》り上《あ》がった。

「お箸《はし》の準備《じゅんび》はいい？　流《なが》すよ、それ〜」

　みんなは、片手《かたて》にそばちょこ、もう片方《かたほう》に箸《はし》を持《も》って、流《なが》れて来《く》るそうめんをすくって食《た》べた。そうめんを流《なが》し続《つづ》ける水《みず》は、しずかのお風呂《ふろ》でも使《つか》った『ノビール水道管《すいどうかん》』から出《で》ている。もちろんこっちは、飲料水用《いんりょうすいよう》だ。

　おなかが空《す》いていたジャイアンは、流《なが》れてくるそうめんを豪快《ごうかい》にガバッとすくって一口《ひとくち》でずるり。運動神経《うんどうしんけい》の悪《わる》いのび太《た》は、エイヤッと、箸《はし》をつっこんでもタイミングが合《あ》わず、そうめんに逃《に》げられてばっかり。すくえても一本《いっぽん》か二本《にほん》で、スネ夫《お》にバカにされている。

　のび太《た》のほかにももう一人《ひとり》、なかなかそうめんにありつけないのがマイロだった。筆《ふで》を持《も》たせたら天下一品《てんかいっぴん》だがお箸《はし》は初《はじ》めて。箸《はし》をトンカチのように握《にぎ》ってほじくるので、全然《ぜんぜん》すくい上《あ》げることができない。なんとかめんつゆに放《ほう》り込《こ》めても、今度《こんど》はそこから口《くち》に運《はこ》ぶのに四苦八苦《しくはっく》。それでも、初《はじ》めて食《た》べるそうめんは気《き》に入《い》ったようだった。

「おいしいよ。クレアも食《た》べなよ」

　クレアは、箸《はし》を使《つか》えないからなのか、流《なが》しそうめんに近《ちか》づこうともせず、横《よこ》のテーブルで別《べつ》のメニューを食《た》べていた。

「わらわは、こ、こっちの、オ……オムライスとやらの方《ほう》が好《す》きだぞよ」

テーブルにはドラえもんのひみつ道具《どうぐ》『グルメテーブルかけ』が敷《し》かれていて、食《た》べたいものを注文《ちゅうもん》するだけで、どんな料理《りょうり》もポンッと飛《と》び出《で》て来《く》る。

「オムライス、気《き》に入《い》ったみたいね」

しずかが横《よこ》に来《き》て座《すわ》った。

「デザートには、こんなのもどうかしら」

グルメテーブルかけに向《む》かって、「チョコバナナ！」としずかが注文《ちゅうもん》すると……。ポンッ。

したたるほどたっぷりとチョコレートがかかったバナナが出《で》て来《き》た。

「も、もしや、チョコレイトウか!?」

クレアは目《め》を輝《かがや》かせる。

「キキキ〜ッ、チョコレイトウだと!?」

めざとくチャイも飛《と》んで来《き》て、クレアとチャイは夢中《むちゅう》でパクパク。

「ン〜、地獄《じごく》のようなうまさだぞ。キキキキ」

「それを言《い》うなら、天国《てんごく》のようなおいしさでしょ。フフフフ」

うれしそうにしている二人《ふたり》を見《み》ながら、しずかもチョコバナナを頬張《ほおば》った。

太陽《たいよう》が沈《しず》みかけた頃《ころ》、アートリアブルーの湖《みずうみ》が、一面《いちめん》オレンジ色《いろ》に染《そ》まった。この瞬間《しゅんかん》が大好《だいす》きなマイロは、屋上《おくじょう》の端《はし》で一人《ひとり》、景色《けしき》を眺《なが》めていた。

「湖《みずうみ》かぁ、きれいじゃなぁ」

クレアが顔《かお》を出《だ》し、マイロの横《よこ》にちょこんと来《き》て肩《かた》を並《なら》べた。

湖《みずうみ》の輝《かがや》きが反射《はんしゃ》して二人《ふたり》の顔《かお》もキラキラしている。

「アートリア湖《こ》の夕焼《ゆうや》け、きれいだよね。大好《だいす》きなんだ。それに……」

マイロは、クレアの顔《かお》をじっとのぞき込《こ》んだ。

「それに、なんじゃ？」

「それに……クレアの目《め》も湖《みずうみ》と同《おな》じ色《いろ》だよね。きれいで……」

青《あお》い瞳《ひとみ》に夕陽《ゆうひ》がさし込《こ》み、湖《みずうみ》と同《おな》じように輝《かがや》いている。

「きれいで、なんなんじゃ？」

クレアはマイロにしつこくたずねた。そうしたら、湖《みずうみ》と同《おな》じように、自分《じぶん》のことも大好《だいす》きだと言《い》われるのかもしれないと、心《こころ》のどこかで期待《きたい》していたからかもしれない。

「湖《みずうみ》と同《おな》じ色《いろ》で、きれいで、どうかしたのか？」

マイロは、クレアの瞳《ひとみ》をもう一度《いちど》じっと見《み》つめながら言《い》った。

「湖《みずうみ》と同《おな》じで、きれい……な色《いろ》を、どうやったら、絵《え》で表現《ひょうげん》できるのかなって。そう思《おも》ってさ」

「絵《え》……じゃと……？」

クレアは大《おお》きなため息《いき》をついてから、声《こえ》を張《は》り上《あ》げた。

「やっぱりマイロは絵《え》のことばっか！　べ～！！！」

アカンベーをして、駆《か》け出《だ》して行《い》ってしまった。

その場《ば》に一人《ひとり》、取《と》り残《のこ》され、呆然《ぼうぜん》とするマイロだった。


陽《ひ》が沈《しず》み、白亜《はくあ》の砦《とりで》は、月《つき》の光《ひかり》に照《て》らされていた。

しずかと同《おな》じ部屋《へや》のクレアは、スプリングの入《はい》ったベッドの上《うえ》で跳《は》ね回《まわ》っている。

「こんなベッドは初《はじ》めてじゃ。でも、弾《はず》む布団《ふとん》で眠《ねむ》れるものか？」

「横《よこ》になったら気持《きも》ちいいわよ」

お風呂《ふろ》に入《はい》っていたしずかが、カーテン越《ご》しに答《こた》えた。

「それより、クレアちゃんもお風呂《ふろ》どう？」

「わらわはお風呂《ふろ》は嫌《きら》いじゃっ」

「温泉《おんせん》、気持《きも》ちいいのに……」

こうしてしずかが、この日《ひ》、三度目《さんどめ》の温泉《おんせん》を堪能《たんのう》している頃《ころ》、スネ夫《お》やジャイアン、ドラえもんの三人《さんにん》は、旅《たび》の疲《つか》れもあってか、すでにぐっすりと眠《ねむ》っていた。

一方《いっぽう》、のび太《た》は……。

ジャアアアア。十三世紀《じゅうさんせいき》の時代《じだい》に、水洗《すいせん》トイレの水音《みずおと》が響《ひび》く。

「ふあ〜」

あくびをしながらトイレから出《で》て来《き》たのび太《た》は、部屋《へや》に戻《もど》る途中《とちゅう》で、砦《とりで》の横《よこ》にあるマイロのアトリエからろうそくの明《あ》かりが漏《も》れているのに気《き》が付《つ》いた。

「こんな時間《じかん》まで何《なに》をしているんだろう……」

のび太《た》はパジャマのまま、マイロのアトリエへ向《む》かった。

玄関《げんかん》に向《む》かう前《まえ》に、開《あ》いていた窓《まど》からのぞいてみると、マイロはろうそくの明《あ》かりのもとでひたすら絵《え》を描《か》いていた。のび太《た》はそのまま窓越《まどご》しに声《こえ》をかけてみた。

「まだ起《お》きていたんだ」

「のび太《た》こそこんな遅《おそ》くにどうしたの？　入《はい》っておいでよ」

マイロは夜《よる》の来訪《らいほう》にもかかわらず、のび太《た》をこころよく招《まね》き入《い》れると、一旦筆《いったんふで》を置《お》いて、戸棚《とだな》へと向《む》かった。

中《なか》に入《はい》ったのび太《た》は、マイロの描《か》きかけの絵《え》をのぞき込《こ》む。

「これ、クレアだね。上手《じょうず》～」

「いやぁ、ぼくよりうまい人《ひと》はいくらでもいるよ。でもね――」

戸棚《とだな》からツボの一《ひと》つを手《て》に取《と》ると、トントンとやって絵《え》の具《ぐ》の元《もと》となる顔料《がんりょう》の粉《こな》を、小《こ》鉢《ばち》に出《だ》しながら話《はなし》を続《つづ》けた。

「――父《とう》さんも言《い》っていたけど、絵《え》は、うまいとか下手《へた》とかは、そこまで大事《だいじ》なことじゃないんだよ」

「え？　どういうこと？」

「自分《じぶん》にしか描《か》けない絵《え》を描《か》くことが大事《だいじ》なんだよ」

話《はな》しながらマイロはたまごを手《て》に取《と》ると、カラで器用《きよう》に黄身《きみ》と白身《しろみ》に分《わ》け、黄身《きみ》と酢《す》を皿《さら》の上《うえ》で混《ま》ぜ始《はじ》めた。

「それってもしかして絵《え》の具《ぐ》になるの？」

「そうだよ。こうやって出《だ》したい色《いろ》を作《つく》るんだけど、なかなかうまくいかないんだ」

酢《す》と混《ま》ぜた黄身《きみ》を、顔料《がんりょう》にひとたらしし、へらを裏表《うらおもて》させて練《ね》る。

「チューブじゃないんだね」

「チューブって？　ぼくは魔術《まじゅつ》が使《つか》えるわけじゃないからね。色《いろ》はいつもこうやって作《つく》っているんだよ」

クレアの絵《え》を見《み》て、瞳《ひとみ》の色《いろ》が塗《ぬ》られていないことが気《き》になっていたのび太《た》が、そのことを思《おも》い切《き》ってたずねると、マイロは急《きゅう》にうつむいてため息《いき》をついた。

アートリアブルーと呼《よ》ばれる湖《みずうみ》のような色《いろ》を出《だ》すには、特別《とくべつ》な鉱石《こうせき》が必要《ひつよう》なのだという。

「アートリアブルーを作《つく》ることができる石《いし》は、代々《だいだい》、宮廷画家《きゅうていがか》だけに伝《つた》えられる秘密《ひみつ》なんだ。だから父《とう》さんもその石《いし》のことを知《し》っていたし使《つか》っていたんだけど、そのことを教《おし》えてもらえないまま……死《し》んじゃったんだ」

この小屋《こや》は、もともとマイロの父親《ちちおや》が使《つか》っていた場所《ばしょ》。そのため、ここの近《ちか》くにアートリアブルーの元《もと》となる鉱石《こうせき》があるのではないかと、ずいぶん探《さが》したらしい。石《いし》に限《かぎ》らず、木《き》の皮《かわ》や花《はな》、土《つち》などめぼしいものを見《み》つけては、絵《え》の具《ぐ》として利用《りよう》してみたのだが、どうしてもアートリアブルーの色《いろ》を表現《ひょうげん》することはできなかったのだという。

「すごいなぁ。そんなに一生懸命《いっしょうけんめい》になれる事《こと》があるなんてうらやましいよ……。ぼくもマイロみたいにうまく絵《え》が描《か》けたらいいのになぁ」

マイロは、さっき言《い》いかけた話《はなし》の続《つづ》きを語《かた》り始《はじ》めた。

「のび太《た》にだって、のび太《た》にしか描《か》けない絵《え》があるはずだよ。それをみつけるのが一番《いちばん》。うまいかどうかじゃないよ」

「でも、何《なに》を描《か》いてもヘタッピだって笑《わら》われるだけだし……」

「そんなことを気《き》にすることはないよ。大好《だいす》きなものを、大好《だいす》きだっていう気持《きも》ちを込《こ》めながら描《か》けばいいんだよ」

「大好《だいす》きなものかぁ……」

のび太《た》は、そう言《い》いながら、描《か》きかけのクレアの絵《え》とマイロとを交互《こうご》に見《み》つめ、〈それじゃマイロはもしかしてクレアのことが大好《だいす》きなのかな?……〉と、頬《ほお》を緩《ゆる》ませた。

「描《か》いてみない? 大好《だいす》きなもの」

マイロは絵《え》を描《か》くための板《いた》と筆《ふで》をのび太《た》に手渡《てわた》した。

「え? 今《いま》?」

「そう。まずは好《す》きなように描《か》いてみて」

「筆《ふで》はむずかしいから、クレヨンでもいいかな」

「もちろんだよ。じゃあ、ぼくももう少《すこ》しがんばろう」

マイロとのび太《た》は、肩《かた》を並《なら》べて絵《え》を描《か》き始《はじ》める。静《しず》まり返《かえ》ったアトリエに、筆《ふで》とクレヨンが走《はし》る音《おと》だけが響《ひび》く。

手元《てもと》を照《て》らすろうそくのゆらめきで、二人《ふたり》の目《め》はキラキラと輝《かがや》いていた。

アートリア湖《こ》が朝日《あさひ》に照《て》らされ、深《ふか》い青《あお》がゆっくりと淡《あわ》い青《あお》に変《か》わり始《はじ》めた頃《ころ》、アトリエから、イビキが聞《き》こえてきた。それも二人分《ふたりぶん》。

あれからどれくらい絵《え》を描《か》き続《つづ》けたのか、マイロとのび太《た》は、床《ゆか》に転《ころ》がり一枚《いちまい》の毛布《もうふ》を仲良《なかよ》く分《わ》け合《あ》い眠《ねむ》っていた。部屋《へや》の中《なか》にも朝日《あさひ》が入《はい》り、のび太《た》が描《か》いたクレヨンの絵《え》を照《て》らす。それは、身体《からだ》が青《あお》かったことと、『四次元《よじげん》ポケット』のようなものが描《か》かれていたことから、どうにかこうにかドラえもんではないかとわかる程度《ていど》のヘタッピさ。ただ、のび太《た》が一生懸命《いっしょうけんめい》に描《か》き、そして大好《だいす》きな友達《ともだち》であることだけは伝《つた》わってくるのだった。

「起《お》きるのじゃ〜！！！」

ドアが勢《いきお》いよく開《ひら》き、クレアが飛《と》び込《こ》んで来《き》た。あまりに激《はげ》しくドアを開《あ》けたので、小《こ》屋全体《やぜんたい》がグラッと揺《ゆ》れ、普段《ふだん》なら何《なに》があっても寝続《ねつづ》けるのび太《た》でさえも飛《と》び起《お》きた。

「二人《ふたり》ともそこにおったか。早《はや》く身支度《みじたく》をいたせ。出立《しゅったつ》じゃ！」

「クレアは相変《あいか》わらずだなぁ……」

寝《ね》ぼけながらも、机《つくえ》から転《ころ》がり落《お》ちた筆《ふで》を拾《ひろ》うマイロ。

「そんなことをしている暇《ひま》はないぞ。あれを見《み》るぞよ！」

クレアが指《ゆび》をさした先《さき》。アートリア湖《こ》に架《か》かる長《なが》い長《なが》い石橋《いしばし》の上《うえ》を、王《おう》と王妃《おうひ》を乗《の》せた豪華《ごうか》な馬車《ばしゃ》の車列《しゃれつ》が城《しろ》へと向《む》かっていた。

05 アートリア城《じょう》への帰還《きかん》

アートリア城《じょう》は、アートリア湖《こ》の真《ま》ん中《なか》に浮《う》かぶ島《しま》の上《うえ》にあり、湖《みずうみ》が天然《てんねん》の堀《ほり》として機《き》能《のう》している。城《しろ》へ向《む》かうには長《なが》い石橋《いしばし》を通《とお》るしかなく、敵《てき》が襲《おそ》ってきても、守《まも》りを一《いっ》か所《しょ》に集中《しゅうちゅう》することができるという、自然《しぜん》を活《い》かした要塞《ようさい》。その鉄壁《てっぺき》さもあってか、これまで一度《いちど》も戦火《せんか》に見舞《みま》われたことはない。そもそもそれまでの王《おう》が争《あらそ》いを好《この》まず、長《なが》い平和《へいわ》が続《つづ》いたこともあって、国民《こくみん》たちの間《あいだ》にまで、アートに親《した》しむような風土《ふうど》が育《はぐく》まれていたのだった。

砦《とりで》を飛《と》び出《だ》したのび太《た》やドラえもん、マイロたちは、王《おう》に会《あ》うため石橋《いしばし》の上《うえ》を歩《ある》いていた。おてんばなお姫様《ひめさま》だけは、橋《はし》の欄干《らんかん》の上《うえ》を平均台《へいきんだい》のようにひょこひょこ歩《ある》いていく。

「ほら、落《お》ちたら危《あぶ》ないわよ」

しずかは、万一《まんいち》に備《そな》えてクレアの服《ふく》の裾《すそ》をつかみながら一緒《いっしょ》に歩《ある》く。

「そんなことしなくても、落《お》ちたりはしないぞ」

「全《まった》く変《か》わってないなぁクレアは。はいはいを卒業《そつぎょう》してからは、ずーっとあの上《うえ》ばっかり歩《ある》いているからね」

マイロは、クレアのおてんばっぷりは見慣《みな》れた様子《ようす》。

「お、お城《しろ》の入《い》り口《ぐち》が見《み》えて来《き》たぞ」

いち早《はや》く城門《じょうもん》を目《め》にしたジャイアンが叫《さけ》んだ。みんながジャイアンの指《ゆび》さした方《ほう》に目《め》をやると、その手前《てまえ》で、大《おお》きな包《つつ》みを抱《かか》えて立《た》っている男《おとこ》がいた。橋《はし》の欄干《らんかん》の陰《かげ》に隠《かく》れながらお城《しろ》をのぞいているようにも見《み》えて、どこか怪《あや》しい雰囲気《ふんいき》だ。

「誰《だれ》だあれ。望遠鏡《ぼうえんきょう》みたいなものを持《も》ってお城《しろ》をのぞいてるぞ」

スネ夫《お》が真《ま》っ先《さき》に、その男《おとこ》を怪《あや》しんだ。

「彼《かれ》は怪《あや》しい人《ひと》じゃないよ。気《き》にしないで」

そう言《い》って、マイロは、男《おとこ》のもとへと駆《か》け出《だ》していった。

「パル～!!」

紫色《むらさきいろ》の服《ふく》に身《み》を包《つつ》み、大《おお》きな荷物《にもつ》を持《も》った男《おとこ》はパルと呼《よ》ばれていた。

マイロが離《はな》れた間《あいだ》にスネ夫《お》をたしなめる、しずかとドラえもん。

「マイロの知《し》り合《あ》いをあんなふうに言《い》っちゃだめよ」

「そう。それに望遠鏡《ぼうえんきょう》はこの時代《じだい》にはないんだから、なんかの見間違《みまちが》いだよ」

マイロがパルを連《つ》れて戻《もど》って来《き》た。近《ちか》くで見《み》ると、パルは清々《すがすが》しい笑顔《えがお》の好青年《こうせいねん》といった面持《おもも》ちの男《おとこ》だ。

「こちらはパル。絵《え》を売《う》ったり買《か》ったりしている美術商人《びじゅつしょうにん》で、ぼくの絵《え》を気《き》にいってくれている数少《かずすく》ない人《ひと》なんだ」

抱《かか》えていた大《おお》きな荷物《にもつ》は、数枚《すうまい》の絵《え》だった。

「みんな向《む》こう岸《ぎし》のアトリエから来《き》たのかい？」

そう言《い》ってパルは、のび太《た》たちの顔《かお》を一人《ひとり》ずつ見渡《みわた》したが、ドラえもんを見《み》た時《とき》に一瞬《いっしゅん》、まゆげがピクリとなった。それに気《き》づいたマイロがすぐ間《あいだ》に入《はい》った。

「彼《かれ》はドラえもん。不思議《ふしぎ》な技《わざ》を使《つか》う魔法使《まほうつか》いなんだ」

マイロの説明《せつめい》を聞《き》いて、警戒心《けいかいしん》がとけたのか、パルは再《ふたた》び笑顔《えがお》になる。

「マイロはとても良《よ》い絵《え》を描《か》くからね。これからもどんどん描《か》いてよ。もちろん、良《よ》い絵《え》は、良《よ》い値段《ねだん》で買《か》わせてもらうよ」

「ありがとう。パル」

「ぼくだってマイロの絵《え》はいいなって思《おも》っているのにな」

のび太《た》が口《くち》をとがらせる。

「でもキミのおこづかいじゃ、絵《え》は買《か》えないだろ」

すかさずドラえもんに言《い》い返《かえ》されてしまったが、さらにその横《よこ》でもう一人《ひとり》、口《くち》をとがらせている人《ひと》がいた。それに加《くわ》えて、ふくれっ面《つら》。

「ただでさえ絵《え》ばっか描《か》いているのに、これ以上《いじょう》描《か》かせてどうするのじゃ。宮廷画家《きゅうていがか》の仕《し》事《ごと》だけで十分《じゅうぶん》じゃろ」

プイと横《よこ》を向《む》いたクレアをなだめつつ、マイロはパルに言《い》った。

「そ、そうだ。見《み》てよパル。クレアが……クレア姫《ひめ》が帰《かえ》って来《き》たんだよ！」

「クレア……姫《ひめ》？　あの四年前《よねんまえ》に神隠《かみかく》しにあったっていう、お姫様《ひめさま》？」

「そう。向《む》こう岸《ぎし》のアトリエにいたら突然戻《とつぜんもど》ってきたんだ。これから王様《おうさま》のところへお連《つ》れするところだよ」

パルは、まだ口《くち》をとがらせているクレアの前《まえ》にしゃがみ、顔《かお》をのぞき込《こ》む。

「よくぞご無事《ぶじ》で。クレア姫《ひめ》」

「美術商人《びじゅつしょうにん》が気安《きやす》く、わらわの名前《なまえ》を呼《よ》ぶでない！」

クレアは、子供扱《こどもあつか》いされたと思《おも》い、さらにほっぺを膨《ふく》らませた。

いたたまれなくなったパルは、立《た》ち去《さ》ろうと、下《お》ろしていた絵《え》を抱《かか》える。

「そ、それじゃ、マイロ、新作《しんさく》が描《か》き上《あ》がったらまた見《み》せてよね。それとクレ……」

「だから、気安《きやす》く名前《なまえ》を呼《よ》ぶでない！」

「クレア……じゃなくって不思議《ふしぎ》の国《くに》のアリスちゃんもまたね」

変《へん》にあわてて帰《かえ》っていくパルを見《み》て、「変《へん》なの」と、のび太《た》も思《おも》わず口《くち》にするのだった。

長《なが》い石橋《いしばし》を渡《わた》り終《お》えると、目《め》の前《まえ》には大《おお》きな城門《じょうもん》。当然《とうぜん》ながらその前《まえ》には槍《やり》を握《にぎ》った門《もん》番《ばん》が立《た》っていて、見慣《みな》れない人間《にんげん》をやすやすと通《とお》してはくれない。しかし、マイロは城《しろ》の中《なか》に住《す》む人間《にんげん》で顔《かお》なじみ。槍《やり》を向《む》けられたりはしなかったが、後《うし》ろにドラえもんたちがいたため、調《しら》べを受《う》けることになった。

「マイロじゃないか。それはよいのだが、後《うし》ろの者《もの》は誰《だれ》だ？　いくら宮廷画家《きゅうていがか》の息子《むすこ》といえど、勝手《かって》に民《たみ》を城内《じょうない》に連《つ》れ込《こ》むことはできんぞ！」

「いや、彼《かれ》らは……その……」

門番《もんばん》にいつもとは違《ちが》った厳《きび》しい顔《かお》をされ、マイロは口《くち》ごもってしまった。

それを見《み》かねたクレアが前《まえ》に出《で》ると、門番《もんばん》がすぐさま槍《やり》を構《かま》えて反応《はんのう》した。

「お主《ぬし》は何者《なにもの》だ！」

父《ちち》と母《はは》に会《あ》うまで、城《しろ》の誰《だれ》にも顔《かお》を見《み》せないつもりで、フードを目深《まぶか》にかぶっていたのだが、それを取《と》って顔《かお》を見《み》せた。

「わらわに向《む》かって『何者《なにもの》だ！』とはごあいさつじゃな」

「も……もしや……」

門番《もんばん》は握《にぎ》っていた槍《やり》をガクガクと震《ふる》わせている。

「ひ、姫《ひめ》！　クレア姫《ひめ》ではございませんか！　よくぞご無事《ぶじ》で！」

「騒《さわ》ぐでない！　黙《だま》って開門《かいもん》だけすればよい。父上《ちちうえ》と母上《ははうえ》を驚《おどろ》かせるのじゃからな。よいな？　開門《かいもん》じゃ！」

「は、ははぁ」

クレアの一言《ひとこと》で、重《おも》い扉《とびら》はゆっくりと開《ひら》かれた。

「おおぉ、まさか……まことにまことか……」

「クレア⁉　本当《ほんとう》にクレアなのですか？」

王《おう》と王妃《おうひ》は、目《め》の前《まえ》に立《た》つ、フードを深《ふか》くかぶった女《おんな》の子《こ》を前《まえ》にして、すでに声《こえ》を震《ふる》わせていた。いたずらっ子《こ》のお姫様《ひめさま》は、二人《ふたり》のうろたえっぷりをたっぷりと味《あじ》わってから、顔《かお》を隠《かく》すためにかぶっていたフードを勢《いきお》いよく取《と》り払《はら》った。

「ばあ！」

「あぁ……クレア……」

王《おう》と王妃《おうひ》、そしてクレアは、四年間《よねんかん》の溝《みぞ》を埋《う》めるかのように、固《かた》く……固《かた》く、抱《だ》き合《あ》った。のび太《た》たちははじめは笑顔《えがお》で見守《みまも》っていたが、王妃《おうひ》が涙《なみだ》を流《なが》し、クレアまでが目《め》をうるませているのを見《み》て、もらい泣《な》きしそうになっている。

「占《うらな》い師《し》にはイゼールの呪《のろ》いだといわれ、どれほど心配《しんぱい》したか」

王妃《おうひ》は、涙《なみだ》を流《なが》し続《つづ》けている。

王《おう》は、その大《おお》きな手《て》のひらでクレアの頬《ほお》を包《つつ》み込《こ》み、こぼれる涙《なみだ》を親指《おやゆび》で拭《ぬぐ》った。

「生《お》い茂《しげ》る草《くさ》の数《かず》、つけている花《はな》の数《かず》がわかるほどに探《さが》したのだぞ」

青《あお》い瞳《ひとみ》が涙《なみだ》で複雑《ふくざつ》な輝《かがや》きを見《み》せている。

「この目《め》、この輝《かがや》き。まさしくクレアじゃ。姿《すがた》も四年前《よねんまえ》のまま。不思議《ふしぎ》なことじゃが無事《ぶじ》でよかった……。よかった」

王《おう》は、マイロの方《ほう》に向《む》き直《なお》って言《い》った。

「マイロにはなんと申《もう》してよいか……礼《れい》を言《い》うぞ」

「お礼《れい》なら、大魔法使《だいまほうつか》いのドラえもんと、その仲間《なかま》たちにお願《ねが》いいたします。クレアを助《たす》けたのはこの方々《かたがた》ですから」

「さようか。なんとお礼《れい》を申《もう》してよいか……」

「いやぁ、ぼくたちはそんな……」

のび太《た》が照《て》れくさそうに言《い》うと、ドラえもんがそれに付《つ》け加《くわ》える。

「ほんの通《とお》りすがりですよ」

しかし、ちゃっかりしているスネ夫《お》とジャイアンは、おねだりすることを忘《わす》れなかった。

「でも、ご褒美《ほうび》はお忘《わす》れなく〜」

「なく〜」

しずかはその後《うし》ろではずかしそうに顔《かお》を赤《あか》くしている。

「アハハハ、もちろんじゃ。クレアを探《さが》し出《だ》してくれた英雄殿《えいゆうどの》をこのまま帰《かえ》すようなことはせぬぞ」

王《おう》のはからいで、この日《ひ》は、祝宴《しゅくえん》が催《もよお》されることとなり、みんなは大喜《おおよろこ》び。ただ、パーティーは準備《じゅんび》に時間《じかん》がかかるため、それまで、城《しろ》の美術品《びじゅつひん》が飾《かざ》られているギャラリーを見《けん》学《がく》させてもらえることになった。

「そうじゃ、ソドロに案内《あんない》をさせよう」

ソドロとは、クレアが神隠《かみかく》しにあった後《あと》、城《しろ》に雇《やと》い入《い》れられた道化師《どうけし》、ピエロだ。

王《おう》が手《て》を打《う》って呼《よ》びつけると、軽快《けいかい》なステップとターンで登場《とうじょう》した。

「ソドロにございます〜」

「愛嬌《あいきょう》のあるいいやつでな。近頃《ちかごろ》は、身《み》の回《まわ》りのことも頼《たの》んでおるのだ」

二又《ふたまた》の先《さき》にぼんぼりのついた道化師《どうけし》らしい帽子《ぼうし》に、太《ふと》ぶちメガネ、そしてとんがった靴《くつ》を履《は》いたソドロは、ドラえもんたちの前《まえ》へくるくると回《まわ》ってから、ひざまずいた。

「それではみなさん、こちらへどうぞ～。ご案内《あんない》させていただきま～す」

ソドロはカニ歩《ある》きのような動《うご》きで笑《わら》いを誘《さそ》いつつ、みんなをギャラリーに連《つ》れて来《き》た。

「どぞどぞ、さささ、どーぞどーぞ」

クレアは、王妃《おうひ》と一緒《いっしょ》に別室《べっしつ》へ行《い》ったため、やってきたのは、のび太《た》とドラえもん、ジャイアンとスネ夫《お》、そしてしずかとマイロの六人《ろくにん》。

「こちらがアートリア公国自慢《こうこくじまん》の美術品《びじゅつひん》が収《おさ》められたギャラリーでございます」

「うわ～！！！」

のび太《た》たちが遊《あそ》んでいるいつもの空《あ》き地《ち》がすっぽり入《はい》りそうなほど広《ひろ》い部屋《へや》の壁面《へきめん》に、たくさんの絵《え》が並《なら》べられている。その光景《こうけい》は壮観《そうかん》で、みんなから感嘆《かんたん》の声《こえ》が上《あ》がった。

「こちらには、歴代《れきだい》の王《おう》、神話《しんわ》や伝説《でんせつ》などを描《えが》いた、アサリが、いや、ホタテが……いやいや、貝《かい》が。じゃなくて『絵画《かいが》』がずらずらっと並《なら》べられてございますです」

「『貝《かい》が』と『絵画《かいが》』のダジャレ？」

思《おも》わずスネ夫《お》がつっこんだ。

「常《つね》に笑《わら》いを誘《さそ》うのが仕事《しごと》なもので……つい。それにしても、ギャグを解説《かいせつ》するだなんて、お人《ひと》が悪《わる》い。ほほほほ」

ギャラリーで一番目《いちばんめ》を引《ひ》くのは、部屋《へや》の奥《おく》に掲《かか》げられている三枚《さんまい》の絵《え》。天井《てんじょう》に届《とど》きそうなほどの大《おお》きさで、壁一面《かべいちめん》を使《つか》って並《なら》べられていた。左《ひだり》の絵《え》には青《あお》いコウモリ、右《みぎ》の絵《え》には赤《あか》い竜《りゅう》。そして真《ま》ん中《なか》の絵《え》には、たくさんの悪魔《あくま》を従《したが》えた暗黒《あんこく》の騎士《きし》が描《か》かれていた。

青《あお》と赤《あか》と黒《くろ》。三《みっ》つの印象的《いんしょうてき》な色《いろ》のコントラストが禍々《まがまが》しい。

「これは、アートリアの古《ふる》い古《ふる》い伝説《でんせつ》を、昔《むかし》の宮廷画家《きゅうていがか》が描《か》いたものです」

ソドロの横《よこ》にマイロが来《き》て、説明《せつめい》を付《つ》け加《くわ》える。

「真《ま》ん中《なか》の黒《くろ》い絵《え》に描《か》かれているのが、暗黒《あんこく》の騎士《きし》イゼールだよ」

これがイゼール……。

今《いま》まで、何度《なんど》か耳《みみ》にしたイゼールという悪魔《あくま》は、この国《くに》ではかなり恐《おそ》れられているようだった。でも、どうしてイゼールの両脇《りょうわき》に、青《あお》いコウモリと、赤《あか》い竜《りゅう》の絵《え》が置《お》かれているのか？

それはマイロが教《おし》えてくれた。

「『光《ひかり》を奪《うば》い、闇《やみ》をも消《け》し去《さ》る暗黒《あんこく》の騎士《きし》イゼールあらわる時《とき》、赤《あか》き竜羽《りゅうは》ばたき、世界《せかい》は沈《しず》む。しかれども青《あお》きコウモリ羽《は》ばたけば、大《おお》いなる恵《めぐ》みもたらされん』。これが、アートリアに伝《つた》わるイゼールの伝説《でんせつ》なんだ」

ドラえもんたちは、伝説《でんせつ》を聞《き》きながら呆然《ぼうぜん》と見上《みあ》げている。

「クレア様《さま》は、このイゼールに連《つ》れ去《さ》られたといわれていたのですが、ご無事《ぶじ》でなによりでしたね～。でも次《つぎ》は、アナタたちの誰《だれ》かかもしれませんよ～！！」

ソドロがおどけ半分《はんぶん》に、怖《こわ》がらせようとしている中《なか》、ジャイアンとスネ夫《お》は、伝説《でんせつ》の中《なか》にも宝探《たからさが》しのヒントが隠《かく》れてはいないかと、ヒソヒソ語《かた》り合《あ》っていた。

「おいスネ夫《お》。今《いま》の伝説《でんせつ》にあった『大《おお》いなる恵《めぐ》み』ってもしかして……」

「そうそう、青《あお》いコウモリの青《あお》って、アレのことだよ。アートリアブルー」

「ちょっとは怖《こわ》がってくださいよ。別《べつ》のお話《はなし》をするだなんて、お人《ひと》が悪《わる》い。ほほほほ」

ソドロが苦笑《にがわら》いしていると、マイロの驚《おどろ》く声《こえ》が聞《き》こえてきた。

「あれ……？　また減《へ》ってる……」

マイロが見《み》つめている壁《かべ》には、絵《え》が外《はず》された四角《しかく》い跡《あと》だけがあった。

「近頃《ちかごろ》また絵画泥棒《かいがどろぼう》がうろついているようで、見張《みは》りを増《ふ》やしているのですが……」

どうやら、絵《え》を盗《ぬす》まれたらしく、ソドロも困《こま》り果《は》てている様子《ようす》だった。

「え？　もしかして!?」

マイロは急《きゅう》にあわてて出《だ》し、別《べつ》の絵《え》のもとへ走《はし》り出《だ》した。

「あ～よかった。盗《ぬす》まれてなかった」

確《たし》かめたかったのは、マイロの父《ちち》が描《か》いた風景画《ふうけいが》。湖《みずうみ》の青色《あおいろ》にはアートリアブルーが使《つか》われていて、見《み》る角度《かくど》によってキラキラと輝《かがや》き、さまざまな色合《いろあ》いに変化《へんか》する。

「マイロのお父《とう》さんは、アートリアの景色《けしき》が大好《だいす》きだったんだねぇ」

一緒《いっしょ》に絵《え》を眺《なが》めるのび太《た》。

「この絵《え》を見《み》ると、父《とう》さんと会《あ》っているような気《き》がするんだよ……」

「それにしても、お城《しろ》の中《なか》の絵《え》を盗《ぬす》むだなんて、悪《わる》いやつがいるもんだね」

この時《とき》、ギャラリーの入《い》り口付近《ぐちふきん》に怪《あや》しい影《かげ》があった。それは、石橋《いしばし》で出会《であ》った美術商《びじゅつしょう》人《にん》のパルのようだったが、ここにいる人《ひと》の中《なか》でそれに気《き》づく者《もの》はなく……。

ププクプ～！！！

城内《じょうない》に祝宴《しゅくえん》のはじまりを知《し》らせるラッパが響《ひび》きわたる。

大皿《おおざら》に盛《も》られた果物《くだもの》や、肉《にく》、川魚《かわざかな》を使《つか》った料理《りょうり》などが、次々《つぎつぎ》に運《はこ》ばれてくる。のび太《た》たちは、王《おう》と王妃《おうひ》、そしてクレアを挟《はさ》むように座《すわ》り、目《め》の前《まえ》ではソドロや大道芸人《だいどうげいにん》たちが、ナイフのお手玉《てだま》や大玉乗《おおだまの》りを披露《ひろう》。さらにその周《まわ》りでは楽団《がくだん》が音楽《おんがく》を奏《かな》でている。

王《おう》が杯《さかずき》を手《て》にして立《た》ち上《あ》がると、演奏《えんそう》が止《と》まり、シーンとなった。

列席者《れっせきしゃ》の視線《しせん》が王《おう》に注《そそ》がれる。

「今宵《こよい》ほどうれしく、そして幸《しあわ》せな日《ひ》はない。このクレアを、わが胸《むね》の中《なか》でもう一度《いちど》、抱《だ》きしめられる日《ひ》が……く、くるとは……うぅっ」

いつも威厳《いげん》たっぷりに振《ふ》る舞《ま》っている王《おう》が、声《こえ》をつまらせたのは、初《はじ》めてだったかもしれない。少《すく》なくとも王宮《おうきゅう》の人間《にんげん》でそれを見《み》た者《もの》はいない。

「ここに列席《れっせき》している者《もの》たちの功績《こうせき》は、計《はか》り知《し》れない。彼《かれ》らに、いや英雄《えいゆう》たちに……乾杯《かんぱい》！」

王《おう》の音頭《おんど》と共《とも》に、城内《じょうない》すべての人間《にんげん》がドラえもんたちに杯《さかずき》を捧《ささ》げ、楽団《がくだん》の演奏《えんそう》が再開《さいかい》された。クレアの帰還《きかん》、それを助《たす》けた英雄《えいゆう》たちへの宴《うたげ》は、これまでにない賑《にぎ》わいとなった。

ドラえもんたちは、どこかくすぐったさを感《かん》じているようだったが、ジャイアンとスネ夫《お》は空腹《くうふく》の限界《げんかい》がきていたのか、乾杯《かんぱい》の音頭《おんど》と共《とも》に、料理《りょうり》をガツガツ食《た》べ始《はじ》めた。

テーブルの向《む》こう側《がわ》からは、笛《ふえ》の音《ね》が流《なが》れてきた。吹《ふ》いているのは道化師《どうけし》のソドロ。でも、美《うつく》しいメロディーにみんなが聞《き》き入《い》った瞬間《しゅんかん》に、わざと音《おと》を外《はず》して笑《わら》いを誘《さそ》う。さらには回転《かいてん》しながら吹《ふ》いたり、スキップしたり。逆立《さかだ》ちをして吹《ふ》いた時《とき》には、城内《じょうない》から喝采《かっさい》が沸《わ》き起《お》こった。この時《とき》、かぶっていたぼんぼりのついた帽子《ぼうし》と、派手《はで》な太《ふと》ぶちメガネが斜《なな》めにズレ、さらに大《おお》うけ。しかし、この時《とき》かいま見《み》えた素顔《すがお》は、意外《いがい》にも、キリリとしていて鋭《するど》い目《め》つきだった。その瞬間《しゅんかん》を目《め》にして「ピエロも大変《たいへん》な仕事《しごと》なんだな～」と妙《みょう》に感心《かんしん》しつつ、分厚《ぶあつ》い肉《にく》を頬張《ほおば》るのび太《た》だった。

デザートに手《て》を付《つ》け始《はじ》めた頃《ころ》、王《おう》が改《あらた》めてドラえもんたちの前《まえ》に来《き》て頭《あたま》を下《さ》げた。

「クレアを連《つ》れ帰《かえ》ってくれて本当《ほんとう》にありがとう。ケガ一《ひと》つなく、あの頃《ころ》のままで。いくら感謝《かんしゃ》をしてもしきれん……」

再《ふたた》び声《こえ》をつまらせる王《おう》の背中《せなか》に手《て》をあてながら、王妃《おうひ》も涙《なみだ》まじりに語《かた》った。

「恵《めぐ》みをもたらす青《あお》きコウモリとは、そなたたちのことかもしれません」

「いやぁそんな」

ドラえもんが、ほっぺを赤《あか》くして謙遜《けんそん》すると、すかさずスネ夫《お》が間《あいだ》に入《はい》ってきた。

「ドラえもんは青《あお》いコウモリじゃなく、青《あお》いタヌキだけどね」

「ぼくはタヌキじゃな〜い！！！」

みんなは大笑《おおわら》い。アートリアにタヌキはいないはずだが、王《おう》や王妃《おうひ》まで笑顔《えがお》を浮《う》かべた。

「どうしたんです？　みなさん！」

自分《じぶん》のいないところで、どうしてこんなに笑《わら》いが起《お》きているのかと、笑《わら》いに貪欲《どんよく》なソロがあわててやってきた。しかし、その途中《とちゅう》でステンと転《ころ》び、まだ湯気《ゆげ》ののぼる大皿料理《おおざらりょうり》に頭《あたま》から突《つ》っ込《こ》んでしまった。

「アチチチチチ！」

あまりの熱《あつ》さに、床《ゆか》を転《ころ》がりながら必死《ひっし》にジタバタとしているが、見《み》ている人々《ひとびと》はこれも芸《げい》の一《ひと》つかと勘違《かんちが》いして、会場《かいじょう》がドッと笑《わら》いに包《つつ》まれた。ドラえもんやのび太《た》も「さすが本職《ほんしょく》の道化師《どうけし》だね」と、感心《かんしん》している。

ソドロはすぐにでも水《みず》をかぶりたいくらいなのに、すべてが予定通《よていどお》りだったかのような顔《かお》をして立《た》ち上《あ》がり、一礼《いちれい》をしてから立《た》ち去《さ》って行《い》った。ちょっとだけ足早《あしばや》に……。

こうして、とても和《なご》やかなムードに包《つつ》まれたまま、宴《うたげ》は夕暮《ゆうぐ》れまで続《つづ》いた。

城門《じょうもん》の前《まえ》に停《と》められた六頭《ろくとう》だての馬車《ばしゃ》に、ドラえもんたち一同《いちどう》が乗《の》り込《こ》んだのは、アートリア湖《こ》の湖面《こめん》がオレンジ色《いろ》からぐんじょう色《いろ》へと変《か》わり始《はじ》めた時《とき》だった。

「みんな本当《ほんとう》に礼《れい》を言《い》うぞ」

クレアが窓《まど》に飛《と》びついて言《い》った。

「みなさん、本当《ほんとう》にありがとう……」

また目《め》をうるませた王妃《おうひ》の手《て》を握《にぎ》り、王《おう》が改《あらた》めてお礼《れい》を述《の》べた。

「また来《き》ておくれ。そなたたちには、いつでもこの城門《じょうもん》は開《ひら》かれておるぞ」

「ぼくのアトリエにも遊《あそ》びに来《き》てね」

王《おう》と王妃《おうひ》、クレアとマイロ、そしてソドロに見送《みおく》られて、馬車《ばしゃ》は走《はし》り出《だ》した。

「さようなら～！」

のび太《た》たちも、窓《まど》から乗《の》り出《だ》して手《て》を振《ふ》った。

クレアは、名残《なごり》惜《お》しいのか、馬車《ばしゃ》につられるように、前《まえ》へ出《で》ながら手《て》を振《ふ》っている。

そして、馬車《ばしゃ》が見《み》えなくなるまで手《て》を振《ふ》り続《つづ》けた。

この時《とき》、チャイは城門《じょうもん》の軒下《のきした》にぶら下《さ》がって「今度《こんど》、来《く》る時《とき》には、チョコレイトウを忘《わす》れないでくれよ～」と、つぶやきながら見送《みおく》っていたのだが、城《しろ》のバルコニーにポツンと人影《ひとかげ》があるのに気《き》が付《つ》いた。それはパル。

「パル？　町《まち》へ帰《かえ》ったはずなのに、なんであんなところにいるんだ？」

どうもおかしいと、頭《あたま》をかしげるチャイをよそに、湖《みずうみ》には、月《つき》が映《うつ》り込《こ》み始《はじ》め、アートリア公国《こうこく》にとって、一番幸《いちばんしあわ》せな一日《いちにち》は終《お》わった。

＊

のび太《た》の部屋《へや》。いつもの机《つくえ》、いつもの畳《たたみ》、いつもの窓《まど》。見慣《みな》れた窓《まど》からの風景《ふうけい》。そこに冒険《ぼうけん》の入《い》り口《ぐち》となった絵《え》が、冒険《ぼうけん》をスタートさせた時《とき》のままに立《た》てかけられている。その絵《え》の中《なか》からニュウ！　と、出《で》て来《き》たのはドラえもん。それに続《つづ》いてのび太《た》やしずかたちが次々《つぎつぎ》に這《は》い出《で》て来《き》たが、これで旅《たび》は終《お》わらない。出発《しゅっぱつ》した時間《じかん》に戻《もど》るため、さらに引《ひ》き出《だ》しの中《なか》にあるタイムマシンへ乗《の》り込《こ》んだ。

「あ！　しまった！」

タイムマシンが動《うご》きだした直後《ちょくご》、突然声《とつぜんこえ》を上《あ》げたのはスネ夫《お》だ。

「幻《まぼろし》の青《あお》い石《いし》を探《さが》すの忘《わす》れた！　数百億円《すうひゃくおくえん》のお宝《たから》なのに！」

「そうだ、すっかり忘《わす》れちまってた。戻《もど》ってくれよ、ドラえもん」

ジャイアンも暴《あば》れだし、走行中《そうこうちゅう》のタイムマシンが大《おお》きく揺《ゆ》れる。

「そんなのダメダメ。元《もと》の時間《じかん》に帰《かえ》るよ～」

タイムマシンは出発《しゅっぱつ》した時刻《じこく》へと帰《かえ》って行《い》くのだった。

06 クレアとクレア

「のび太《た》くんはやくはやく！」

「そんなにあせらなくてもいいよ。どら焼《や》きぐらいで……」

「甘井屋《あまいや》の特売日《とくばいび》のすさまじさを知《し》らないの？　本当《ほんとう》になくなっちゃうんだから」

あの冒険《ぼうけん》から数日《すうじつ》が経《た》った、和菓子店《わがしてん》甘井屋《あまいや》の特売日《とくばいび》。ドラえもんとのび太《た》が、どら焼《や》きを買《か》いに出《で》かけて行《い》った。二人《ふたり》の生活《せいかつ》は、すっかりいつも通《どお》りに戻《もど》っている。

その二人《ふたり》の様子《ようす》を電柱《でんちゅう》の陰《かげ》から見《み》ている者《もの》がいた。

「ちょうどいい、のび太《た》とドラえもんが出《で》かけて行《い》ったぞ」

「ナイスタイミング！」

ジャイアンとスネ夫《お》の二人《ふたり》だった。ジャイアンは背中《せなか》にリュック、スネ夫《お》はボストンバッグを手《て》にし、のび太《た》たちが留守《るす》なのをわかった上《うえ》で、のび太《た》の家《いえ》の呼《よ》び鈴《りん》を押《お》した。そして顔《かお》を出《だ》したママに、のび太《た》と遊《あそ》ぶ約束《やくそく》をしていたと語《かた》ったが、もちろんでたらめ。

「ごめんなさい、のび太《た》はついさっきまでいたんだけど……」

のび太《た》のママに、そう告《つ》げられるが、もちろんわかり切《き》っていること。ここで二人《ふたり》は、打《う》ち合《あ》わせ済《ず》みの猿芝居《さるしばい》を始《はじ》めた。まずはスネ夫《お》。

「あれ～、留守《るす》かぁ。まいったなぁ。困《こま》った困《こま》った」

そこにジャイアンも加《くわ》わる。

「約束《やくそく》していたのになぁ。おかしいなぁ。急用《きゅうよう》なんだけどぉ」

そこまで言《い》われて、ママも追《お》い返《かえ》すわけにはいかなくなり、のび太《た》の部屋《へや》に通《とお》した。

「よかったら、帰《かえ》って来《く》るまで待《ま》っててもらえるかしら」

「え～、いいんですか？　おじゃましま～す」

思《おも》い通《どお》りの答《こた》えを引《ひ》き出《だ》した二人《ふたり》は、うれしそうに階段《かいだん》を駆《か》け上《あ》がっていく……。

陽《ひ》が傾《かたむ》いた頃《ころ》、やっとのび太《た》とドラえもんが帰《かえ》って来《き》た。やはり甘井屋《あまいや》の特売人気《とくばいにんき》はものすごく、長《なが》い行列《ぎょうれつ》に並《なら》んだからだった。

「ただいま～」

玄関《げんかん》に入《はい》ったとたん、居間《いま》のふすまが開《あ》いてママが顔《かお》を出《だ》した。

「遅《おそ》かったわね。たけしさんとスネ夫《お》さんがお部屋《へや》で待《ま》っているわよ」

「え？　本当《ほんとう》？」

疲《つか》れていたが、ジャイアンたちが待《ま》っていると聞《き》いて、階段《かいだん》を駆《か》け上《あ》がって部屋《へや》へ。

「ごめんごめん、おまたせ……あれ？」

後《あと》からドラえもんも来《き》て部屋《へや》を見回《みまわ》すが、そこには誰《だれ》もいなかった。


夏休《なつやす》みの宿題《しゅくだい》がまだだったことを思《おも》い出《だ》したのび太《た》は、パパの絵《え》を描《か》き上《あ》げた。

「これでどうだ！」

その絵《え》は、パパとは思《おも》えないほど男前《おとこまえ》に描《か》かれていて、二枚目《にまいめ》スターのような仕上《しあ》がり。

もちろんのび太《た》は大満足《だいまんぞく》で、当然《とうぜん》パパにも喜《よろこ》んでもらえるだろうと、自信満々《じしんまんまん》に見《み》せた。

「どう？　パパ。かっこよく描《か》いたよ。いい絵《え》でしょ」

しかしパパは、絵《え》を見《み》た瞬間《しゅんかん》、腕組《うでぐ》みをしながら、頭《あたま》をひねった。

「ん～？　パパってこんなか？」

ママも絵《え》をのぞき込《こ》んで、ため息《いき》。

「全然《ぜんぜん》パパと違《ちが》うじゃない」

ドラえもんもあきれている。

「ウソはよくないよ。これじゃ誰《だれ》もよろこばない」

パパが、諭《さと》すように言《い》った。

「これはいい絵《え》とは違《ちが》うぞ、のび太《た》。下手《へた》でもいいから、思《おも》った通《とお》りに描《か》けばいいんだ」

「うまいのがいい絵《え》なんじゃないの？　違《ちが》うの？」

のび太《た》が聞《き》き返《かえ》したとたん、パパが立《た》ち上《あ》がった。

ママとドラえもんもパパを追《お》いかけるように部屋《へや》を出《で》て行《い》ってしまった。

「あっちでおせんべでも食《た》べましょ」

「それがいい、それがいい」

のび太《た》だけが、居間《いま》にポツンと一人《ひとり》。

「そんなぁ、みんな、待《ま》ってよ！　パパ！　ママ！　ドラえも～ん」

追《お》いかけるが、全然《ぜんぜん》追《お》いつけない。

「ぼくもおせんべ食《た》べたいのにぃ～。待《ま》ってよ～」

どんなに前《まえ》へ進《すす》もうとしても、足《あし》は空回《からまわ》りをするばかり。

それでも必死《ひっし》に足《あし》を動《うご》かしていると、どこからかのび太《た》を呼《よ》ぶ声《こえ》が聞《き》こえて来《く》る。

「のび太《た》、のび太《た》、のび太《た》ったら、起《お》きるんじゃ」

「キキキ、起《お》きろい！　のび太《た》！　のび太《た》！」


ガバッと起《お》き上《あ》がり、悪夢《あくむ》をみていたことに気《き》づいたのび太《た》は、ほっとため息《いき》をついた。

「夢《ゆめ》か……よかったぁ……」

「いいやよくないぞ。大変《たいへん》なことが起《お》こったのじゃ！」

まだ寝《ね》ぼけているのび太《た》は、メガネをかけてあたりを見回《みまわ》した。そこはいつもの自分《じぶん》の部屋《へや》だったが、見慣《みな》れない人物《じんぶつ》がいたことに遅《おく》れて気《き》が付《つ》き、大声《おおごえ》を上《あ》げてしまった。

「わ～！！　ク、クレア!?　チャイも!?」

「気《き》づくのが遅《おそ》いぞ。キキキキ」

枕元《まくらもと》にいたのは、なんとクレアとチャイ。

まだ繫《つな》がったままだった絵世界《えせかい》を通《とお》り抜《ぬ》けてやってきたクレアが、のび太《た》の肩《かた》をゆさぶりながら言《い》う。

「力《ちから》を貸《か》してほしいのじゃ」

「ジャイアンとスネ夫《お》が牢屋《ろうや》に入《い》れられちまったんだよ。キキキ」

「ろ、牢屋《ろうや》⁉　どういうこと?」

のび太《た》より、もっと驚《おどろ》いたドラえもんが、そう言《い》って押《お》し入《い》れから転《ころ》がり落《お》ちて来《き》た。

「ついでにわらわたちまで大変《たいへん》なんじゃ、なんとか手《て》を貸《か》してほしいのじゃ」

ジャイアンとスネ夫《お》が、再《ふたた》びアートリアへ向《む》かったあげくに牢屋《ろうや》に入《い》れられ、クレアたちまで大変《たいへん》なことになっているという。

「とにかく、アートリアに行《い》ってみよう」

「話《はなし》はそこでゆっくり聞《き》くよ」

のび太《た》とドラえもんは、大急《おおいそ》ぎで、もう一度《いちど》かまぼこ形《がた》の絵《え》に身体《からだ》をねじ込《こ》んだ……。

アートリア湖畔《こはん》に建《た》てた白亜《はくあ》の砦《とりで》。そこに置《お》いたままだった片割《かたわ》れの絵《え》からドラえもんたちはアートリアへと戻《もど》って来《き》た。逆《ぎゃく》に言《い》えば、このままにしておいたばっかりに、ジャイアンとスネ夫《お》もアートリアにやって来《き》たのだろう。

「また何《なに》かあったら大変《たいへん》だ」

ドラえもんは、すぐに片割《かたわ》れの絵《え》をポケットにしまい込《こ》んだ。さらにこれ以上誰《いじょうだれ》もアートリアと行《い》き来《き》できないようにするため、のび太《た》の部屋《へや》にあるかまぼこ形《がた》の絵《え》も、『タイム手袋《てぶくろ》とメガネ』を使《つか》って回収《かいしゅう》した。このひみつ道具《どうぐ》は、違《ちが》う時代《じだい》の物《もの》をメガネを通《とお》して見《み》ることができ、手袋《てぶくろ》を使《つか》って触《ふ》れたり、持《も》って来《き》たりすることができるというもの。

「あれだけ騒《さわ》いでいたんだ。きっと二人《ふたり》で宝探《たからさが》しに来《き》たんだよ」

のび太《た》の予想《よそう》は当《あ》たっていて、これにチャイが付《つ》け加《くわ》える。

「オイラはやめとけって言《い》ったんだけどさぁ、チョコレイトウをたっぷりくれるっていうから……エヘヘヘ」

スネ夫《お》からチョコレートをもらって気《き》をよくし、チャイは二人《ふたり》をアートリア城《じょう》まで案内《あんない》してやったのだという。でも、そこを怒《おこ》っている暇《ひま》はない。今回《こんかい》の事件《じけん》に関《かん》して一番知《いちばんし》っているチャイに詳《くわ》しい話《はなし》を聞《き》くしかなかった。それによると……

*

「おう、そうですか。さ、どうぞどうぞ、王様《おうさま》も王妃様《おうひさま》もお喜《よろこ》びになりますです」

城門《じょうもん》で、ジャイアンとスネ夫《お》を出迎《でむか》えたソドロが、快《こころよ》く城内《じょうない》に入《い》れてくれる。

「ぼくたち、ギャラリーにある絵《え》をもっと勉強《べんきょう》したくって」

「ゆっくり見《み》られなかったから見《み》せてほしいんです」

スネ夫《お》とジャイアンは、精一杯《せいいっぱい》、丁寧《ていねい》にお願《ねが》いをした。

「それでしたらお安《やす》い御用《ごよう》。心《こころ》ゆくまでご覧《らん》ください。なんといってもアートリアの恩人《おんじん》。英雄殿《えいゆうどの》ですから。さ、どうぞどうぞ」

ギャラリーに通《とお》された二人《ふたり》は、青《あお》い石《いし》の秘密《ひみつ》を探《さぐ》り始《はじ》めた。暗黒《あんこく》の騎士《きし》イゼールの横《よこ》にある『大《おお》いなる恵《めぐ》みをもたらす青《あお》いコウモリ』の絵《え》に、秘密《ひみつ》やヒントが隠《かく》されてやしないかと、写真《しゃしん》を撮《と》ったり、双眼鏡《そうがんきょう》で詳細《しょうさい》に見《み》たりしていた。

アートに興味《きょうみ》のないチャイは、シャンデリアにぶら下《さ》がり、もらったチョコレートを食《た》べていたが、ギャラリーの隅《すみ》っこに人影《ひとかげ》があるのに気《き》が付《つ》いた。

「あれ？」

その影《かげ》は、ドラえもんたちを見送《みおく》った時《とき》に城《しろ》のバルコニーでも見《み》たパルだった。

「キキキ、やっぱりあいつはどこかおかしい」と、様子《ようす》をうかがいに行《い》こうとした時《とき》、大《おお》勢《ぜい》の衛兵《えいへい》がやってきて、ジャイアンとスネ夫《お》を取《と》り囲《かこ》み、槍《やり》を向《む》けた。

「この頃《ごろ》、白昼堂々《はくちゅうどうどう》、城《しろ》の美術品《びじゅつひん》を盗《ぬす》む者《もの》がいるのだが、まさか、英雄殿《えいゆうどの》が犯人《はんにん》とはな。

絵画泥棒《かいがどろぼう》の罪《つみ》で逮捕《たいほ》する！」

「え〜っ！」

突然《とつぜん》のことにジャイアンとスネ夫《お》はびっくり仰天《ぎょうてん》。

「ご、誤解《ごかい》だよ」

「そうだよ。ぼくたちはクレアを助《たす》けた英雄《えいゆう》だよ？　泥棒《どろぼう》なんかするわけないでしょ」

それでも、二人《ふたり》の声《こえ》は聞《き》き入《い》れられず、縛《しば》り上《あ》げられてしまう。

「いたたた、訴《うった》えてやる！」

「なにするんだよ！」

「泥棒《どろぼう》は牢屋《ろうや》送《おく》りに決《き》まっておる」

二人《ふたり》はそのままギャラリーから引《ひ》っ張《ぱ》り出《だ》されていく。

この時《とき》、ジャイアンが、天井《てんじょう》のチャイに向《む》かって叫《さけ》んだ。

「おーいチャイ！　このことをクレアに伝《つた》えてくれ。頼《たの》んだぞ～」

「クレアにね、オッケー～。キキキ」

事《こと》の重大《じゅうだい》さとは反対《はんたい》に、軽《かる》い返事《へんじ》をして窓《まど》から飛《と》び出《で》て行《い》くチャイ。

クレアにこの話《はなし》をすれば、誤解《ごかい》は簡単《かんたん》にとけるだろうと、たかをくくっていての事《こと》だったのだが、城門《じょうもん》にさしかかったところで状況《じょうきょう》が一変《いっぺん》した。

「無礼者《ぶれいもの》！　姫《ひめ》に何《なに》をする！」

聞《き》き覚《おぼ》えのある声《こえ》がして見下《みお》ろすと、なんとクレアが城外《じょうがい》に締《し》め出《だ》されていた。

「おい！　自分《じぶん》のやっていることがわかっておるのか⁉」

扉《とびら》をいくらたたいても、城門《じょうもん》は閉《と》じたまま。

「キキッ、一体《いったい》どうなってんだ？」

チャイは、クレアのもとへと降《お》りて行《い》く……。

＊

「ま、そんなわけで、ジャイアンとスネ夫《お》は牢屋《ろうや》にいるんだ。キキキ」

「そしてわらわも、行《ゆ》き場《ば》を失《うしな》ったのじゃ」

チャイとクレアの話《はなし》にのび太《た》は衝撃《しょうげき》を受《う》けた。

「それで、ぼくの部屋《へや》まで、わざわざ絵《え》を抜《ぬ》けてやってきたってことか」

「でも、どうしてそんなことになったのか、さっぱりわからないね」

ドラえもんもちんぷんかんぷん。しかしそれは、クレアとチャイにとっても同《おな》じだった。

「とにかくお城《しろ》へ行《い》くしかなさそうだ。ちゃんと事情《じじょう》を話《はな》せば、きっと王様《おうさま》もわかってくれるよ」

ドラえもんの提案《ていあん》を受《う》け、もう一度《いちど》みんなでお城《しろ》へ向《む》かう。

「またぬけぬけと！」

門番《もんばん》は、再《ふたた》びやってきたクレアとドラえもんたちに槍《やり》を向《む》けて凄《すご》んだ。

やはり、お城《しろ》へ来《き》たところで、状況《じょうきょう》は変《か》わらず、王《おう》に会《あ》わせてもらうこともできない。

「槍《やり》を下《お》ろすのじゃ！」

今度《こんど》は逆《ぎゃく》に、顔《かお》を真《ま》っ赤《か》にさせたクレアが、門番《もんばん》に向《む》かって凄《すご》んだ。

「姫《ひめ》に向《む》かって何《なに》を無礼《ぶれい》な！　目《め》にあまるようなら父上《ちちうえ》に言《い》い付《つ》けるぞ。開門《かいもん》じゃ！」

「姫《ひめ》だと？　たわけた事《こと》を申《もう》せ！」

門番《もんばん》は、槍《やり》を下《お》ろすどころか、のど元《もと》に刺《さ》しそうな勢《いきお》い。

「姫様《ひめさま》なら、ほれ、あそこにおられるわ」

門番《もんばん》の指《ゆび》さした先《さき》には、城《しろ》のバルコニーがあり、そこに、王《おう》と王妃《おうひ》、ソドロと並《なら》んで、クレア姫《ひめ》の姿《すがた》があった。

「わ……わらわが……もう一人《ひとり》⁉」

愕然《がくぜん》とするクレア。のび太《た》とドラえもんも目《め》をこすりつつ、クレアともう一人《ひとり》のクレアを見比《みくら》べている。

「近頃《ちかごろ》、城《しろ》の美術品《びじゅつひん》を狙《ねら》うコソ泥《どろ》が横行《おうこう》しており、何人《なんぴと》も通《とお》すなと言《い》われておる。特《とく》に『ニセの姫君《ひめぎみ》と青《あお》くて丸《まる》い魔法使《まほうつか》いには警戒《けいかい》を厳《げん》となせ』とのお言葉《ことば》だ。それも、『本物《ほんもの》』の姫様《ひめさま》に言《い》われておるのだぞ」

門番《もんばん》はさらに強《つよ》く槍《やり》を握《にぎ》りしめる。

「ウソじゃ、本物《ほんもの》の姫《ひめ》はわらわじゃ！」

いくら騒《さわ》いだところで、『本物《ほんもの》』とされる姫《ひめ》が城内《じょうない》にいる以上《いじょう》、何《なに》を言《い》っても無駄《むだ》で、中《なか》に入《い》れてくれるわけもなかった。

ドラえもんたちは、しずかとマイロを応援《おうえん》に呼《よ》び、白亜《はくあ》の砦《とりで》で作戦会議《さくせんかいぎ》を始《はじ》めた。

「湖《みずうみ》のアトリエにこもっている間《あいだ》にそんなことになっていたのか」

「いったいお城《しろ》の中《なか》はどうなっているのかしら」

マイロとしずかも、事情《じじょう》を聞《き》いてショックを受《う》けているようだった。

「パルなら、何《なに》か知《し》っているかもしれない」

マイロの言《い》う通《とお》り、パルは、城内《じょうない》を出入《でい》りしている美術商人《びじゅつしょうにん》。内部《ないぶ》の様子《ようす》を知《し》っていてもおかしくないのだが、これに関《かん》しては、チャイに思《おも》うところがあった。

「そういや、パルってやつ、スネ夫《お》たちがつかまる時《とき》にギャラリーの陰《かげ》でコソコソしてたんだ。なーんか臭《にお》うんだヨな。キキキ」

のび太《た》たちが城《しろ》から現代《げんだい》に帰《かえ》る際《さい》にも、バルコニーでコソコソしていた姿《すがた》をチャイは目《もく》撃《げき》している。

「パルがコソコソねぇ……」

ドラえもんが、そう言《い》いかけたところで、思《おも》わず大声《おおごえ》が出《で》てしまった。

「ああああぁあああああ〜〜〜っ!!! なんで今《いま》まで気《き》が付《つ》かなかったんだ!!」

「どうしたんだよ急《きゅう》に……」

のび太《た》が、何《なに》を大《おお》げさな……と言《い》いたげな顔《かお》をしている。

「アリスだよアリス! 不思議《ふしぎ》の国《くに》のアリス!」

「あ〜!! そうよ。そうよドラちゃん!」

しずかまでも声《こえ》を上《あ》げた。

石橋《いしばし》で初《はじ》めて会《あ》った時《とき》、パルがクレアを『不思議《ふしぎ》の国《くに》のアリス』と呼《よ》んでいた。ドラえもんはそれを思《おも》い出《だ》し、そのことの意味《いみ》に気《き》づいて雷《かみなり》に打《う》たれたような衝撃《しょうげき》を受《う》けたのだ。

「『不思議《ふしぎ》の国《くに》のアリス』ってお話《はなし》を知《し》っているだろ？　それが本《ほん》になったのは十九世紀《じゅうきゅうせいき》」

「それがどうしたの？」

のび太《た》はなかなか理解《りかい》できないでいる。

「いまは十三世紀《じゅうさんせいき》だろ？　だからアリスが本《ほん》になるのは六百年《ろっぴゃくねん》も先《さき》のことなんだよ」

「それはわかったけど、つまり……どういうこと？」

「わらわにもわかるように申《もう》せ」

痺《しび》れを切《き》らしたしずかが付《つ》け加《くわ》えた。

「十三世紀《じゅうさんせいき》の人間《にんげん》で『不思議《ふしぎ》の国《くに》のアリス』を知《し》っている人《ひと》はいないのよ。それなのに知《し》っているということは、パルが未来《みらい》から来《き》ているということよ」

「そういうことか！！！」

ここまで言《い》われて、やっとのび太《た》も理解《りかい》したようだった。

「でもそれだけじゃない。パルはタイムハンターかもしれないぞ」

タイムハンターとは、歴史《れきし》を変《か》えない範囲《はんい》で、過去《かこ》の世界《せかい》から絵《え》や宝石《ほうせき》を盗《ぬす》むという、タイムマシンを使《つか》った犯罪《はんざい》。城《しろ》に出没《しゅつぼつ》する絵画泥棒《かいがどろぼう》と、未来人《みらいじん》のパル。さらに彼《かれ》は美術商《びじゅつしょう》人《にん》を名乗《なの》っている。これらのパズルを組《く》み合《あ》わせて浮《う》かび上《あ》がるのはタイムハンター以外《いがい》にあり得《え》ないと、ドラえもんは気《き》が付《つ》いたのだ。

「パルはタイムマシンに乗《の》って泥棒《どろぼう》をしに来《き》ていたのね」

しずかも動揺《どうよう》している。

マイロとクレアは、未来《みらい》とか歴史《れきし》とか、タイムハンターとか、聞《き》いたことのない言葉《ことば》かりで、全《まった》くわかっていないようだが、パルが悪者《わるもの》だといわれていることだけはわかった。

「パルはそんな悪《わる》い人《ひと》じゃないよ。……たぶん……だけど……」

マイロの言葉《ことば》にすかさずクレアが突《つ》っ込《こ》んだ。

「いいや、もともと気《き》に食《く》わんやつだし、怪《あや》しげじゃった。マイロの絵《え》を気《き》に入《い》っていたのも、泥棒《どろぼう》だからに違《ちが》いないぞ」

何《なに》を言《い》っても、今《いま》はドラえもんの想像《そうぞう》でしかないので、パルが本当《ほんとう》に悪《わる》い人間《にんげん》なのかどうか、確《たし》かめなくてはならない。そのためには、家《いえ》に行《い》ってみるのが一番《いちばん》。盗《ぬす》んだものがたくさん置《お》いてあれば、泥棒《どろぼう》だし、未来人《みらいじん》なら、タイムマシンがあるかもしれない。

「パルの家《いえ》は、どこにあるの？」

ドラえもんがマイロにたずねる。

「いや……それが……行《い》ったことがなくって」

「知《し》らないの?!　じゃあ、どのへんにあるかぐらいは知《し》っているんでしょ？」

「前《まえ》に、おうちの場所《ばしょ》を聞《き》いたことがあるんだけど、教《おし》えてくれないんだ……」

「よーし、こうなったらパルの家《いえ》をつきとめてやろう！」

ドラえもんはパルの悪事《あくじ》を暴《あば》くべく立《た》ち上《あ》がった。


その頃《ころ》、アートリア城《じょう》の奥深《おくふか》く。暗《くら》い地下《ちか》の石牢《いしろう》に、ジャイアンとスネ夫《お》の姿《すがた》があった。

「出《だ》せ～！！！　はやくこっから出《だ》してくれ～！」

「クレアは何《なに》をやってるんだよ～!!」

クレアもドラえもんも来《き》てくれないとなると、ここから出《で》るのは無理《むり》かもしれない……。

「マ、ママ～……助《たす》けて～」

スネ夫《お》の鼻水《はなみず》をすすり上《あ》げる音《おと》が、石牢《いしろう》の中《なか》にむなしく響《ひび》いていた。

07 美術商人《びじゅつしょうにん》パルを追《お》え！

城下町《じょうかまち》の目抜《めぬ》き通《どお》りで、マイロは写生《しゃせい》をしている。しかしこれは、あくまでドラえもんによる作戦《さくせん》の一《ひと》つで、パルと接触《せっしょく》するための行動《こうどう》だ。予想《よそう》はドンピシャで、思《おも》った以上《いじょう》に早《はや》く、彼《かれ》は姿《すがた》をあらわした。

「お、今日《きょう》は湖《みずうみ》じゃなくて町《まち》の中《なか》で写生《しゃせい》か。珍《めずら》しいね」

「たまには気分《きぶん》を変《か》えて、町《まち》の様子《ようす》を描《えが》くのもいいかなと思《おも》って」

できるだけ自然《しぜん》に振《ふ》る舞《ま》うよう、ドラえもんに言《い》われていたマイロは、何食《なにく》わぬ顔《かお》をしながら木炭《もくたん》を走《はし》らせる。

「じゃ、仕上《しあ》がったら見《み》せてよね」

そのまま大通《おおどお》りの人《ひと》ごみの中《なか》へと入《はい》って行《い》ったパル。

すかさずマイロが、胸《むね》に隠《かく》してあったマイクに向《む》かってつぶやいた。

「パルが今《いま》、大通《おおどお》りへと向《む》かったよ」

「オッケー、マイロ。パルのことは、ちゃんと今《いま》『パトボール』で補足《ほそく》したから大丈夫《だいじょうぶ》」

湖畔《こはん》の砦《とりで》は、パルのおうち捜索作戦《そうさくさくせん》の本部《ほんぶ》になっている。そこでドラえもんは、複数《ふくすう》のモニターをにらみながら、パルの監視《かんし》をスタートさせていた。

『パトボール』という空飛《そらと》ぶ監視《かんし》カメラを使《つか》い、マイロとの会話中《かいわちゅう》にパルをスキャンした上《うえ》で追尾《ついび》プログラムを発動《はつどう》。これで、パルをリアルタイムに撮影《さつえい》しつつ、その映像《えいぞう》は、ドラえもんの目《め》の前《まえ》にあるモニターに映《うつ》し出《だ》されるという仕組《しく》みだ。

「キキ～ッ、こんなスゲー魔法《まほう》があるんだナ」

横《よこ》にいたチャイも驚《おどろ》いている。

「次《つぎ》はチャイ。キミへの指令《しれい》だ。城《しろ》でつかまっているスネ夫《お》とジャイアンの様子《ようす》を見《み》てきてくれる？　あの二人《ふたり》も心配《しんぱい》だからね」

「たぶん牢屋《ろうや》だヨ。まだ生《い》きていればだけどナ。キキキキ」

憎《にく》まれ口《ぐち》をたたきながら、チャイはアートリア城《じょう》へと羽《は》ばたいていった。

「まったく、口《くち》が悪《わる》いんだから……」

次《つぎ》にドラえもんは、町《まち》に隠《かく》れているのび太《た》としずかに指令《しれい》を送《おく》る。

「ドラえもんより、のび太《た》くんとしずかちゃんへ。えー、ドラえもんより、のび太《た》くんとしずかちゃんへ」

パルの動《うご》きを見《み》ながら、町《まち》に散《ち》ったのび太《た》としずかに『糸《いと》なし糸電話《いとでんわ》』で指令《しれい》を送《おく》る。

『糸《いと》なし糸電話《いとでんわ》』は、その名《な》の通《とお》り、糸《いと》のない糸電話《いとでんわ》。つまり超高性能《ちょうこうせいのう》のトランシーバーだ。

「パルを確認《かくにん》。作戦《さくせん》を本格始動《ほんかくしどう》するので、各自《かくじ》、持《も》ち場《ば》で待機《たいき》するように」

「オッケー！　このままここで指示《しじ》を待《ま》っていればいいんだよね」

のび太《た》からの返信《へんしん》だ。

のび太《た》は、姿《すがた》を消《け》すことのできる『とうめいマント』に身《み》を包《つつ》み、城下町《じょうかまち》の片隅《かたすみ》に身《み》を潜《ひそ》め、いつでも尾行《びこう》ができるように待機《たいき》している。

「こちらもオッケーよ」

しずかは、町《まち》はずれの高台《たかだい》にクレアと一緒《いっしょ》に潜《ひそ》んでいた。

「しずかちゃんには、『スペアポケット』を渡《わた》してあるよね？　それを使《つか》って、必要《ひつよう》なものを出《だ》していいから、しっかりパルを追《お》いかけてね」

「任《まか》せて！　ドラちゃん。スペアポケットもおなかにちゃんとつけているわよ」

『スペアポケット』は、ドラえもんの四次元《よじげん》ポケットとつながっていて、その中《なか》にあるひみつ道具《どうぐ》を取《と》り出《だ》すことができる。

「いま、ちょうどそっちの方《ほう》へパルが行《い》ったから、尾行《びこう》を頼《たの》むよ」

「わかったわ！」

しずかは、すぐにおなかの『スペアポケット』に手《て》を突《つ》っ込《こ》む。

『無生物《むせいぶつ》さいみんメガホン』とただのホウキ～」

いつもドラえもんがひみつ道具《どうぐ》を取《と》り出《だ》すようにして、二《ふた》つのアイテムを取《と》り出《だ》した。

「し、しずかまで、ドラと同《おな》じ魔法使《まほうつか》いだったのか⁉」

「これも含《ふく》めてぜーんぶドラちゃんの魔法《まほう》なのよ」

驚《おどろ》くクレアにそう説明《せつめい》すると、『無生物《むせいぶつ》さいみんメガホン』を使《つか》って、ホウキに話《はな》しかけた。このメガホンで語《かた》りかけると、生《い》き物《もの》ではない物《もの》に催眠術《さいみんじゅつ》をかけることができる。

「あなたは空飛《そらと》ぶホウキ……空飛《そらと》ぶホウキよ」

するとと……催眠術《さいみんじゅつ》にかかったホウキがピクピクと動《うご》き出《だ》し、宙返《ちゅうがえ》りをしたと思《おも》ったら、しずかの腰《こし》の高《たか》さまで浮《う》かび上《あ》がってふわふわし始《はじ》めた。

「よろしくね。ホウキちゃん。乗《の》せてもらうわよ」

しずかは、ホウキにあいさつをしてからまたがり、クレアに手《て》を差《さ》しのべた。

「それじゃ、パルの尾行《びこう》に向《む》かうわよ」

「こうしてみると、しずかが魔女《まじょ》の子《こ》みたいに見《み》えてきたぞ」

そう言《い》われたしずかは、どうせならと、スペアポケットから『タスケテ帽《ぼう》』をとり出《だ》した。これは、星《ほし》やお月様《つきさま》のマークがちりばめられた三角帽《さんかくぼう》で、先端《せんたん》についている丸《まる》いポンポンが、困《こま》った人《ひと》のいる方向《ほうこう》を指《さ》し示《しめ》してくれるというもの。

特《とく》に必要《ひつよう》な道具《どうぐ》ではなかったが、「似合《にあ》うかしら？」と、うれしそうにかぶってみせた。

「うん、かわいい魔女《まじょ》じゃ」

クレアもみとめた通《とお》り、まさに魔女《まじょ》っ子《こ》しずかちゃんといったところ。

ホウキの後《うし》ろにクレアを乗《の》せると、しずかは足《あし》でコンコンと合図《あいず》を送《おく》った。とたんにギユ────ン!!　あっという間《ま》に町《まち》が小《ちい》さくなるほど空高《そらたか》く舞《ま》い上《あ》がった。

「やっほ～！！！！」

クレアは初《はじ》めて空《そら》を飛《と》んだのにもかかわらず、そして、もしかしたら人類《じんるい》で最初《さいしょ》に飛《と》んだ人間《にんげん》かもしれないというのに、怖《こわ》がるどころか大喜《おおよろこ》び。さすがおてんば姫《ひめ》だ。

「パルを追《お》いかけるのじゃ!!」

二人《ふたり》を乗《の》せたホウキは、くるりと宙返《ちゅうがえ》りをしてからビューンと飛《と》んで行《い》った。

しずかとクレアが空《そら》から追尾《ついび》している中《なか》、のび太《た》は地上《ちじょう》でパルの背中《せなか》を追《お》っていた。

「こちらも追跡中《ついせきちゅう》！」

『糸《いと》なし糸電話《いとでんわ》』で経過《けいか》を報告《ほうこく》しつつ、後《あと》を追《お》う。スパイ映画《えいが》の主人公《しゅじんこう》になったつもりで、ときどき壁《かべ》の陰《かげ》に隠《かく》れてみたり、人《ひと》ごみにまぎれてみたりしているが、『とうめいマント』をかぶっているので、全《まった》く意味《いみ》はない。それだけならよかったのだが、調子《ちょうし》にのってしまったおかげで「おっと……っと……わっ!!」。

ドサッ。

深《ふか》い井戸《いど》の中《なか》に落《お》っこちてしまった。枯《か》れ井戸《いど》だったからよかったものの、そのせいでパルの背中《せなか》を見失《みうしな》い、おまけに『糸《いと》なし糸電話《いとでんわ》』は井戸《いど》の外《そと》に落《お》としたまま。

「誰《だれ》か……助《たす》けて……」

＊

ジャイアンとスネ夫《お》の様子《ようす》を確《たし》かめるために飛《と》び立《た》ったチャイが、アートリア城《じょう》にやってくると、城門《じょうもん》から、騎馬兵《きばへい》と馬車《ばしゃ》の長《なが》い車列《しゃれつ》が出《で》て来《き》たところに出《で》くわした。

「キキキ、ありゃなんだ？」

騎馬兵《きばへい》に守《まも》られるように走《はし》っているのは、王族《おうぞく》が乗《の》るための装飾《そうしょく》がほどこされた豪華《ごうか》な馬車《ばしゃ》。低空飛行《ていくうひこう》に切《き》り替《か》えて中《なか》をのぞいてみると、やはり中《なか》には、王《おう》とクレア姫《ひめ》が揺《ゆ》られていた。といってもこちらの姫《ひめ》は偽物《にせもの》なのだが、アートリア城《じょう》の人々《ひとびと》はすっかり本物《ほんもの》だと騙《だま》されている。その後《うし》ろには、牢馬車《ろうばしゃ》。こちらは名前《なまえ》の通《とお》り、走《はし》る牢屋《ろうや》。そっちをのぞいてみると、やっぱりジャイアンとスネ夫《お》が乗《の》っていた。

「こりゃ、地下牢《ちかろう》まで潜入《せんにゅう》する手間《てま》がはぶけたぞ。キキキキ」

チャイはうれしそうに近《ちか》づいて、牢《ろう》の格子《こうし》の一《ひと》つにぶら下《さ》がって話《はな》しかけた。

「お、まだ生《い》きてたか。キキキ」

ジャイアンとスネ夫《お》は希望《きぼう》の光《ひかり》を見《み》るような目《め》をしてチャイの下《もと》に集《あつ》まった。

「チャイじゃねーか。心《こころ》の友《とも》よ！」

「このままじゃ、ぼくたちは地獄谷《じごくだに》に落《お》っことされちゃうんだよ」

「地獄《じごく》!? いいなぁ、あそこはいっぺん行《い》ってみたいんだよなぁ。キキキ」

「なにバカ言《い》ってんだ。とにかくドラえもんを連《つ》れて来《き》てくれよ!!」

ジャイアンとスネ夫《お》には死刑判決《しけいはんけつ》が下《くだ》され、向《む》かう先《さき》の地獄谷《じごくだに》に落《お》とされようとしているらしい。二人《ふたり》にとっては、チャイが最後《さいご》の頼《たの》みの綱《つな》。しかし、チャイは、この状況《じょうきょう》をわかっているのかいないのか。地獄行《じごくい》きをうらやましがるばかり……。

＊

同《おな》じ頃《ころ》、ホウキで空《そら》を飛《と》んでいるしずかのかぶる『タスケテ帽《ぼう》』が突然《とつぜん》、反応《はんのう》を見《み》せた。

ググググッ。先端《せんたん》のポンポンが、困《こま》っている人《ひと》の方向《ほうこう》を指《さ》し示《しめ》す。

「あら、なにかしら」

しずかが『タスケテ帽《ぼう》』の示《しめ》す方《ほう》へと下降《かこう》していくと、枯《か》れ井戸《いど》があった。さらにポンポンは井戸《いど》の底《そこ》に向《む》かって反応《はんのう》している。クレアと一緒《いっしょ》にのぞき込《こ》むと、薄暗《うすぐら》い井戸《いど》の底《そこ》には、見慣《みな》れたメガネの少年《しょうねん》の姿《すがた》があった。

「のび太《た》さん?!」

「しずかちゃん！　ここがよくわかったね。糸《いと》なし糸電話《いとでんわ》も、地上《ちじょう》に落《お》として来《き》ちゃったから、どうしようかと思《おも》ってたんだ」

「こんなところに落《お》っこちるなんて、おっちょこちょいじゃな」

しずかの横《よこ》で、クレアがクスクスしている。

「でも……この狭《せま》さじゃ、ホウキでは降《お》りられないわね……」

かなり深《ふか》くて狭《せま》い井戸《いど》だったため、ホウキで降《お》りるわけにもいかず、しずかは少《すこ》し考《かんが》えた後《あと》、『スペアポケット』から『かるがるつりざお』を、取《と》り出《だ》した。

「これでつり上《あ》げてあげるわ。おとなしくしててね。のび太《た》さん」

『かるがるつりざお』は、釣《つ》り針《ばり》の代《か》わりに強力《きょうりょく》な万能吸着盤《ばんのうきゅうちゃくばん》がついていて、どんなに重《おも》い物《もの》でも軽々《かるがる》と持《も》ち上《あ》げられる。しずかは、これでのび太《た》をかつおの一本釣《いっぽんづ》りのようにヒョイと、つり上《あ》げた。

「ありがとう、た、助《たす》かったよ……」

またしても、〝魔法《まほう》〟を目《ま》の当《あ》たりにしたクレアは、のび太《た》が助《たす》かったことよりも、『かるがるつりざお』に興味津々《きょうみしんしん》のよう。

「クレアちゃんだって、このつり竿《ざお》なら、のび太《た》さんを軽々《かるがる》持《も》ち上《あ》げることができるのよ」

そんな話《はなし》を聞《き》いたものだから、おてんば姫《ひめ》の血《ち》が騒《さわ》ぎ始《はじ》め、気《き》が付《つ》いた時《とき》には釣《つ》り竿《ざお》をふりまわしていた。しかし、糸《いと》の先《さき》にはまだのび太《た》がくっついていたため、糸《いと》と一緒《いっしょ》にあっちでくるくる、こっちでヒラヒラ、新体操《しんたいそう》のリボンのように回《まわ》り続《つづ》ける。

「あれ～！！！　も、もう一回助《いっかいたす》けて～！！！！」

そんな時《とき》、『糸《いと》なし糸電話《いとでんわ》』にドラえもんからの通信《つうしん》が入《はい》った。

「しずかちゃん、のび太《た》くん、作戦変更《さくせんへんこう》だ‼」

チャイからジャイアンとスネ夫《お》の状況《じょうきょう》を聞《き》き、作戦《さくせん》を変更《へんこう》することにしたのだという。

「しずかちゃんとクレアはすぐに、スネ夫《お》とジャイアンの救出《きゅうしゅつ》に向《む》かってほしい」

「ドラちゃん、どういうことなの？」

「二人《ふたり》が地獄谷《じごくだに》で処刑《しょけい》されそうなんだ」

「地獄谷《じごくだに》なら、わらわが知《し》っておるぞ」

「それなら話《はなし》がはやい、二人《ふたり》で地獄谷《じごくだに》に向《む》かってほしい！」

「任《まか》せて！」

しずかは、『かるがるつりざお』を『スペアポケット』にしまうと、クレアと一緒《いっしょ》にホウキにまたがった。

「地獄谷《じごくだに》はあっちじゃ」

そして、クレアの指《ゆび》さす方向《ほうこう》へ、全速力《ぜんそくりょく》で飛《と》んで行《い》くのだった。

パルを『パトボール』にスキャンさせることができたマイロは、作戦本部《さくせんほんぶ》に戻《もど》って来《き》た。

「チャイもここにいたのか」

「キキキ。帰《かえ》って来《き》てすぐだけど、一緒《いっしょ》に出発《しゅっぱつ》だぞ」

モニターに目《め》を配《くば》っていたドラえもんが駆《か》けよって来《く》る。

「ジャイアンとスネ夫《お》が緊急事態《きんきゅうじたい》なんだ。チャイと一緒《いっしょ》に地獄谷《じごくだに》に行《い》ってほしい。ぼくが、のび太《た》くんとパルのところへ行《い》くことにする」

「でも、どうやって？」

「地獄谷《じごくだに》なら、オイラに任《まか》せてくれよ。キキキキ。ほらつかまって！」

チャイは、マイロに自分《じぶん》の足《あし》をつかませると、ゆっくりと上昇《じょうしょう》し始《はじ》めた。でも、その小《ちい》さな身体《からだ》には少々《しょうしょう》〝荷物《にもつ》〟が重《おも》いようで、フラフラとしている。

「大丈夫《だいじょうぶ》かい？」

「いいから黙《だま》ってつかまってろ。じゃないとベロをかむぞ。キキキ」

マイロの気《き》づかいに、憎《にく》まれ口《くち》で返《かえ》しつつ、必死《ひっし》に羽《は》ばたいて行《い》く……。

「それじゃたのんだよ～」

ドラえもんが、二人《ふたり》を見送《みおく》っていると、のび太《た》からの通信《つうしん》が入《はい》った。

「ドラえもん、パルが見《み》つからないんだ。近《ちか》くにいるはずなんだけど……」

「任《まか》せて！　スキャンしてみる」

パルのスキャンデータを元《もと》に、その付近《ふきん》にサーチをかけてみた。そうすれば、どこかに隠《かく》れていたとしても、居場所《いばしょ》を特定《とくてい》することができるのだが、その最中《さいちゅう》のことだった。

バシュ！

銃声《じゅうせい》のような音《おと》と共《とも》に、『パトボール』からの映像《えいぞう》が途絶《とだ》え、モニターは真《ま》っ暗《くら》に。

「え？　なんだ？　今《いま》のは」

操作《そうさ》パネルをガチャガチャやっても、なんの反応《はんのう》も起《お》こらない。

「ドラえもん！　パトボールが‼」

「やっぱり！　何《なに》かあったの？」

「煙《けむり》の上《あ》がった場所《ばしょ》に来《き》てみたら、パトボールが誰《だれ》かにやられてる。真《ま》っ黒焦《くろこ》げで落《お》ちていたんだ」

この時代《じだい》に、空《そら》を飛《と》ぶ物《もの》を黒焦《くろこ》げにできる武器《ぶき》を持《も》っている人《ひと》はいないはず。そうなるとやはり未来人《みらいじん》のしわざだ。

「やっぱりパルは怪《あや》しい。今《いま》すぐそっちへ行《い》くから待《ま》ってて」

ドラえもんは、『タケコプター』を頭《あたま》につけると、フル回転《かいてん》で空《そら》へ向《む》かった。

＊

馬車《ばしゃ》の車列《しゃれつ》が地獄谷《じごくだに》に到着《とうちゃく》し、ジャイアンとスネ夫《お》の死刑《しけい》が執行《しっこう》されようとしていた。

本当《ほんとう》に地獄《じごく》まで続《つづ》いていそうなほどの深《ふか》い谷《たに》。あちこちから硫黄《いおう》の煙《けむり》が噴《ふ》き上《あ》がり、煙《けむり》をまともに食《く》らうと、その熱《あつ》さとにおいでむせ返《かえ》してしまうほど。もちろん落《お》ちたらひとたまりもない。

崖《がけ》から細長《ほそなが》い板《いた》がせり出《だ》していて、その上《うえ》を、後《うし》ろ手《で》に縛《しば》られたジャイアンとスネ夫《お》が歩《ある》かされている。当然《とうぜん》、板《いた》の先《さき》には何《なに》もない。あるのは地獄《じごく》に続《つづ》く暗黒《あんこく》の裂《さ》け目《め》だけ。

「ほら！　とっとと前《まえ》に行《い》け！」

死刑執行人《しけいしっこうにん》に槍《やり》でつつかれながら、二人《ふたり》は地獄《じごく》の底《そこ》に落《お》とされようとしていた。

「こんなことをして！　後《あと》で絶対《ぜったい》に訴《うった》えてやるからな！」

「わからんことを言《い》うな。盗人《ぬすっと》は、いさぎよく地獄《じごく》へ落《お》ちろ！」

「落《お》ちろと言《い》われて落《お》ちれるか!!」

スネ夫《お》とジャイアンは必死《ひっし》に抵抗《ていこう》するが、残《のこ》された板《いた》の長《なが》さは、ほんの少《すこ》ししかない。

「オレたちは無実《むじつ》だ～！　王様《おうさま》！　クレア！　黙《だま》って見《み》てないで、頼《たの》むよ」

「助《たす》けて～、神様仏様《かみさまほとけさま》～！」


死刑《しけい》がよく見《み》える場所《ばしょ》にテントを張《は》り、その中《なか》に王《おう》とクレアが座《すわ》っていた。クレアは、はやく落《お》ちろと言《い》いたげに、ふんぞり返《かえ》っていたが、王《おう》は、脇《わき》に立《た》っているソドロに、ささやいていた。

「相手《あいて》は子供《こども》じゃ。いくらなんでもかわいそうじゃ」

「わたしもそう思《おも》うのですが、クレア姫《ひめ》がどうしてもと……」

「盗《ぬす》みは重罪《じゅうざい》じゃ。ましてそれが城《しろ》の宝《たから》である絵画《かいが》ともなれば、死刑《しけい》は当然《とうぜん》じゃ」

「クレア姫《ひめ》もああおっしゃっておられるので……」

ジャイアンの大声《おおごえ》が聞《き》こえて来《き》た。

「オレたち、なにも盗《ぬす》んでないじゃないか！」

クレアもまた大声《おおごえ》で言《い》い返《かえ》す。

「申《もう》せ！　衛兵《えいへい》が入《はい》らなければ盗《ぬす》んでいたじゃろう。それは泥棒《どろぼう》も同然《どうぜん》」

「クレア、お前《まえ》はそういうやつだったのか⁉　薄情者《はくじょうもの》！」

スネ夫《お》は泣《な》きながら空《そら》を見上《みあ》げる。

「神様《かみさま》、仏様《ほとけさま》〜！　悪魔《あくま》でもいいから助《たす》けてくれ〜」

それでも、死刑執行人《しけいしっこうにん》の槍《やり》はどんどん迫《せま》る。

二人《ふたり》の足元《あしもと》から板《いた》の先端《せんたん》まで、あと残《のこ》り数《すう》センチ。一歩《いっぽ》でも前《まえ》に出《で》れば、地獄行《じごくい》きだ。

王《おう》は、たまらず目《め》を背《そむ》けている。

「ママ〰〰ッ！！！」

地獄谷《じごくだに》には、スネ夫《お》の悲鳴《ひめい》とも断末魔《だんまつま》の叫《さけ》びともとれる声《こえ》が響《ひび》き渡《わた》っていた。

＊

町《まち》はずれにやってきたパルは、とある家《いえ》の玄関《げんかん》の前《まえ》に立《た》つと、後《うし》ろを振《ふ》り返《かえ》ってキョロキョロ見回《みまわ》した後《あと》、手早《てばや》く鍵《かぎ》を開《あ》け、中《なか》へ入《はい》って行《い》った。

「やった。隠《かく》れ家《が》をつきとめたよ！　ドラえもん」

『透明《とうめい》マント』を取《と》り、『糸《いと》なし糸電話《いとでんわ》』で連絡《れんらく》した時《とき》、ちょうどドラえもんが飛来《ひらい》した。

「お手柄《てがら》だよ、のび太《た》くん！」

パルの家《いえ》は、言《い》われなければ気《き》にもとめない、アートリアではごくありふれた家《いえ》だった。

しかし、入《はい》ってみるまで、本当《ほんとう》にパルの家《いえ》かどうかはわからない。

「毎度《まいど》おなじみ……『通《とお》りぬけフープ』」

ドラえもんは、壁《かべ》に貼《は》り付《つ》けるだけで出入《でい》り口《ぐち》ができる道具《どうぐ》を取《と》り出《だ》した。さらに、侵入後《しんにゅうご》のことも考《かんが》え、のび太《た》に『ころばし屋《や》』を手渡《てわた》す。十円玉《じゅうえんだま》を入《い》れて相手《あいて》の名前《なまえ》を言《い》うと、その人物《じんぶつ》を三回《さんかい》、転《ころ》ばせてくれる用心棒《ようじんぼう》だ。家《いえ》に潜入《せんにゅう》したらすぐにパルを転《ころ》ばせ、その隙《すき》につかまえようという算段《さんだん》だった。

ドラえもんが玄関《げんかん》のドアに『通《とお》りぬけフープ』を貼《は》り付《つ》け、カウントダウン。

「3……、2……、1……それ～っ!!」

躍《おど》り込《こ》んですぐにのび太《た》は、『ころばし屋《や》』を掲《かか》げ、ドラえもんも『四次元《よじげん》ポケット』

に手《て》をつっ込《こ》んで身構《みがま》えた……が、家《いえ》の中《なか》の光景《こうけい》を見《み》て、声《こえ》を失《うしな》ってしまった。

「え……」

「これは……」

＊

「やれ〜っ！」

ドラえもんたちがパルの家《いえ》に突入《とつにゅう》したのと同《おな》じ時《とき》、ニセクレアの号令《ごうれい》が地獄谷《じごくだに》に響《ひび》き渡《わた》った。

処刑《しょけい》が全《まった》く進《すす》まない状況《じょうきょう》に業《ごう》を煮《に》やし、死刑執行人《しけいしっこうにん》に、はっぱをかけたのだった。

槍《やり》が背中《せなか》に迫《せま》っているものの、板《いた》の先《さき》は奈落《ならく》の底《そこ》。これ以上《いじょう》は進《すす》めない。しかし進《すす》まなければ槍《やり》に刺《さ》されてしまう……。

「もうダメだ……」

落胆《らくたん》したスネ夫《お》がぼそりと口《くち》にした。

ジャイアンも、覚悟《かくご》を決《き》めたのか、つぶやくように言《い》った。

「なんとかしてやれなくてごめん。いろいろありがとな」

死刑執行人《しけいしっこうにん》の槍《やり》に迫《せま》られた二人《ふたり》は、とうとう、板《いた》のないその先《さき》、地獄《じごく》の釜《かま》の入《い》り口《ぐち》に足《あし》を踏《ふ》み出《だ》し、次《つぎ》の瞬間《しゅんかん》、板《いた》の上《うえ》からジャイアンとスネ夫《お》の姿《すがた》は消《き》えてしまった。

「あぁ……」

テントの中《なか》の王《おう》は、肩《かた》を落《お》とし地面《じめん》を見《み》つめた。

それとは対照的《たいしょうてき》に、クレアは、口角《こうかく》をクッと上《あ》げて満足《まんぞく》げな表情《ひょうじょう》を浮《う》かべている。

…………。

地獄谷《じごくだに》は静《しず》まり返《かえ》り、硫黄《いおう》の煙《けむり》が噴《ふ》き出《だ》す音《おと》だけが響《ひび》いている。

ところが、ニヤリとしていたクレアの表情《ひょうじょう》がかき曇《くも》り「なっ……」と、言葉《ことば》にならないような声《こえ》を発《はっ》して立《た》ち上《あ》がった。横《よこ》に立《た》つソドロも、声《こえ》を失《うしな》ったままでいる。目《め》を伏《ふ》せていた王《おう》は、この驚《おどろ》きに満《み》ちた空気《くうき》に遅《おく》れて気《き》が付《つ》いた。崖《がけ》を見《み》やると、やはり同《おな》じように驚《おどろ》き、そしてその後《ご》、少《すこ》しほっとしたような表情《ひょうじょう》を浮《う》かべ、声《こえ》を漏《も》らした。

「おぉ……。さすがジャイアン……殿《どの》……」

なんと、ジャイアンはまだ落《お》ちていなかった。後《うし》ろ手《で》に縛《しば》られていても、必死《ひっし》にアゴで板《いた》に食《く》らいつき、さらにスネ夫《お》を足《あし》で挟《はさ》んで、どうにかこうにか命《いのち》を取《と》り留《と》めていた。

「ググ……ンググググ」

クレアはチッと舌打《したう》ちをしてから、死刑執行人《しけいしっこうにん》にとどめを刺《さ》すよう指示《しじ》を出《だ》そうとしたが、ジャイアンのアゴの力《ちから》が徐々《じょじょ》に弱《よわ》まり、ズリズリとずり落《お》ちそうになっているのを見《み》て、ニヤリと笑《わら》った。

「これは面白《おもしろ》い。どうせいずれは落《お》ちるはずじゃ。ゆっくり見物《けんぶつ》するとしよう」

改《あらた》めてイスに深《ふか》く座《すわ》って、見物《けんぶつ》を始《はじ》める。

「ジャ……ジャイアン……お願《ねが》いだから、がんばって……」

スネ夫《お》を挟《はさ》んでいる足《あし》がブルブル震《ふる》えだし、板《いた》をかじるアゴの力《ちから》も、だんだん衰《おとろ》えてきている。ズリ……ズリ……、徐々《じょじょ》に歯《は》が板《いた》の端《はし》の方《ほう》へとずれていく。

「しゅ……しゅねお……、ふぁるい、も、う、げ……げんかうぃ……だ」

「そうだよね。しょうがないよね。ジャイアン、もういいよ。ありがとう……」

二人《ふたり》が言葉《ことば》を交《か》わした直後《ちょくご》、とうとうジャイアンの力《ちから》は尽《つ》きてしまった。

「わ〜〜〜っ！！！」

二人《ふたり》が奈落《ならく》へ落《お》ちていく瞬間《しゅんかん》を見《み》たクレアがほくそ笑《え》み、王《おう》が天《てん》を仰《あお》いだその時《とき》、王《おう》たちのいるテントの屋根《やね》を黒《くろ》い影《かげ》が横切《よこぎ》った。太陽《たいよう》の光《ひかり》が一瞬《いっしゅん》さえぎられ、テントにいた人々《ひとびと》は反射的《はんしゃてき》に空《そら》に目《め》をやった。

ギューン！

何《なに》かが飛《と》んでいる。しかし太陽《たいよう》を背《せ》にしていて、判然《はんぜん》としない。しかも、ぐんぐんと一《いっ》直線《ちょくせん》に向《む》かって来《く》る。一同《いちどう》が、目《め》を細《ほそ》めて必死《ひっし》に見《み》ていると、おぼろげにそれが人影《ひとかげ》だということがわかった。

王《おう》がつぶやく。

「ま、魔女《まじょ》？」

その影《かげ》は、ホウキにまたがった二人《ふたり》の女《おんな》の子《こ》。そう、しずかとクレアだった。しずかのかぶっている『タスケテ帽《ぼう》』が、落下《らっか》していくジャイアンとスネ夫《お》をググッと指《さ》し示《しめ》す。そしてそれに引《ひ》っ張《ぱ》られるようにして、二人《ふたり》は、ほぼ垂直《すいちょく》に降《お》りていく。『タスケテ帽《ぼう》』の反応《はんのう》がどんどん強《つよ》まり、同時《どうじ》にホウキのスピードが限界《げんかい》を迎《むか》えようかという瞬間《しゅんかん》、ジャイアンの背中《せなか》を捉《とら》えた。

「たけしさ～んっ！」

しずかが手《て》を伸《の》ばす。ものすごい風圧《ふうあつ》で押《お》し返《かえ》されそうになる。それでもありったけの力《ちから》を使《つか》って手《て》を押《お》し出《だ》し、ジャイアンの背中《せなか》をつかみ……かけたのだが、ほんのわずかの差《さ》で逃《のが》してしまった。

「たけしさ～ん！！」

ジャイアンとスネ夫《お》はそのまま真《ま》っ逆《さか》さま。

「うわ～～～～っ！！」

「わたしのせいだわ！！！」

しずかは顔《かお》を両手《りょうて》で覆《おお》い、悲鳴《ひめい》に似《に》た声《こえ》で喚《わめ》いた。

しかしおてんば姫《ひめ》はあきらめず、「まだじゃ！」と、しずかのおなかにある『スペアポケット』に手《て》をつっこんだ。

「かるがるつりざお～!!」と、つり竿《ざお》を引《ひ》っ張《ぱ》り出《だ》し、のび太《た》をふりまわした時《とき》に覚《おぼ》えた竿《さお》さばきで、ジャイアンめがけて糸《いと》を飛《と》ばした！　ギュンギュンと飛《と》んで行《い》く糸《いと》が、限界《げんかい》まで伸《の》びた先《さき》で………ペタリ。

「手《て》ごたえあったぞ！」

ジャイアンに見事命中《みごとめいちゅう》。その瞬間《しゅんかん》、ギリリリリリと、枝《えだ》がしなるような音《おと》がして、『かるがるつりざお』は三日月《みかづき》のようにカーブを描《えが》いた。しずかも、あわててホウキの柄《え》を胸《むね》に引《ひ》き付《つ》けて引《ひ》っ張《ぱ》る。ギギギギギギ。

落下《らっか》していたジャイアンとスネ夫《お》が、グンッ！　ある瞬間《しゅんかん》に空中《くうちゅう》でぴたりと止《と》まった。

そして、今度《こんど》はものすごい勢《いきお》いで上昇《じょうしょう》。

「うわ～！！」

『かるがるつりざお』を握《にぎ》るクレアの頭《あたま》の上《うえ》を軽《かる》く飛《と》び越《こ》え……弧《こ》を描《えが》き、王様《おうさま》たちのいるテントの目《め》の前《まえ》にドサリと着地《ちゃくち》した。

「た、助《たす》かった～」

「神様《かみさま》でも仏様《ほとけさま》でもなく、魔女《まじょ》っ子《こ》しずかちゃんが助《たす》けてくれるなんて……」

ジャイアンとスネ夫《お》は、緊張《きんちょう》から解《と》き放《はな》たれた安心《あんしん》からか、その場《ば》に崩《くず》れるように倒《たお》れ込《こ》んだ。王《おう》はホッとした様子《ようす》で、汗《あせ》を拭《ぬぐ》っている。ソドロとニセクレアは、驚《おどろ》きを隠《かく》せず呆然《ぼうぜん》と立《た》ったまま。そこへ、ホウキにまたがったしずかと、本物《ほんもの》のクレアが飛来《ひらい》した。

死刑執行人《しけいしっこうにん》やその周《まわ》りにいた兵隊《へいたい》たちは、目《め》の前《まえ》で魔法《まほう》を使《つか》い、ホウキで降《お》り立《た》ったしずかを魔女《まじょ》だと信《しん》じ込《こ》んで恐《おそ》れ、槍《やり》を放《ほう》り投《な》げて逃《に》げて行《い》った。

「魔女《まじょ》だぁ～!!　助《たす》けて～」

「おい待《ま》て、どこへ行《い》く！　逃《に》げるな！」

ソドロが必死《ひっし》に止《と》めるが、あっという間《ま》に兵隊《へいたい》たちはいなくなってしまった。

「たけしさん、スネ夫《お》さん、大丈夫《だいじょうぶ》だった？」

しずかとクレアは、二人《ふたり》のロープをほどく。

「ありがとよ。しずかちゃん、クレア。え？」

「なんで？　クレアが二人《ふたり》？」

遅《おく》れて気《き》が付《つ》き、ジャイアンとスネ夫《お》は驚《おどろ》きながら二人《ふたり》を見比《みくら》べている。

「そうなんじゃ、今《いま》、わらわのハラワタは煮《に》えくり返《かえ》りそうなんじゃ」

ほどいたロープをもう一人《ひとり》のクレアに向《む》かって投《な》げつけてから声《こえ》をあげた。

「父上《ちちうえ》！　まさかそのニセモノをわらわだと思《おも》っていたのか!?」

王《おう》は、空《そら》から来《き》たクレアと、隣《となり》に座《すわ》っているクレアとを見比《みくら》べ、まだ戸惑《とまど》っている。

そこにすかさず、ニセクレアが言《い》い返《かえ》した。

「何《なに》を言《い》う、ニセモノはそっちじゃ。父上《ちちうえ》、だまされてはいけませぬぞ」

「何《なに》を言《い》う、お前《まえ》がニセモノじゃ」

おてんば姫《ひめ》は、あまりの腹立《はらだ》たしさに、ニセクレアの前《まえ》へ詰《つ》め寄《よ》った。相手《あいて》も血《ち》の気《け》が多《おお》いのか、前《まえ》に出《で》て来《き》て、取《と》っ組《く》み合《あ》いのケンカとなった。

腕《うで》をひねり、足《あし》をつかみ、髪《かみ》を引《ひ》っ張《ぱ》り、もつれあって転《ころ》び……。一人《ひとり》がもう一人《ひとり》の上《うえ》に覆《おお》いかぶさると、下《した》のクレアが逆《ぎゃく》に相手《あいて》をねじ伏《ふ》せて、馬乗《うまの》りになり……。

見《み》ていたみんなも、だんだんどっちがどっちか、わからなくなってしまった。

「ニセモノはおとなしくするんじゃ」

「それはお前《まえ》のことじゃ」

「ニセモノがニセモノのことをニセモノと申《もう》すわけがなかろう」

「そう言《い》って自分《じぶん》を本物《ほんもの》に見《み》せようとは姑息《こそく》な」

「自分《じぶん》を本物《ほんもの》に見《み》せようとするということは、ニセモノだということじゃぞ」

両者《りょうしゃ》は一歩《いっぽ》もひかず、よけいにどっちが本物《ほんもの》かわからなくなってしまった。父親《ちちおや》である王《おう》も、我《わ》が娘《むすめ》のことながら、どっちが本物《ほんもの》かちんぷんかんぷん。一緒《いっしょ》にホウキに乗《の》っていたしずかでさえも、お手上《てあ》げ状態《じょうたい》となってしまった……。

*

パルの家《いえ》に突入《とつにゅう》したのび太《た》とドラえもんは、呆然《ぼうぜん》と立《た》ち尽《つ》くしていた。

「これが……パルの……家《いえ》？」

「やっぱり、思《おも》った通《とお》りだ」

パルの家《いえ》は、見《み》た目《め》こそ十三世紀《じゅうさんせいき》らしい外観《がいかん》だったが、中身《なかみ》は別物《べつもの》。二階《にかい》への階段《かいだん》がエスカレーターで、家具《かぐ》は樹脂製《じゅしせい》。床《ゆか》ではロボット掃除機《そうじき》が常《つね》に歩《ある》き回《まわ》ってピカピカに磨《みが》いている。どっからどう見《み》ても、未来《みらい》のテクノロジーそのもの。

オートマチックコーヒーマシンからコーヒーを注《つ》いでいる最中《さいちゅう》に突入《とつにゅう》されたパルは、あっけにとられ、コーヒーを注《そそ》ぎすぎてしまった。

「アチチチチ」

熱《あつ》さのあまりカップを落《お》とし、今度《こんど》はコーヒーが足《あし》にぴしゃりとかかった。

「アヂヂヂヂヂ！！！」

そのあわてっぷりとそそっかしさを目《ま》の当《あ》たりにして、のび太《た》は笑《わら》ってしまった。

「ほら！　笑《わら》っている場合《ばあい》じゃない。ころばし屋《や》！」

「ごめん、そ、そうだった。十円十円《じゅうえんじゅうえん》……」

ドラえもんに小突《こづ》かれ、のび太《た》が十円玉《じゅうえんだま》を探《さが》している間《あいだ》に、パルは二階《にかい》へ逃《に》げていく。

「逃《に》がしたら大変《たいへん》だぞ」

「待《ま》ってよ、いま、入《い》れるから……」

チャリン！　十円玉《じゅうえんだま》を入《い》れてから『ころばし屋《や》』をパルに向《む》けて、叫《さけ》んだ。

「パルを転《ころ》ばせるんだ！」

『ころばし屋《や》』のサングラスがきらりと光《ひか》り、同時《どうじ》に銃《じゅう》が発射《はっしゃ》された。ダギュン！

飛《と》び出《で》た弾《たま》がエスカレーターを登《のぼ》っているパルの背中《せなか》に当《あ》たり、「うわッ」と、転倒《てんとう》。

そのまま一階《いっかい》までゴロゴロと落《お》ちて来《き》た。そのタイミングを見計《みはか》らい、『ころばし屋《や》』は二発目《にはつめ》を発射《はっしゃ》。

「ふぎゃっ！」

パルはもう一度《いちど》吹《ふ》き飛《と》ばされ、顔《かお》から床《ゆか》にたたきつけられた。

「イテテテテ」

ころばし屋《や》が床《ゆか》につっぷしたままのパルに最後《さいご》の一発《いっぱつ》を浴《あ》びせると、パルは「ぐぎゃ～～～ッ！」と天井《てんじょう》の高《たか》さまで飛《と》び上《あ》がってから床《ゆか》にドシン。さすがのパルもヘロヘロになった。

「それっ！」

ドラえもんが駆《か》けより、『全白動手錠《ぜんじどうてじょう》』をかけた。

「すぐタイムパトロールに突《つ》き出《だ》そう」

パルの逮捕《たいほ》は大成功《だいせいこう》。しかしパルは反省《はんせい》の色《いろ》を見《み》せずにひょうひょうと言《い》ってのける。

「わざわざ、そんなことしなくたって大丈夫《だいじょうぶ》だよ」

「そっちが大丈夫《だいじょうぶ》でも、こっちは大丈夫《だいじょうぶ》じゃないんだよ。泥棒《どろぼう》のくせに勝手《かって》だなぁ」

のび太《た》も飽《あ》きれ気味《きみ》。

「だから呼《よ》ばなくてもいいっての。ぼくがタイムパトロールなんだから」

「なんだ、そういうことか。それなら話《はなし》がはやい」

つい納得《なっとく》してしまったドラえもんだが、パルの言葉《ことば》をよくよく考《かん》え、ハッとなった。

「え？　今《いま》タイムパトロールって言《い》った？」

「そう、タイムパトロールなんだよ。ぼくがね」

「え〜っ！！！」

あまりの衝撃《しょうげき》に、二人《ふたり》は、あんぐりと口《くち》を開《あ》けたまま、固《かた》まってしまった……。

*

クレアとニセクレアの取《と》っ組《く》み合《あ》いは、まだ続《つづ》いていた。

「わらわが本物《ほんもの》じゃ！」

「いいや、わらわこそ本物《ほんもの》じゃ」

どっちがどっちかわからない状態《じょうたい》が続《つづ》く中《なか》、しずかがある質問《しつもん》を投《な》げかけた。

「ねぇ、クレアちゃんの好《す》きな食《た》べ物《もの》ってなんだったかしら？」

片方《かたほう》のクレアが、少《すこ》しまごまごしているような素振《そぶ》りを見《み》せたので、もう一人《ひとり》のクレアがすかさず言《い》った。

「ほら先《さき》に答《こた》えるのじゃ」

「いや、お主《ぬし》こそ先《さき》に答《こた》えるのじゃ」

「後回《あとまわ》しにすれば、お主《ぬし》の方《ほう》が疑《うたが》われるがよいか？」

確《たし》かに、本人《ほんにん》なら絶対《ぜったい》に答《こた》えられる質問《しつもん》を後回《あとまわ》しにすれば、それだけで自分《じぶん》がニセモノだと言《い》っているようなもの。まごまごクレアは、仕方《しかた》なく、重《おも》い口《くち》を開《ひら》いた。

「好《す》き嫌《きら》いはない。なんでも大好《だいす》き……じゃ」

「苦肉《くにく》の策《さく》か。『なんでも大好《だいす》き』と答《こた》えて急場《きゅうば》をしのごうというのじゃな？」

「黙《だま》れ！　お主《ぬし》も答《こた》えるのじゃ。違《ちが》っていたらお主《ぬし》こそニセモノということじゃぞ」

すると、もう一人《ひとり》のクレアは、自信《じしん》たっぷりに答《こた》えた。

「わらわの一番《いちばん》の好物《こうぶつ》はチョコレイトウじゃ」

その言葉《ことば》を聞《き》き、王《おう》はキョトンと目《め》を丸《まる》くしている。それもそのはず。この時代《じだい》にチョコレートは存在《そんざい》していないのだから、それが食《た》べ物《もの》かすらわからない。

「チョコレートじゃと？　とうとうボロを出《だ》したな。この時代《じだい》にチョコレートなどあるわけがない！　さてはお主《ぬし》がニセモノのクレアじゃな。ガハハハ！」

これで一発逆転《いっぱつぎゃくてん》だと言《い》わんばかりに、まごまごクレアが高笑《たかわら》いをしていると、もう一人《ひとり》のクレアから、思《おも》わぬ反撃《はんげき》を食《く》らってしまう。

「たしかにチョコレイトウはこの時代《じだい》にはない。しかし、なぜそれを知《し》っておるのじゃ？」

「うっ……そ、それは……」

まごまごクレアは、さきほどにも増《ま》してまごまごし、口《くち》ごもってしまった。

しずかもジャイアンもスネ夫《お》も、クレアがチョコレート好《ず》きなことはもちろん知《し》っていたので、どっちがニセモノかは明白《めいはく》。だが、それだけではなかった。

同《おな》じようにまごまごしている人間《にんげん》がもう一人《ひとり》いることに、ジャイアンが気《き》が付《つ》いた。

「お前《まえ》は何《なに》をやっているんだ⁉」

ニセクレアがしゃべっている間《あいだ》だけ、口《くち》を隠《かく》しながらヒソヒソとやっているヤツの手首《てくび》をつかみ上《あ》げた。

「あ！　ダメ～‼」

　それは道化師《どうけし》ソドロ。つかまれた手首《てくび》から小《ちい》さな機械《きかい》がこぼれ落《お》ち、すかさずスネ夫《お》が拾《ひろ》い上《あ》げる。それは小型《こがた》のマイクだった。十三世紀《じゅうさんせいき》にはマイクどころか、導線《どうせん》の一本《いっぽん》だってあるわけがない。

「ねぇ、どうしてソドロがこんなものを持《も》っているんだよ」

　スネ夫《お》がソドロに向《む》かってマイクを突《つ》きつけたのだが、ここで不思議《ふしぎ》な現象《げんしょう》が起《お》こった。ニセクレアが急《きゅう》に、スネ夫《お》と同《おな》じセリフを言《い》ったからだった。

「ねぇ、どうしてソドロがこんなものを持《も》っているんだよ」……と。

　スネ夫《お》は、一体何《いったいなに》が起《お》こっているのか理解《りかい》できず、「どういうこと？」と言《い》ったら、同《おな》じようにニセクレアも「どういうこと？」と言《い》った。

　この状況《じょうきょう》を見《み》て、しずかが気付《きづ》いた。

「ねぇ、そのマイクでニセモノのクレアちゃんを操《あやつ》っていたんじゃない？」

「そういうことか」

　スネ夫《お》が、マイクの横《よこ》にあるスイッチのようなでっぱりをカチカチやってみると、ピピピピッ、ヒューン……。機械《きかい》の電源《でんげん》が切《き》れるような音《おと》がして、ニセクレアは、顔《かお》から倒《たお》れ込《こ》んだ。さらに姿《すがた》かたちが徐々《じょじょ》に消《き》えていき、単《たん》なる人形《にんぎょう》になってしまった。

ソドロは、この人形《にんぎょう》をニセクレアに仕立《した》て上《あ》げ、城《しろ》の人間《にんげん》をだましていたのだった。

「ドラちゃんのようなひみつ道具《どうぐ》を使《つか》っていたなんて……。あなたは未来人《みらいじん》なのね！」

「それに、未来《みらい》から泥棒《どろぼう》をしに来《き》たタイムハンターなんだろ！」

しずかに続《つづ》いてスネ夫《お》がソドロに詰《つ》め寄《よ》る。

「こんにゃろ～！」

ジャイアンがソドロの帽子《ぼうし》をつかみ取《と》ると、その拍子《ひょうし》に派手《はで》な太《ふと》ぶちメガネもずれ落《お》ち、アゴの下《した》でプラ～ンとなった。

「何《なに》をするんだ！　中途半端《ちゅうとはんぱ》な未来人《みらいじん》どものくせに！」

メガネの下《した》に隠《かく》れていた鋭《するど》い目《め》が光《ひか》る。普段《ふだん》のおちゃらけた雰囲気《ふんいき》はなくなり、そのギャップから恐《おそ》ろしさすら伝《つた》わってくる。そして、別《べつ》の意味《いみ》で驚《おどろ》いていたのは、王《おう》だ。メガネのなくなったソドロの顔《かお》に見覚《みおぼ》えがあったからだった。

「その顔《かお》、覚《おぼ》えがあるぞ……あの時《とき》の占《うらな》い師《し》ではないか⁉」

これを聞《き》いて、本物《ほんもの》のクレアも声《こえ》を上《あ》げた。

「お主《ぬし》だったか。暗黒《あんこく》の騎士《きし》イゼールをだしにして母上《ははうえ》や城《しろ》の者《もの》をだました占《うらな》い師《し》は！」

ソドロこそが、まずは占《うらな》い師《し》として城《しろ》に接近《せっきん》して不安《ふあん》をあおり、つぎに道化師《どうけし》として城《じょう》内《ない》に潜《もぐ》り込《こ》んで絵画《かいが》を盗《ぬす》んでいた、タイムハンターだった。

「こうなったら、強硬手段《きょうこうしゅだん》に出《で》るしかないな」

ソドロは、腰《こし》に小《ちい》さなポーチをつけていて、そこにはさまざまな未来《みらい》の道具《どうぐ》をしまい込《こ》んでいた。ちょうどドラえもんの『四次元《よじげん》ポケット』のように。

そのポーチから『万能《ばんのう》わな』を取《と》り出《だ》し、王《おう》とクレアに向《む》けた。『万能《ばんのう》わな』は、金魚《きんぎょ》鉢《ばち》のような形状《けいじょう》で、狙《ねら》った人間《にんげん》を小《ちい》さくして閉《と》じ込《こ》めることができる未来《みらい》の道具《どうぐ》だ。これでソドロは、王様《おうさま》とクレアをわなの中《なか》に吸《す》い込《こ》んでしまった。

「うわ～～～っ！！！」

二人《ふたり》はあっという間《ま》に『万能《ばんのう》わな』の中《なか》へ。このわなから出《で》るには、誰《だれ》かに器《うつわ》を逆《さか》さにしてもらうしか方法《ほうほう》はない。

「人質《ひとじち》としてもらっておくぞ」

こうしてソドロは、王様《おうさま》とクレアを文字《もじ》通《どお》り手中《しゅちゅう》におさめてしまった。人質《ひとじち》を盾《たて》に逃《に》げられたら手《て》も足《あし》も出《だ》せなくなってしまう……。

ジャイアンが飛《と》びかかろうとしたところへ、ソドロは今度《こんど》はポーチから『グッスリロングまくら』を取《と》り出《だ》し、投《な》げつけてきた。これは、催眠電波《さいみんでんぱ》を放出《ほうしゅつ》する枕《まくら》で、その範囲内《はんいない》に入《はい》ったものはぐっすり眠《ねむ》ってしまう。しかも長《なが》いので、大人数《おおにんずう》を一気《いっき》に眠《ねむ》らせられる。

早速《さっそく》ジャイアンが、催眠電波《さいみんでんぱ》にひっかかってしまい、急《きゅう》に足元《あしもと》がふらふらし始《はじ》めた。

「あれ、なんだか……眠《ねむ》く……」

よろよろと誘《さそ》われるように枕《まくら》へ向《む》かい、バタン、グゥ……そのまま眠《ねむ》ってしまった。

しずかとスネ夫《お》も、ジャイアンを心配《しんぱい》して近《ちか》づき、うっかり催眠電波《さいみんでんぱ》の範囲内《はんいない》に足《あし》を踏《ふ》み入《い》れてしまう。

「あれ……なんだか……まぶたが重《おも》い……」

「急《きゅう》にどうしちゃったのかしら。ふわ～」

磁石《じしゃく》にくっつく釘《くぎ》のように、『グッスリロングまくら』に頭《あたま》をつけ、しずかとスネ夫《お》は、ジャイアンと頭《あたま》を並《なら》べて眠《ねむ》ってしまった。

「ハハハハハ、そこで国《くに》が亡《ほろ》びるまで眠《ねむ》ってろ！」

これで怖《こわ》いものなしとなったソドロは、ポーチから『空飛《そらと》ぶじゅうたん』を取《と》り出《だ》し、高笑《たかわら》いをしながら空《そら》へと消《き》えていった。

その直後《ちょくご》のこと。

マイロをぶら下《さ》げたチャイが、空《そら》からやってきた。そして、しずかとスネ夫《お》、ジャイアンの三人《さんにん》が転《ころ》がっているのを見《み》て、青《あお》ざめた。

「まさかみんなやられちまったか？　キキキ」

「めったなことを言《い》うなよ、チャイ」

マイロが思《おも》わず声《こえ》を荒《あら》らげてそう言《い》うと、しずかたちのもとへと駆《か》けよった。

「みんな大丈夫《だいじょうぶ》？」

すると……、聞《き》こえてきたのは寝息《ねいき》。三人《さんにん》がぐっすり眠《ねむ》っていることがわかって、ほっと胸《むね》をなでおろしたのだが、その時《とき》だった。

「キキキ……キキ……あれ？　なんだ……？」

「ぼくも、ふわ～。ねむ……い……」

足《あし》がふらつき、枕《まくら》の方《ほう》へ吸《す》い寄《よ》せられていき……バタン。

マイロとチャイもぐっすりと眠《ねむ》ってしまった。

この時《とき》、スネ夫《お》としずかの間《あいだ》に倒《たお》れ込《こ》んだため、しずかが枕《まくら》から落《お》ちて転《ころ》がり、少《すこ》し離《はな》れた場所《ばしょ》の石《いし》にゴチンとぶつかって止《と》まった。

「ん……。イタ、タタタタ……」

ちょうどその場所《ばしょ》が催眠電波《さいみんでんぱ》の範囲外《はんいがい》で、さらに石《いし》に当《あ》たった衝撃《しょうげき》によって、しずかは奇跡的《きせきてき》に目《め》を覚《さ》ますことができた。

「わたし、なにをしていたのかしら……。それにマイロとチャイまで……」

長《なが》い枕《まくら》には、スネ夫《お》とジャイアン、マイロとチャイまでもが寝息《ねいき》をたてている。

「そうだわ。みんな起《お》きて！」

眠《ねむ》らされたことを思《おも》い出《だ》したしずかは、みんなを起《お》こそうと、枕《まくら》に近《ちか》づいた瞬間《しゅんかん》、再《ふたた》び激《はげ》しい睡魔《すいま》に襲《おそ》われ、足元《あしもと》がフラフラとなった。

「あっ、いけない……」

ハッとして枕《まくら》から遠《とお》ざかり、二《に》の舞《まい》になることはなんとか避《さ》けたが、みんなを起《お》こすことはできない。どうするべきか、しばらく考《かんが》え込《こ》んだ後《あと》、周《まわ》りを見渡《みわた》して叫《さけ》んでみた。

「ホウキちゃん、いる？　いるなら来《き》て！」

ホウキがあれば、ひとまずはソドロを追《お》いかけ、クレアと王《おう》を助《たす》けることができる。ドラえもんと合流《ごうりゅう》できれば、みんなの目《め》を覚《さ》ます方法《ほうほう》もわかるかもしれない。

「お願《ねが》い、いるなら……来《き》て……」

カサッ、カサササ。枯《か》れ草《くさ》がこすれるような音《おと》が近《ちか》づいてきて……、スゥ。

ホウキが手《て》の中《なか》に滑《すべ》り込《こ》んできた。

「ありがとう。来《き》てくれたのね。ホウキちゃん」

しずかはホウキをギュッと抱《だ》きしめて語《かた》りかけた。

「ちょっと荒《あら》っぽい運転《うんてん》になっちゃうけど、ごめんね」

ホウキのふさふさした部分《ぶぶん》をなでてからまたがり、寝《ね》ているみんなに〈必《かなら》ず戻《もど》って来《く》るわ〉と、心《こころ》の中《なか》で誓《ちか》って飛《と》び立《た》った。

08 暗黒《あんこく》の騎士《きし》イゼールあらわる

『全自動手錠《ぜんじどうてじょう》』を外《はず》してもらったパルは、なまった手首《てくび》をぐるぐると回《まわ》した後《あと》、天井《てんじょう》を見《み》上《あ》げて、ピィと、指笛《ゆびぶえ》を鳴《な》らした。

……その直後《ちょくご》。天井《てんじょう》の板《いた》がドアのように開《ひら》き、タイムパトロールの証《あかし》といってもよい乗《の》り物《もの》、タイムボートがゆっくりと降《お》りて来《き》た。

「ほら、これがぼくのタイムボートだよ」

さすがのドラえもんも、白《しろ》くて長《なが》いバイクのような乗《の》り物《もの》を見《み》て納得《なっとく》したよう。

「本当《ほんとう》にタイムパトロールだったんだ」

「じゃあ、タイムハンターって誰《だれ》なんだろうね」

ピピピピピ。

のび太《た》が新《あら》たな疑問《ぎもん》を口《くち》にしていたところに、『糸《いと》なし糸電話《いとでんわ》』に、しずかからの着信《ちゃくしん》があった。

「大変《たいへん》よ！　タイムハンターは、ソドロだったの」

「なんだって⁉」

「王様《おうさま》とクレアちゃんを人質《ひとじち》にとって、お城《しろ》の方《ほう》へ行《い》ったから、わたしも今向《いまむ》かっているの」

「やっぱりそうか。尻尾《しっぽ》を出《だ》したな」

通話《つうわ》を聞《き》いたパルが、タイムボートにまたがった。操作《そうさ》パネルのボタンをいくつか押《お》すと、家《いえ》の屋根《やね》が、自動《じどう》ドアのようにスライドし、青空《あおぞら》が見《み》えてきた。

外《そと》の風《かぜ》が吹《ふ》き込《こ》んでくる中《なか》、タイムボートはゆっくりと上昇《じょうしょう》を始《はじ》める。

「キミたちも乗《の》って！」

のび太《た》とドラえもんを後《うし》ろに乗《の》せ、屋根《やね》を抜《ぬ》け出《で》ると、バシュ〜！！！

お城《しろ》へ向《む》かって一気《いっき》に飛《と》び始《はじ》めた。

のび太《た》がタイムボートの後《うし》ろからパルにたずねる。

「さっき『やっぱり』って言《い》っていたけど、ソドロがタイムハンターだって知《し》っていたの？」

「そうなんだよ、実《じつ》は……」

パルはこれまでの経緯《けいい》について、語《かた》り始《はじ》めた。

「タイムパトロールの仕事《しごと》というのはね……」

タイムパトロールの大《おお》きな仕事《しごと》は、タイムハンターと呼《よ》ばれる、時代《じだい》を飛《と》び超《こ》えての泥《どろ》棒《ぼう》をつかまえること。そして、時空《じくう》のはざまに落《お》ちてしまったタイムトリッパーの救出《きゅうしゅつ》だ。

タイムハンターは、過去《かこ》にさかのぼって泥棒《どろぼう》を行《おこな》うので、歴史《れきし》を変《か》えてしまう可能性《かのうせい》があり、必《かなら》ず阻止《そし》しなければならない。だが逆《ぎゃく》に、タイムトリッパーの場合《ばあい》は、歴史《れきし》を変《か》えない範囲《はんい》でのみ、助《たす》けることができる。

「『歴史《れきし》を変《か》えない』ってどういうこと？」

「もし、昔《むかし》に行《い》ってキミのママを、パパと出会《であ》う前《まえ》に、どこかへ連《つ》れ去《さ》ってしまったらどうなる？」

「ぼくが生《う》まれないことになってしまう！」

「歴史《れきし》が変《か》わるってそういうこと。だから、いくらかわいそうでも、そういう影響《えいきょう》が起《お》きない場合《ばあい》、つまり歴史《れきし》を変《か》えないと判断《はんだん》した時《とき》に限《かぎ》ってしか、その人《ひと》を助《たす》けられないんだ」

「タイムパトロールも大変《たいへん》なんだね」

「しかしソドロは違《ちが》う！」

パルは声《こえ》を荒《あら》らげた。

時代《じだい》を超《こ》えて物《もの》を盗《ぬす》むことは断《だん》じてあってはならない。パルは、ソドロがタイムハンターだと解《わか》ってはいたが、確実《かくじつ》な証拠《しょうこ》をつかむため十三世紀《じゅうさんせいき》に〝潜入《せんにゅう》〟していたのだった。

「でも、ソドロは変装《へんそう》の名人《めいじん》でね。手《て》を焼《や》いていたんだよ」

ソドロはまず占《うらな》い師《し》としてアートリア城《じょう》に入《はい》り込《こ》み、暗黒《あんこく》の騎士《きし》イゼールの言《い》い伝《つた》えを利用《りよう》して『悪魔《あくま》の復活《ふっかつ》が近《ちか》い』と不安《ふあん》をあおり、美術品《びじゅつひん》をだまし取《と》っていた。

ちょうどクレアが神隠《かみかく》しにあったことも、嘘《うそ》を信《しん》じ込《こ》ませるのに、プラスに働《はたら》いた。

「その頃《ころ》に、一度逮捕《いちどたいほ》する寸前《すんぜん》まで追《お》い詰《つ》めたんだけどねぇ……」

パルは悔《くや》しそうに思《おも》い返《かえ》す。

＊

ソドロが盗《ぬす》んだ絵《え》を持《も》って、タイムマシンの出入《でい》り口《ぐち》のある森《もり》にやってきた時《とき》、パルは逮捕《たいほ》に踏《ふ》み込《こ》んだ。

「盗《ぬす》んだ絵《え》と、タイムマシン。その両方《りょうほう》の証拠《しょうこ》をつかんだぞ。観念《かんねん》しろ！」

あわてたソドロは、そのままタイムマシンで逃走《とうそう》しようと、時空《じくう》ホールに飛《と》び込《こ》んだ。

「あばよっ！」

「待《ま》て！　ソドロ！」

ソドロの腕《うで》をつかんで穴《あな》から引《ひ》っ張《ぱ》り出《だ》そうとしたが、相手《あいて》も必死《ひっし》に振《ふ》り切《き》ろうとし、時空《じくう》ホールを間《あいだ》に挟《はさ》んでの綱引《つなひ》き状態《じょうたい》になった。ソドロが無理《むり》やりタイムマシンを発進《はっしん》させようとして、閉《と》じ始《はじ》める時空《じくう》ホール。それでもパルはソドロの手《て》を離《はな》さずにいると、ソドロは、もう片方《かたほう》の手《て》に握《にぎ》っていた絵画《かいが》で、パルの手《て》をたたきつけた。

「うわっ」

思《おも》わず手《て》を離《はな》し、地面《じめん》に尻《しり》もちをつくパル。ソドロもその勢《いきお》いのままタイムマシンに倒《たお》れ込《こ》み、時空《じくう》ホールは閉《と》じて消滅《しょうめつ》。こうして最初《さいしょ》の逮捕劇《たいほげき》は失敗《しっぱい》に終《お》わってしまった。

＊

「そういうことがあったのかぁ」

のび太《た》とドラえもんは、タイムボートの後《うし》ろで、衝撃《しょうげき》を受《う》けている。

「でもあいつの本当《ほんとう》の狙《ねら》いは、絵《え》ではなく、アートリアブルーを作《つく》ることのできる鉱石《こうせき》。だから、必《かなら》ずまた戻《もど》って来《く》ると思《おも》って張《は》り込《こ》んでいたら、今度《こんど》は道化師《どうけし》として王様《おうさま》のそばに潜《もぐ》り込《こ》んでたってわけさ」

「そこにぼくたちが来《き》て、邪魔《じゃま》しちゃったのか……」

ドラえもんがすまなそうにうつむいた。

「いやぁ、でもおかげであいつの尻尾《しっぽ》をつかめたから、結果《けっか》としてはよかったんだよ。お、ちょうどお城《しろ》に到着《とうちゃく》だ」

パルがスロットルを引《ひ》くと、タイムボートは、アートリア城《じょう》へと下降《かこう》していった。

しかし、パルの語《かた》ったこの事件《じけん》は、予想《よそう》もしなかった形《かたち》で、思《おも》わぬ余波《よは》を生《う》んでいた。歴史《れきし》という大《おお》きな川《かわ》にできたさざ波《なみ》のようなゆらぎ。つまり、歴史《れきし》をわずかながら変《か》えてしまっていたのだった。

ソドロとの争《あらそ》いでパルが絵画《かいが》でたたかれた際《さい》のこと。時空《じくう》ホールが閉《と》じる勢《いきお》いで、その絵《え》が、丸《まる》いカーブ状《じょう》に断《た》ち切《き》られてしまった。かまぼこ形《がた》の方《ほう》は時空《じくう》ホール内《ない》のタイムマシン、もう片方《かたほう》は、アートリアの森《もり》の中《なか》に落下《らっか》した。

切《き》れてしまった絵《え》に価値《かち》がないと判断《はんだん》したソドロは、証拠隠滅《しょうこいんめつ》も兼《か》ねて、未来《みらい》に戻《もど》る途《と》中《ちゅう》の時空《じくう》トンネルに投《な》げ捨《す》てようとしたのだが、どこからともなく飛《と》んできた消《け》しゴムが、鼻《はな》の穴《あな》に入《はい》るという、ありえない事件《じけん》が起《お》き、驚《おどろ》きのあまり絵《え》を落《お》っことしてしまった。

これこそが、のび太《た》の頭《あたま》に落《お》ちてきた、あのかまぼこ形《がた》の絵《え》。もっと言《い》えば、ソドロの鼻《はな》に入《はい》った消《け》しゴムは、暇《ひま》つぶしにのび太《た》が投《な》げたもの。このおかしな偶然《ぐうぜん》が重《かさ》なって、アートリア公国《こうこく》と、のび太《た》たちは結《むす》びついたのだった。

アートリア城《じょう》のギャラリーでは、正体《しょうたい》がばれてやけっぱちとなったソドロが、鉱石《こうせき》の代《か》わりに、絵《え》をしこたま奪《うば》って未来《みらい》へ逃《に》げようとしていた。

「アートリアブルーの石《いし》がないなら、絵《え》をもらって帰《かえ》るまでだ」

「そこまでだ！」

飛来《ひらい》してきたタイムボートからパルが飛《と》び降《お》り、ソドロに銃《じゅう》を向《む》けた。

「全時代指名手配《ぜんじだいしめいてはい》のタイムハンター、コソ・ドロイロだな」

「そうですが、何《なに》か？」

ふてぶてしく居直《いなお》るソドロ。

「もう逃《に》げられないぞ、観念《かんねん》しろ！」

パルは、銃口《じゅうこう》をソドロに定《さだ》め、ドラえもんも『はいりこみライト』を構《かま》えている。

「そんなに絵《え》が好《す》きなら、これで絵《え》の中《なか》に閉《と》じ込《こ》めてやる！」

「まあ待《ま》てよ。オレは良《よ》いことをしているんだ」

ソドロは、急《きゅう》に落《お》ち着《つ》き払《はら》った口調《くちょう》で続《つづ》けた。

「ここはどうせ滅《ほろ》びる国《くに》だぞ？　未来《みらい》でアートリア公国《こうこく》を知《し》っているやつもいなければ、歴史《れきし》の本《ほん》にも載《の》っていない。つまり滅《ほろ》びて忘《わす》れ去《さ》られるだけの国《くに》なんだ」

「だからなんだ！」

パルは、銃《じゅう》をより強《つよ》く握《にぎ》りしめる。

「だから、ここで何《なに》をやったって、未来《みらい》が変《か》わることはない。変《か》わらないということは、タイムパトロールの出番《でばん》もないってことじゃないか」

「そういう問題《もんだい》じゃない！」

「ここにある絵《え》を見《み》ろ。どれもすばらしいじゃないか。でも、この絵《え》はあと何百年《なんびゃくねん》かしたら、ぜーんぶ火山《かざん》に焼《や》かれっちまうんだぞ？　国《くに》ごと灰《はい》になって、ここに国《くに》があった事《こと》すら忘《わす》れられてしまうんだぞ？」

ソドロは、歴史《れきし》から忘《わす》れさられた国《くに》を選《えら》び、泥棒《どろぼう》を重《かさ》ねていた。そうすれば、何《なに》を盗《ぬす》もうが歴史《れきし》が変《か》わることはない。当然《とうぜん》、タイムパトロールの捜査《そうさ》の網《あみ》も薄《うす》く、つかまる可能《かのう》性《せい》が低《ひく》いと踏《ふ》んだからだった。

「そうなる前《まえ》に、ここの美術品《びじゅつひん》を未来《みらい》に避難《ひなん》させてやってんだ。絵《え》だって喜《よろこ》ぶに決《き》まってるだろ！　それの何《なに》が悪《わる》い！！！」

「悪《わる》いに決《き》まってる！」

ソドロの勝手《かって》な言《い》い分《ぶん》を聞《き》いていたのび太《た》が叫《さけ》んだ。

「ここから絵《え》がなくなったら、今《いま》ここにいる人《ひと》たちが……マイロたちが……寂《さび》しい思《おも》いをするじゃないか！」

「そいつらだって、どうせ滅《ほろ》びるんだぞ？　知《し》ったことか！」

ソドロの言葉《ことば》に、のび太《た》は一瞬言葉《いっしゅんことば》につまったが、さらに切《き》り返《かえ》す。

「そんなことを言《い》うなら、もっともっと未来《みらい》の人《ひと》から見《み》たら、お前《まえ》も一緒《いっしょ》じゃないか！誰一人覚《だれひとりおぼ》えてなんかないぞ！」

今度《こんど》はソドロが言葉《ことば》をつまらせた。

「のび太《た》くんにしちゃ、いいことを言《い》ったぞ」

ドラえもんも気持《きも》ちがスカッとしたのだろう。

すると奥歯《おくば》をかみしめていたソドロが、ニヤッと笑《わら》い、腰《こし》のポーチから『万能《ばんのう》わな』を取《と》り出《だ》して言《い》った。

「じゃあ、この人質《ひとじち》がどうなってもいいのか？　ハ～ッハッハッハ」

金魚鉢《きんぎょばち》のような『万能《ばんのう》わな』の中《なか》には、小《ちい》さくなった王《おう》とクレアが閉《と》じ込《こ》められていて、必死《ひっし》にガラスを叩《たた》いている。

「王様《おうさま》……クレアもあんなところに⁉」

衝撃《しょうげき》を受け《う》、凍り付《こおつ》くのび太《た》。

銃《じゅう》を構《かま》えていたパルだが、人質《ひとじち》がいるとわかった以上《いじょう》、下手《へた》に撃《う》つことはできない。

『はいりこみライト』を浴《あ》びせるつもりだったドラえもんもまた、同《おな》じだった。

しかし、のび太《た》は違《ちが》った。後《うし》ろ手《で》に隠《かく》し持《も》っていた、『ころばし屋《や》』に、こっそりと十《じゅう》円玉《えんだま》を入《い》れると同時《どうじ》に叫《さけ》んだ。

「ソドロを転《ころ》ばせろ！」

『ころばし屋《や》』は、すかさずバギュン！　あっという間《ま》にソドロは仕留《しと》められ、派手《はで》にひっくり返《かえ》った。持《も》っていた『万能《ばんのう》わな』が転《ころ》がり落《お》ち、閉《と》じ込《こ》められていた王《おう》とクレアは、わなの外《そと》へ転《ころ》がり出《で》て、元《もと》の大《おお》きさに戻《もど》った。

「のび太《た》、ドラえもん、さすがじゃ！」

「おお、またしてもそなたたちが助《たす》けてくれたか」

クレアと王《おう》が喜《よろこ》んでいる間《あいだ》にも、『ころばし屋《や》』の攻撃《こうげき》は続《つづ》く。バギュン！

「ギャアア」

哀《あわ》れなほど豪快《ごうかい》に転《ころ》ぶソドロ。それは道化師《どうけし》のズッコケ方以上《かたいじょう》の派手《はで》さ。

「も、もうやめてくれよ～」

「ごめんよ、ころばし屋《や》は三回転《さんかいころ》ばせるまで止《と》まらないんだよ」

のび太《た》は、わざとすまなさそうな顔《かお》をして言《い》った。

バギュン！　しかし三度目《さんどめ》の銃弾《じゅうだん》に当《あ》たって転《ころ》んだ時《とき》には、さらに派手《はで》にふっとび、パルにぶつかってしまった。その衝撃《しょうげき》で、パルは銃《じゅう》を落《お》っことしてしまう。

一瞬《いっしゅん》のチャンスを見逃《みのが》さなかったソドロは、それをパッとつかんで、銃口《じゅうこう》を向《む》けてきた。

「ゲハハハハ、形勢逆転《けいせいぎゃくてん》。またオレの勝《か》ちだな」

パルたちは手《て》を上《あ》げるしかなく、ドラえもんの『はいりこみライト』も、取《と》り上《あ》げられてしまった。

「はいりこみライトかぁ。子供《こども》のおもちゃにしておくにはもったいないな」

未来人《みらいじん》から見《み》たら、二十二世紀《にじゅうにせいき》のドラえもんのひみつ道具《どうぐ》は、珍《めずら》しいわけもなく、使《つか》い方《かた》や効果《こうか》も当然《とうぜん》知《し》っていた。

「ちょっと遊《あそ》んでやるか」

ソドロはギャラリーで一番大《いちばんおお》きな絵《え》に、『はいりこみライト』を向《む》けて叫《さけ》んだ。

「出《で》てこい、暗黒《あんこく》の騎士《きし》イゼールよ！　オレの右腕《みぎうで》となるのだ‼」

ライトを照射《しょうしゃ》すると、絵全体《えぜんたい》が鏡《かがみ》のように輝《かがや》き、ゴゴ……ゴゴゴ……と、地響《じひび》きのような音《おと》が轟《とどろ》き始《はじ》めた。それが最高潮《さいこうちょう》に達《たっ》した時《とき》、イゼールの絵《え》から大《おお》きな二《ふた》つの手《て》が伸《の》びて来《き》て、バンッと、外《そと》の壁《かべ》をたたきつけた。

みんなが青《あお》ざめている中《なか》、ソドロだけが、笑《え》みを浮《う》かべている。

両手《りょうて》に続《つづ》いて頭《あたま》が出現《しゅつげん》。髪《かみ》の毛《け》は、無数《むすう》の触手《しょくしゅ》のようにうねうねと動《うご》き、その奥《おく》にある二《ふた》つの目《め》は、見《み》ているだけで魂《たましい》を抜《ぬ》き取《と》られそうなほど、不気味《ぶきみ》に光《ひか》っている。

「オレはよく当《あ》たる占《うらな》い師《し》といわれてきたが、またしても的中《てきちゅう》したな。ガハハハハ」

ソドロが高笑《たかわら》いをする中《なか》、イゼールは、大《おお》きな足《あし》を石《いし》の床《ゆか》に下《お》ろし、とうとう絵《え》を抜《ぬ》け出《だ》した。それは、想像《そうぞう》を超《こ》える大《おお》きさで、ギャラリーの高《たか》い天井《てんじょう》を押《お》し上《あ》げそうなほど。

暗黒《あんこく》の騎士《きし》の恐《おそ》ろしさを、嫌《いや》というほど聞《き》かされてきた王《おう》とクレアは、光《ひか》る目《め》を見《み》つめたまま動《うご》くことができずにいる。

「さあ！　こいつらの相手《あいて》をするんだ」

命令《めいれい》を下《くだ》したソドロは、その隙《すき》にと、ギャラリーの絵《え》を集《あつ》め始《はじ》めた。

パルやドラえもんたちは、イゼールに睨《にら》まれたまま、すくみ上《あ》がっている。このまま絵《え》を奪《うば》われ、また逃《に》げられてしまうのかと、あきらめかけた時《とき》だった。イゼールの手《て》のひらに光《ひかり》の玉《たま》が生《う》まれ、波動《はどう》のような光《ひかり》の帯《おび》となって飛《と》び出《だ》した。

バシュ！

その光《ひかり》は、ソドロの肩《かた》をかすめて、壁《かべ》に命中《めいちゅう》。すると、光《ひかり》が当《あ》たった場所《ばしょ》から色《いろ》が消《き》え、真《ま》っ白《しろ》になった。まるで、白《しろ》いペンキをぶっかけたかのように。

「！！！」

驚《おどろ》いて振《ふ》り返《かえ》ると、不気味《ぶきみ》に光《ひか》る目《め》は、ソドロを睨《にら》んでいた。

「遊《あそ》び相手《あいて》はあっちだ。あいつらを地獄《じごく》に落《お》とすんだ！」

ソドロは叫《さけ》んだが、それでも睨《にら》まれたまま。

「何《なに》をしている。言《い》うことを聞《き》かぬなら、これでまた絵《え》の中《なか》に戻《もど》してしまうぞ」

『はいりこみライト』をイゼールに向《む》けるが、それよりも先《さき》に光《ひかり》の波動《はどう》がバシューン！

と飛《と》んで来《き》て、ソドロに命中《めいちゅう》。

「うぎゃあああああ」

ギャラリーに悲鳴《ひめい》が響《ひび》き渡《わた》り、なんとソドロが、石像《せきぞう》のように白《しろ》く固《かた》まってしまった。

「色《いろ》……。もっと色《いろ》を……」

うなるような声《こえ》を発《はっ》しながら、イゼールはさらに光《ひかり》の波動《はどう》を飛《と》ばそうとしている。

「ドラえもん、どうしよう……」

のび太《た》が、すがるように叫《さけ》ぶ。

「えーとえーと、なんかないかなんかないか……」

焦《あせ》れば焦《あせ》るほどドラえもんは、『四次元《よじげん》ポケット』から適切《てきせつ》なひみつ道具《どうぐ》を出《だ》すことができず、出《で》て来《く》るのはヤカンやゲタの片《かた》っぽといった、ガラクタばかり。

そうこうしているうちに光《ひかり》の波動《はどう》が発射《はっしゃ》され、クレアに向《む》かって飛《と》んで行《い》った。

それを食《く》い止《と》めようと、何者《なにもの》かがクレアの前《まえ》に立《た》ちはだかり……バシューン！

「ぐわぁ～っ」

わが子《こ》を守《まも》るために盾《たて》となり、今度《こんど》は王《おう》が白《しろ》い石像《せきぞう》と化《か》してしまった。

「ち、父上《ちちうえ》……」

そこへさらに光《ひかり》の波動《はどう》が放《はな》たれた。

クレアの元《もと》に、ドラえもんとのび太《た》、パルが駆《か》けつける。

バシューン！

「うわ〜〜〜ッ」

このまま全員《ぜんいん》が真《ま》っ白《しろ》になれば、伝説《でんせつ》の通《とお》り、本当《ほんとう》に世界《せかい》は滅《ほろ》びてしまう。

「………」

まぶしさがおさまり、のび太《た》はあたりをキョロキョロしていた。ドラえもんも同《おな》じように周《まわ》りを見回《みまわ》していたが、もう一人《ひとり》は違《ちが》った。のび太《た》とドラえもんが同時《どうじ》に叫《さけ》ぶ。

「パル!!」

パルは、両手《りょうて》を広《ひろ》げ、みんなを守《まも》るような姿勢《しせい》を取《と》ったまま、真《ま》っ白《しろ》に固《かた》まっていた。

そして、パルの身体《からだ》から押《お》し出《だ》されるように外《そと》へ排出《はいしゅつ》された〝色《いろ》〟が、霧《きり》のように漂《ただよ》い、イゼールの中《なか》へと吸収《きゅうしゅう》されていった。

「もっと……もっと色《いろ》を……」

暗黒《あんこく》の騎士《きし》イゼールの狙《ねら》いは色《いろ》だ。

光《ひかり》の波動《はどう》を浴《あ》びせられたものからは色《いろ》が抜《ぬ》け、イゼールはそれを吸収《きゅうしゅう》し力《ちから》の源《みなもと》としていた。色《いろ》のない〝白黒《しろくろ》の絵世界《えせかい》〟の住人《じゅうにん》ならではの欲望《よくぼう》なのかもしれない。

パルと王様《おうさま》が石《いし》になってしまったが、悲《かな》しんでいる暇《ひま》はない。

のび太《た》とドラえもんは、クレアを引《ひ》き連《つ》れ、姿勢《しせい》を低《ひく》くしてギャラリーの隅《すみ》まで下《さ》がったが、それが精一杯《せいいっぱい》。もう逃《に》げ場《ば》はなかった。

イゼールに容赦《ようしゃ》はない。隅《すみ》っこに固《かた》まる三人《さんにん》に、光《ひかり》の波動《はどう》を撃《う》ち放《はな》った。今度《こんど》こそはもうだめだと、のび太《た》たちは身《み》を寄《よ》せ合《あ》って目《め》をつぶった、その時《とき》！

ギュ――――ン！

「つかまって～っっっっっ！」

魔女《まじょ》っ子《こ》しずかちゃんだった。頭《あたま》の『タスケテ帽《ぼう》』は、これ以上《いじょう》ないほどの反応《はんのう》を見《み》せている。光《ひかり》の波動《はどう》に射抜《いぬ》かれるかという瞬間《しゅんかん》、のび太《た》たちをホウキに乗《の》せて飛《と》び上《あ》がった。

バシュン！　さっきまでのび太《た》たちが身《み》を寄《よ》せ合《あ》っていた場所《ばしょ》は、もう真《ま》っ白《しろ》になっている。まさに間一髪《かんいっぱつ》のタイミングだった。

「ありがとう、しずかちゃん！」

「しかも魔女《まじょ》っ子《こ》！」

のび太《た》とドラえもんが、しずかの背中越《せなかご》しに言葉《ことば》をかけた。しかし、光《ひかり》の波動《はどう》は後《うし》ろからどんどん飛《と》んで来《く》る。

「四人《よにん》も乗《の》っていると、さすがにスピードが……」

思《おも》うような操縦《そうじゅう》ができずに戸惑《とまど》うしずか。光線《こうせん》を右《みぎ》に左《ひだり》になんとか避《よ》けながら、やっと天窓《てんまど》から抜《ぬ》け出《で》ようというところで、ドラえもんが待《ま》ったをかけた。

「しずかちゃん、はいりこみライトが落《お》ちたままなんだ。あれをなんとかしないと」

「そんなのいいよ。ぼくたちまで石《いし》にされたらどうするんだよ」

のび太《た》が反対《はんたい》したが、万《まん》が一《いち》『はいりこみライト』を使《つか》われてしまうと、事態《じたい》はさらに最悪《さいあく》なことになってしまう。「それなら……」と、しずかは、U《ユー》ターン。

「なんでもいいから、はやく逃《に》げるのじゃ」

クレアは、ただただイゼールの恐怖《きょうふ》におびえ、しずかにしがみついている。

『はいりこみライト』が石《いし》になったソドロのそばに転《ころ》がっているのを確認《かくにん》し、低空飛行《ていくうひこう》で迫《せま》った。いくつかの光《ひかり》の波動《はどう》を避《よ》け、しずかがキャッチしようとした時《とき》、『はいりこみライト』がふわりと浮《う》き上《あ》がった。「えっ⁉」

イゼールには髪《かみ》の毛《け》と同《おな》じ、触手《しょくしゅ》のような尻尾《しっぽ》がはえていた。それを使《つか》ってしずかよりも一足早《ひとあしはや》くライトを拾《ひろ》い上《あ》げると、そのまま口《くち》へ運《はこ》んで、ゴクリと飲《の》み込《こ》んでしまった。

「飲《の》み込《こ》んで何《なに》をするつもりだ？」

ドラえもんは頭《あたま》をひねったが、すぐにその意味《いみ》がわかった。しかも最悪《さいあく》の形《かたち》で。

『はいりこみライト』を飲《の》み込《こ》んだイゼールは、壁《かべ》の絵《え》に向《む》かって、さっきまでの波動《はどう》とは違《ちが》う光線《こうせん》を放《はな》った。そう、まるで『はいりこみライト』のような。

すると……むく、むく……むくむくむく……。光線《こうせん》の当《あ》たった絵《え》の中《なか》から、悪魔《あくま》が抜《ぬ》け出《で》て来《き》た。光線《こうせん》は、次々《つぎつぎ》に悪魔《あくま》の描《か》かれた絵《え》に向《む》けられ、槍《やり》を持《も》った悪魔《あくま》、翼《つばさ》を持《も》った悪《あく》魔《ま》、大《おお》きな牙《きば》の悪魔《あくま》……、ありとあらゆる悪魔《あくま》が、どんどん絵《え》から抜《ぬ》け出《で》て来《く》る。

「キキキキキキキキィ〜」

あちこちから、鉄《てつ》をこすり合《あ》わせたような鳴《な》き声《ごえ》が響《ひび》き、ギャラリー内《ない》は悪魔《あくま》だらけ。

「ここは一旦退却《いったんたいきゃく》するしかないわ」

魔女《まじょ》っ子《こ》しずかは、ギャラリー内《ない》で旋回《せんかい》すると、天窓《てんまど》から命《いのち》からがら抜《ぬ》け出《だ》した。

「父上《ちちうえ》……」

クレアは、わが家《や》ともいうべきアートリア城《じょう》が悪魔《あくま》に埋《う》め尽《つ》くされていく様《さま》を、ホウキの上《うえ》から、ただただ見下《みお》ろすことしかできなかった。

＊

「ぼくのせいだ〜！　もう壊《こわ》れてお詫《わ》びするしかない」

地獄谷《じごくだに》に、ドラえもんの泣《な》き叫《さけ》ぶ声《こえ》がこだましている。

ドラえもんは、『グッスリロングまくら』を催眠電波《さいみんでんぱ》が届《とど》かないところからハンマーで潰《つぶ》し、寝《ね》ていたジャイアン、スネ夫《お》、マイロ、チャイを目覚《めざ》めさせた後《あと》、同《おな》じハンマーで自分《じぶん》の頭《あたま》を叩《たた》き壊《こわ》そうとしていた。

「頭《あたま》をたたきたいなら手伝《てつだ》おうか？　キキキキ」

チャイは、ドラえもんの上《うえ》を旋回《せんかい》しながら笑《わら》っている。

「まぁ、そんなに気《き》にしないでさ、これからのことを考《かんが》えようぜ。今《いま》こそ、ドラえもんの〝魔法《まほう》〟の力《ちから》が必要《ひつよう》なんだからよ」

珍《めずら》しくドラえもんをなだめるジャイアン。

「それにしても、ぼくたちが寝《ね》ている間《あいだ》に、ずいぶんいろいろあったみたいだね」

スネ夫《お》も驚《おどろ》いていると、マイロがアートリアの言《い》い伝《つた》えをぼそぼそと口《くち》にし始《はじ》めた。

「『光《ひかり》を奪《うば》い、闇《やみ》をも消《け》し去《さ》る暗黒《あんこく》の騎士《きし》イゼールあらわる時《とき》、赤《あか》き竜《りゅう》羽《は》ばたき、世界《せかい》は沈《しず》む』……」

イゼール復活《ふっかつ》の言《い》い伝《つた》えが、思《おも》わぬ形《かたち》で現実《げんじつ》になってしまっている。

「光《ひかり》を奪《うば》い、闇《やみ》をも消《け》し去《さ》る」という言葉《ことば》は、周《まわ》りから色《いろ》を抜《ぬ》き取《と》る様《さま》と奇妙《きみょう》に符合《ふごう》する。

言《い》い伝《つた》えが本当《ほんとう》だとすると、「赤《あか》き竜《りゅう》」によって世界《せかい》は滅《ほろ》びてしまうのかもしれない。

「イゼールの力《ちから》の前《まえ》には、誰《だれ》もがひれ伏《ふ》すしかない。このまま、城《しろ》はおろか、この世界《せかい》がなくなってしまうんじゃ……」

あのおてんば姫《ひめ》までが、すっかり希望《きぼう》を失《うしな》ってしまっている。

「いいや、今度《こんど》はオレたちが借《か》りを返《かえ》す番《ばん》だからな。必《かなら》ず助《たす》けてやるよ」

ジャイアンが胸《むね》を張《は》って言《い》った。

「そ、それはまことか？」

ジャイアンのカラ元気《げんき》かもしれないが、その言葉《ことば》にクレアは、少《すこ》し気持《きも》ちが和《やわ》らいだようだった。のび太《た》、スネ夫《お》、しずかもジャイアンと思《おも》いは同《おな》じ。誰《だれ》もこのままアートリアを去《さ》ろうなんて考《かんが》えてはいない。いつしかドラえもんもハンマーを下《お》ろし、悪魔《あくま》に対抗《たいこう》するためのひみつ道具《どうぐ》をポケットから取《と》り出《だ》していた。

「『瞬間接着銃《しゅんかんせっちゃくじゅう》』……『空気砲《くうきほう》』、『ひらりマント』に『バショー扇《せん》』。『ショックガン』……」

みんながそれぞれひみつ道具《どうぐ》を手《て》にし、悪魔退治《あくまたいじ》の準備《じゅんび》をし始《はじ》める様子《ようす》を、クレアとマイロは目《め》をうるませながら見《み》ていた。

「みんな、本当《ほんとう》に力《ちから》を貸《か》してくれる……のか？」

「あたりまえだよ！」

「はいりこみライトのせいでこんなことになったんだから、ぼくたちがなんとかしないと」

「イゼールを倒《たお》せば、きっと王様《おうさま》も元《もと》に戻《もど》るわよ」

のび太《た》、ドラえもん、しずかが代《か》わる代《が》わる優《やさ》しい言葉《ことば》をかけた。

みんなのうれしい言葉《ことば》に、つい涙《なみだ》がこぼれそうになったが、クレアは慌《あわ》てて涙《なみだ》をぐりんと拭《ぬぐ》い、笑顔《えがお》を浮《う》かべて見《み》せた。

「それじゃあ、マイロにもちょっと手伝《てつだ》ってもらおうかな」

ドラえもんが『四次元《よじげん》ポケット』から『ほんものクレヨン』を取《と》り出《だ》した。これで絵《え》を描《か》いて、裏側《うらがわ》からポンとたたくと、描《か》いたものが本物《ほんもの》となって紙《かみ》から飛《と》び出《で》て来《く》るという、絵《え》が上手《じょうず》なマイロにはうってつけのひみつ道具《どうぐ》。

ためしにドラえもんがパチンコを描《か》いて本物《ほんもの》にしてみせると、マイロは目《め》を輝《かがや》かせた。

「すごい、ぼくも魔法使《まほうつか》いになれるんだね！」

こうしてみんなは、悪魔退治《あくまたいじ》へと向《む》かうために立《た》ち上《あ》がった。

「えいえいお～！！！」

ときの声《こえ》を上《あ》げ、いざ出発《しゅっぱつ》というタイミングで、チャイが飛《と》び込《こ》んで来《き》た。

「悪魔《あくま》がとんでもない数《かず》になってるぞ！　百匹《ひゃっぴき》、いや、二百匹《にひゃっぴき》」

みんなは、いさましく拳《こぶし》を突《つ》き上《あ》げていたものの、その数《かず》を聞《き》いて、ちょっと縮《ちぢ》み上《あ》がってしまうのだった。

09 悪魔《あくま》たちとの戦《たたか》い

アートリア城《じょう》の中《なか》では、たくさんの悪魔《あくま》たちが暴《あば》れていた。四本足《よんほんあし》ですばしっこく走《はし》る悪魔《あくま》や、熊《くま》のような図体《ずうたい》の悪魔《あくま》。空《そら》には翼《つばさ》をもった悪魔《あくま》が旋回《せんかい》し、獲物《えもの》を狙《ねら》っている。

城《しろ》の兵士《へいし》たちも剣《けん》や弓矢《ゆみや》を手《て》にして戦《たたか》うが、悪魔《あくま》の身《み》のこなしは人間《にんげん》よりも速《はや》く、一瞬《いっしゅん》の隙《すき》に噛《か》まれてしまう。噛《か》まれると、イゼールの波動《はどう》を受《う》けた時《とき》と同様《どうよう》、色《いろ》が失《うしな》われ、真《ま》っ白《しろ》な石像《せきぞう》のように固《かた》まってしまう。

「王妃様《おうひさま》は、この中《なか》へお隠《かく》れください」

お付《つ》きの侍女《じじょ》が、王妃《おうひ》を守《まも》るため、食料庫《しょくりょうこ》の中《なか》へかくまおうとした。だが、悪魔《あくま》の人間《にんげん》を嗅《か》ぎつける能力《のうりょく》とスピードはものすごく、扉《とびら》を閉《し》め切《き》る前《まえ》に侍女《じじょ》はガブリとやられてしまった。悪魔《あくま》はそのままの勢《いきお》いで食料庫内《しょくりょうこない》へ。こうなると逃《に》げ場《ば》はない。王妃《おうひ》は棚《たな》にあったフライパンを構《かま》えたがそれも空《むな》しく、そのままの姿《すがた》で真《ま》っ白《しろ》にされてしまった。

＊

城下町《じょうかまち》でも、逃《に》げ惑《まど》う町人《ちょうにん》や子供《こども》たちが真《ま》っ白《しろ》な石像《せきぞう》にされていた。

そこへ最初《さいしょ》に乗《の》り込《こ》んだのはジャイアン。

「片《かた》っ端《ぱし》から的《まと》にしてやるぜ」

『空気砲《くうきほう》』を使《つか》ってつぎつぎに悪魔《あくま》を吹《ふ》き飛《と》ばすが、撃《う》っても撃《う》っても襲《おそ》って来《く》る圧倒的《あっとうてき》な数《かず》に苦戦《くせん》を強《し》いられた。けれども、パワーと根性《こんじょう》で健闘《けんとう》をしている。

スネ夫《お》は、悪魔《あくま》を壁《かべ》にベチャッと貼《は》り付《つ》けることができる『瞬間接着銃《しゅんかんせっちゃくじゅう》』を持《も》っていたものの、迫《せま》って来《く》る悪魔《あくま》が怖《こわ》くて、狙《ねら》いを定《さだ》めることができない。銃《じゅう》を乱射《らんしゃ》して、自分《じぶん》に近《ちか》づかせないようにするのが精《せい》いっぱいだ。

大通《おおどお》りでは、のび太《た》とドラえもんが、マイロと共《とも》に悪魔《あくま》に立《た》ち向《む》かっていた。建物《たてもの》の陰《かげ》で、マイロが『ほんものクレヨン』でライオンを描《か》き、ポンとたたいて呼《よ》び出《だ》した。

「グワ～オ」

雄叫《おたけ》びを上《あ》げ、ライオンは大通《おおどお》りに駆《か》け出《だ》し、悪魔《あくま》を蹴散《けち》らす。その隙《すき》にドラえもんとのび太《た》が攻《せ》め込《こ》み、悪魔《あくま》たちが混乱《こんらん》しているうちに『ショックガン』で狙《ねら》い撃《う》ちにした。

魔女《まじょ》っ子《こ》しずかちゃんとクレアは、ホウキに乗《の》って空《そら》でのバトル。ホウキに向《む》かって飛《と》んで来《く》る悪魔《あくま》たちを、後《うし》ろのクレアが『ひらりマント』で跳《は》ね飛《と》ばす。しずかも大風《おおかぜ》を起《お》こせる『バショー扇《せん》』を使《つか》って、悪魔《あくま》の群《む》れを、ほこりのように吹《ふ》き飛《と》ばした。

みんなそれぞれ、悪魔《あくま》を相手《あいて》に大健闘《だいけんとう》していたが、『瞬間接着銃《しゅんかんせっちゃくじゅう》』を思《おも》うように撃《う》てないスネ夫《お》だけは、劣勢《れっせい》に追《お》いやられ、ピンチを迎《むか》えていた。

「ヒ……ヒィ……。く、来《く》るな！」

大《おお》きな悪魔《あくま》が剣《けん》を構《かま》えながら、じわり、じわりと迫《せま》って来《く》る。『瞬間接着銃《しゅんかんせっちゃくじゅう》』の引《ひ》き金《がね》を引《ひ》くが、弾切《たまぎ》れだった。攻撃《こうげき》の術《すべ》がなくなって後《あと》ずさりしていると、足《あし》がざぶりと水《みず》の中《なか》に入《はい》った。そこは噴水《ふんすい》で、真《ま》ん中《なか》には女神像《めがみぞう》。そう、ここは、チョコレートをお供《そな》えしたあの噴水《ふんすい》だった。スネ夫《お》は、ばしゃばしゃと女神《めがみ》に向《む》かって走《はし》り、すがりつく。

「め、女神様《めがみさま》～っ、お願《ねが》いだから助《たす》けて～」

ちょうどこの時《とき》、チャイが女神像《めがみぞう》の頭《あたま》の上《うえ》に降《お》り立《た》った。

「お、こりゃすごい戦《たたか》いになりそうだぞ」

「チャイ！　見《み》てないで助《たす》けてくれよ。チョコあげるからさ」

「チョコレイトウをもらっても無理《むり》だな。オイラ、水《みず》が嫌《きら》いだから。キキキ」

「薄情《はくじょう》なやつだな、覚《おぼ》えてろ!!」

　そうこうしているうちに、大《おお》きな悪魔《あくま》が噴水《ふんすい》の中《なか》まで追《お》ってきた。

「く、来《く》るな～!!」

『瞬間接着銃《しゅんかんせっちゃくじゅう》』を投《な》げつけるが、悪魔《あくま》は動《どう》じずに一歩《いっぽ》、また一歩《いっぽ》と近《ちか》づいてくる。そして剣《けん》を大《おお》きく振《ふ》りかぶると、スネ夫《お》に向《む》かって振《ふ》り下《お》ろした。

「ギャアアアア！」

　真《ま》っ二《ぷた》つにされると観念《かんねん》したが、剣《けん》は、前髪《まえがみ》が切《き》れる直前《ちょくぜん》でぴたりと止《と》まった。

「え……!?」

　悪魔《あくま》は、水《みず》につかっている足《あし》をジタバタさせ、どういうわけか身体《からだ》から黒《くろ》いものが溶《と》け出《だ》している。もがいているうちに、立《た》っていられなくなったのかガクリと膝《ひざ》をつくと、その膝《ひざ》も溶《と》け、腰《こし》が溶《と》け……、だるま落《お》としのように下《した》から崩《くず》れていき、とうとう〝黒《くろ》い水《みず》〃となって消《き》えてしまった。

何《なに》が起《お》こったのか、わからないで呆然《ぼうぜん》とするスネ夫《お》の横《よこ》に、チャイが飛《と》んで来《き》た。

「キキ〜、溶《と》けちまったか」

「ここ、この悪魔《あくま》、溶《と》けちゃった？」

「こいつらもオイラと一緒《いっしょ》で元《もと》は絵《え》の具《ぐ》だろ？　だから水《みず》に弱《よわ》いんだよ」

「水《みず》？　悪魔《あくま》って水《みず》に弱《よわ》いの？」

「絵《え》の具《ぐ》だからあたりまえだロ」

これは衝撃《しょうげき》の事実《じじつ》。絵《え》から出《で》て来《き》た悪魔《あくま》たちは、絵《え》の具《ぐ》でできているため、水《みず》に溶《と》けやすいのだという。チャイもまた同様《どうよう》に絵《え》の具《ぐ》でできているという驚《おどろ》きの事実《じじつ》を耳《みみ》にしたものの、この時《とき》のスネ夫《お》は、目《め》の前《まえ》の出来事《できごと》でいっぱいいっぱい。逆《ぎゃく》に、水《みず》に溶《と》けるという最大《さいだい》の弱点《じゃくてん》を知《し》っていたのに教《おし》えてくれなかったチャイに腹《はら》が立《た》った。

「なんでこんな大事《だいじ》なことを、今《いま》まで言《い》わなかったんだよ!!」

「そんなこと聞《き》かなかったからだロ？　聞《き》かれてもないのに言《い》えないヨ。キキキキ」

「この悪魔《あくま》!!」

「オイラはもともと悪魔《あくま》だよォ。キキキ」

チャイの憎《にく》まれ口《ぐち》にはカチンときたが、弱点《じゃくてん》が判明《はんめい》したのは大《おお》きな収穫《しゅうかく》だった。

ためしに、頭上《ずじょう》を飛《と》んでいる悪魔《あくま》へ向《む》かって、泉《いずみ》の水《みず》をすくってかけてみた。すると、とたんに翼《つばさ》が溶《と》けて穴《あな》が開《あ》き、蚊取《かと》り線香《せんこう》の煙《けむり》に巻《ま》かれた蚊《か》のように地面《じめん》に落《お》ちた。

「弱点《じゃくてん》がわかればこっちのもんだぞ〜!!」

ご利益《りやく》があった気《き》がしたのか、スネ夫《お》は女神像《めがみぞう》におじぎをして、次《つぎ》の戦場《せんじょう》へと向《む》かった。


「おーいみんな〜、悪魔《あくま》の弱点《じゃくてん》がわかったよ〜!!」

水《みず》に弱《よわ》いという情報《じょうほう》は、ドラえもんのメガホンを通《とお》して、みんなに伝《つた》えられた。

それを耳《みみ》にしたみんなは、水《みず》を使《つか》った戦闘《せんとう》でどんどん悪魔《あくま》を追《お》い詰《つ》めていく。

ジャイアンは、石橋《いしばし》の上《うえ》から湖《みずうみ》の中《なか》へ、悪魔《あくま》を一本背負《いっぽんぜお》いで次々《つぎつぎ》に投《な》げ込《こ》んだ。

のび太《た》とドラえもんは、マイロが『ほんものクレヨン』で作《つく》った水鉄砲《みずでっぽう》で狙《ねら》い撃《う》ち。ここでは、のび太《た》の射撃名人《しゃげきめいじん》っぷりがさく裂《れつ》し、百発百中《ひゃっぱつひゃくちゅう》で悪魔《あくま》たちは溶《と》け落《お》ちていった。

空《そら》からは、ホウキに乗《の》ったしずかとクレアが『かるがるつりざお』で、悪魔《あくま》を釣《つ》り上《あ》げては、湖《みずうみ》の中《なか》へボチャリとやった。

「クレアちゃん、すっかり釣《つ》りが上手《じょうず》になったわね」

「でも、こんなあべこべの釣《つ》りは初《はじ》めてじゃ」

一気《いっき》に形勢逆転《けいせいぎゃくてん》……と、思《おも》われたが、やっつけてもやっつけても、悪魔《あくま》はどんどん押《お》し寄《よ》せて来《く》る。倒《たお》すことができても、数《かず》の多《おお》さで押《お》しつぶされそう。

空《そら》にいるしずかが、アートリア城《じょう》の様子《ようす》を見《み》て大声《おおごえ》をあげた。

「悪魔《あくま》たちは、お城《しろ》からまだまだ出《で》てきているわ」

「多分《たぶん》、イゼールが絵《え》からどんどん呼《よ》び出《だ》しているに違《ちが》いない」

ドラえもんは、一旦《いったん》みんなを集《あつ》め、アートリア城《じょう》へもう一度《いちど》立《た》ち向《む》かうことにした。

「やっぱり元《もと》を絶《た》たないとだめだ。イゼールを倒《たお》しに行《い》こう！」


アートリア城《じょう》では、たくさんの人間《にんげん》が一人《ひとり》の例外《れいがい》もなく、悪魔《あくま》に色《いろ》を吸《す》われ、白《しろ》い石像《せきぞう》となっていた。しかもそのどれもが、苦《くる》しみに満《み》ちた表情《ひょうじょう》をしている。色《いろ》を求《もと》めている悪《あく》魔《ま》たちには、すでに白《しろ》くなってしまった場所《ばしょ》に用《よう》はない。そのため、城下町《じょうかまち》の惨状《さんじょう》とうってかわって、城内《じょうない》は不気味《ぶきみ》なほど静《しず》まり返《かえ》っていた。

城《しろ》に戻《もど》ってきたドラえもんたちは、白一色《しろいっしょく》の光景《こうけい》を見《み》て、言葉《ことば》を失《うしな》った。クレアにとっては、城《しろ》の中《なか》の人々《ひとびと》は家族《かぞく》のような存在《そんざい》。どこに目《め》をやっても悲《かな》しみが襲《おそ》って来《く》る。

「はやくなんとかせねば。このままでは、世界中《せかいじゅう》が真《ま》っ白《しろ》じゃ……」

しかし悲《かな》しんでいる暇《ひま》はない。一同《いちどう》は、イゼールのいるギャラリーへ走《はし》った。


「イゼール！　覚悟《かくご》しろ～！」

ドラえもんが水鉄砲《みずでっぽう》を構《かま》えながらギャラリーに突入《とつにゅう》。そのあとからのび太《た》たちも水鉄砲《みずでっぽう》を構《かま》えて乱入《らんにゅう》し、イゼールに狙《ねら》いをつけた。

中《なか》に入《はい》ってみると、ここがあの豪華絢爛《ごうかけんらん》だったギャラリーなのかと疑《うたが》いたくなるほど、部屋全体《へやぜんたい》が真《ま》っ白《しろ》になっていた。

唯一《ゆいいつ》、色《いろ》が残《のこ》っていたのは青《あお》きコウモリと赤《あか》き竜《りゅう》の絵《え》。その前《まえ》にイゼールは立《た》っていた。

「撃《う》て～」

ドラえもんの合図《あいず》で、全員《ぜんいん》の水鉄砲《みずでっぽう》から水《みず》が発射《はっしゃ》され、イゼールめがけて飛《と》んで行《い》く。

これで、敵《てき》は溶《と》けて流《なが》れて一巻《いっかん》の終《お》わり……なはずだった。

ところがイゼールは、これまで吸《す》い取《と》った色《いろ》を自分《じぶん》のパワーに変《か》え、とてつもない力《ちから》を手《て》に入《い》れていた。水《みず》におびえる様子《ようす》など全《まった》くなく、背中《せなか》のマントを大《おお》きく振《ふ》りかぶって、ぶうん。大風《おおかぜ》を発生《はっせい》させ、飛《と》んで来《き》た水《みず》をはじき返《かえ》してしまった。

「み、水《みず》が……」

決《き》め手《て》と思《おも》っていた攻撃《こうげき》が歯《は》が立《た》たず、のび太《た》たちはショックを受《う》ける。

さらにイゼールは赤《あか》き竜《りゅう》の絵《え》に向《む》かって右手《みぎて》をかざし、魔法《まほう》の光《ひかり》を放出《ほうしゅつ》。すると、絵《え》から赤《あか》い色《いろ》が浮《う》き出《で》て、腕《うで》にまとわりついた。

それが炎《ほのお》のようにゆらめきながら身体全体《からだぜんたい》を包《つつ》んでいく。

「グウォ～オオオ～ン」

雄叫《おたけ》びを上《あ》げると、イゼールは前《まえ》かがみになってブルブルと震《ふる》え始《はじ》めた。

「これってどういうこと？」

のび太《た》だけでなく、みんなが同《おな》じことを思《おも》っていたに違《ちが》いない。

ボコ、ボコ、ボコボコボコ……。丸《まる》まった背中《せなか》が盛《も》り上《あ》がり、ズババッ。

鎧《よろい》を突《つ》き破《やぶ》って二枚《にまい》の翼《つばさ》が伸《の》びたそれと同時《どうじ》に、腕《うで》と脚《あし》がはちきれそうなほどに太《ふと》くなる。鋭《するど》い爪《つめ》は鎌《かま》のよう。イゼールが頭《あたま》をもたげると、既《すで》に竜《りゅう》のそれに変《か》わっていて……ズシン！　両手《りょうて》が前足《まえあし》となって石畳《いしだたみ》に着地《ちゃくち》した。

「ウオオオォ～ン」

その咆哮《ほうこう》は、アートリアの隅々《すみずみ》まで響《ひび》き渡《わた》るような轟音《ごうおん》だった。

「赤《あか》き竜《りゅう》……羽《は》ばたき、世界《せかい》は沈《しず》む……」

クレアがつぶやきながら震《ふる》え上《あ》がっている。

伝説《でんせつ》で語《かた》られていた通《とお》りの『赤《あか》き竜《りゅう》』が誕生《たんじょう》したのだ。

さらに身体《からだ》を大《おお》きく膨張《ぼうちょう》させ、ギャラリー内《ない》の円柱《えんちゅう》を折《お》り、背中《せなか》で天井《てんじょう》を突《つ》き破《やぶ》った。

「わたしたちまでつぶされちゃうわ。逃《に》げましょう！」

しずかの声《こえ》にハッとし、ドラえもんたちは、ギャラリーから抜《ぬ》け出《だ》した。クレアは、父《ちち》の石像《せきぞう》を引《ひ》きずってでも持《も》って出《で》たかったが、逃《に》げるので精《せい》いっぱいだ。

ドゴーン‼

アートリア城《じょう》が崩《くず》れ、もうもうと土《つち》ぼこりが舞《ま》い上《あ》がる。その中《なか》からヌゥッと、竜《りゅう》の赤《あか》い首《くび》がのびあがり、あたりの煙《けむり》がその色《いろ》を反射《はんしゃ》して真《ま》っ赤《か》に染《そ》まった。暗黒《あんこく》の騎士《きし》イゼールは、蓄《たくわ》えた色《いろ》をパワーに換《か》え、とうとう自《みずか》らが赤《あか》き竜《りゅう》となったのだ。城《しろ》の一番高《いちばんたか》い塔《とう》の上《うえ》まで上《のぼ》りつめ、ひときわ大《おお》きな雄叫《おたけ》びを上《あ》げる。

「グゥオオオオ～ン！」

それは、世界《せかい》が滅《ほろ》びに向《む》かう号砲《ごうほう》のようでもあった。

城《しろ》を抜《ぬ》け出《だ》したドラえもんたちは、攻撃《こうげき》があった場合《ばあい》にそなえ、バラバラになって逃《に》げた。ジャイアンとスネ夫《お》は、目立《めだ》たないよう、『タケコプター』で低《ひく》く飛《と》び、ドラえもんとのび太《た》、マイロは赤《あか》き竜《りゅう》の死角《しかく》となっている石橋《いしばし》を走《はし》った。しずかとクレアは、ホウキにまたがってチャイと共《とも》に空《そら》へ。しかし、空《そら》を横切《よこぎ》るのが早《はや》すぎた。

赤《あか》き竜《りゅう》は、空飛《そらと》ぶホウキを見《み》やると、口《くち》から魔法《まほう》による咆哮弾《ほうこうだん》『魔砲《まほう》』を放《はな》つ。バゥッ！

真一文字《まいちもんじ》に飛《と》んだ魔砲《まほう》は、容赦《ようしゃ》なくホウキを打《う》ち抜《ぬ》く……。

「しずかちゃ～ん!!」

石橋《いしばし》を走《はし》るのび太《た》が見上《みあ》げて声《こえ》を上《あ》げた。

「きゃ～ぁぁぁあっ」

しずかとクレアは、ホウキから飛《と》ばされ、森《もり》の方《ほう》へと落《お》ちて行《い》く。その姿《すがた》を目《め》で追《お》いながら、のび太《た》は全速力《ぜんそくりょく》で走《はし》ったが、石畳《いしだたみ》のすき間《ま》に足《あし》を取《と》られて転倒《てんとう》してしまう。

「大丈夫《だいじょうぶ》？」「のび太《た》くん！」

マイロとドラえもんがのび太《た》に手《て》を貸《か》し、すぐに起《お》き上《あ》がらせた。だが、さっきまでのようには走《はし》ることができない。

「いいから先《さき》に逃《に》げてよ」

「見捨《みす》てることはできないよ」

「そうだよ、のび太《た》くん。ほら、肩《かた》をかして」

マイロとドラえもんは、両側《りょうがわ》からのび太《た》を支《ささ》えて進《すす》み始《はじ》めたが、歩《あゆ》みは遅《おそ》い。これを見《み》逃《のが》さなかった赤《あか》き竜《りゅう》は、三人《さんにん》の背中《せなか》に魔砲《まほう》を撃《う》とうと大《おお》きな口《くち》を開《あ》けた。

そこへ、ジャイアンとスネ夫《お》が飛来《ひらい》する。

「任《まか》せろ、アイツの口《くち》に水《みず》をぶちこんでやる」

「これでも食《く》らえ！」

竜《りゅう》を狙《ねら》って自信《じしん》たっぷりに水鉄砲《みずでっぽう》を打《う》ち込《こ》むが、大《おお》きな翼《つばさ》のひと扇《あお》ぎで、簡単《かんたん》にはじき返《かえ》されてしまった。もはや、水鉄砲《みずでっぽう》の効果《こうか》はない。

竜《りゅう》は、返《かえ》す刀《かたな》でジャイアンたちに魔砲《まほう》を放《はな》った。バゥッ！

「うわ～ッ」

直撃《ちょくげき》だった。スネ夫《お》は魔砲《まほう》をまともに食《く》らい、その叫《さけ》びがジャイアンの耳《みみ》の中《なか》でまだ響《ひび》いている間《あいだ》に、真《ま》っ白《しろ》な石像《せきぞう》になって石橋《いしばし》の上《うえ》に転《ころ》がった。

「ス、スネ夫《お》～！」

のび太《た》たちは、石《いし》になったスネ夫《お》の姿《すがた》を目《ま》の当《あ》たりにし、絶句《ぜっく》した。しかし、赤《あか》き竜《りゅう》の攻撃《こうげき》はやまない。大《おお》きな口《くち》が再《ふたた》びのび太《た》たちの方《ほう》へ向《む》けられた。バゥッ！　今度《こんど》こそ魔砲《まほう》の餌食《えじき》になってしまうのかと思《おも》われた瞬間《しゅんかん》、ジャイアンが猛《もう》スピードで飛来《ひらい》し、そのままの勢《いきお》いで、のび太《た》とマイロ、ドラえもんの三人《さんにん》に渾身《こんしん》の体当《たいあ》たりをして跳《は》ね飛《と》ばした。

その直後《ちょくご》に魔砲《まほう》がズバババ！　まぶしい光《ひかり》に包《つつ》まれ、それがおさまると、ジャイアンは体当《たいあ》たりの姿勢《しせい》のまま、石像《せきぞう》と化《か》していた。

「ジャイアンが……ぼくのせいで……」

ショックを隠《かく》せないのび太《た》だったが、「今《いま》は逃《に》げるしかない!」と、ドラえもんに引《ひ》っ張《ぱ》られながら、石橋《いしばし》を後《あと》にするのだった。


「しずか、しずか……返事《へんじ》をするのじゃ」

森《もり》の中《なか》に、涙声《なみだごえ》が響《ひび》いている。クレアは必死《ひっし》にしずかの体《からだ》をゆさぶるが、真《ま》っ白《しろ》になった身体《からだ》はひんやりとしていて、起《お》き上《あ》がることもなかった。

「もう一度《いちど》起《お》きて、一緒《いっしょ》にホウキに乗《の》るのじゃ。魔女《まじょ》っ子《こ》なんじゃろ? しずか……」

どんな時《とき》にもチャチャを入《い》れるチャイも、さすがにクレアの側《そば》で押《お》し黙《だま》ったままでいる。

「グルルルル……」

エサを見《み》てのどを鳴《な》らすネコのようなうなり声《ごえ》が聞《き》こえてきた。それと同時《どうじ》に、あたりが夕焼《ゆうや》けのように赤《あか》く染《そ》まり、見上《みあ》げると、木々《きぎ》の間《あいだ》から赤《あか》き竜《りゅう》がのぞき込《こ》んでいた。

「こんなところにまで……すさまじい執念《しゅうねん》じゃ」

クレアは、覚悟《かくご》を決《き》めたように深《ふか》く目《め》をつむると、チャイを抱《だ》きしめ、つぶやくように言《い》った。

「お前《まえ》は逃《に》げるのじゃ」

そしてアートリアブルーの瞳《ひとみ》に溜《た》まった大粒《おおつぶ》の涙《なみだ》をぐりんと拭《ぬぐ》い、『空気砲《くうきほう》』を竜《りゅう》に向《む》けた。

「イゼール……いや、赤《あか》き竜《りゅう》よ。わらわが相手《あいて》じゃ！」

しずかを……父上《ちちうえ》を……そしてアートリアを真《ま》っ白《しろ》にされたことへの怒《いか》りと憎《にく》しみをこめて、大《おお》きな『空気砲《くうきほう》』を撃《う》ち放《はな》った。

ドガン！

同時《どうじ》に赤《あか》き竜《りゅう》も魔砲《まほう》を放《はな》ち、空中《くうちゅう》で激突《げきとつ》した。ズバババババ。

二《ふた》つの弾《たま》はせめぎ合《あ》い、激《はげ》しい光《ひかり》を放《はな》つ。このまま、赤《あか》き竜《りゅう》を撃《う》ち抜《ぬ》いてくれと、クレアは祈《いの》るような思《おも》いで見《み》ていたが、ズバン！　その一方《いっぽう》が競《せ》り負《ま》け、消《け》し飛《と》んだ。

「なんと……」

クレアの表情《ひょうじょう》がかき曇《くも》り、同時《どうじ》に、魔砲《まほう》に飲《の》み込《こ》まれていった……。

「なんかないかなんかないか……」

白亜《はくあ》の砦《とりで》の裏側《うらがわ》に身《み》を隠《かく》しつつ、ドラえもんは『四次元《よじげん》ポケット』からいろんな道具《どうぐ》を出《だ》してみては、赤《あか》き竜《りゅう》に対抗《たいこう》できるものを探《さが》していた。

「あ、これだ！『モーゼステッキ』」

ドラえもんは、水《みず》を真《ま》っ二《ぷた》つに割《わ》ることのできる杖《つえ》、『モーゼステッキ』を取《と》り出《だ》した。

「でも、それでどうするつもり？」

水《みず》を割《わ》って意味《いみ》があるのか、というのび太《た》の疑問《ぎもん》は当然《とうぜん》のように思《おも》われた。

「湖《みずうみ》の水《みず》を使《つか》うんだよ。まだあそこは真《ま》っ白《しろ》にされていないだろ？」

それでものび太《た》は、頭《あたま》をかしげている。

「まあ見《み》ててよ」

赤《あか》き竜《りゅう》の目《め》を盗《ぬす》んで湖《みずうみ》のふちまで行《い》くと、杖《つえ》を高《たか》く掲《かか》げた。

「裂《さ》けよ！　湖《みずうみ》～！！！」

ドラえもんの声《こえ》がこだまするると、それに応《こた》えるように、広大《こうだい》なアートリア湖《こ》の湖面《こめん》に光《ひかり》の筋《すじ》がまっすぐ対岸《たいがん》まで走《はし》った。その筋《すじ》を中心《ちゅうしん》に、戸《と》が開《ひら》くようにザザザザ……ザザザザァーと、湖《みずうみ》が真《ま》っ二《ぷた》つに割《わ》れ、岸辺《きしべ》からアートリア城《じょう》までの湖底《こてい》があらわになった。

「ここに竜《りゅう》になったイゼールを誘《さそ》い込《こ》んで、湖《みずうみ》を元《もと》に戻《もど》すんだ。水《みず》を嫌《いや》というほど浴《あ》びせてやる！」

「そういうことか！」

「ただ、問題《もんだい》はあの竜《りゅう》をどうやって湖《みずうみ》の底《そこ》に誘《さそ》い込《こ》むか……」

そこまでのアイディアはないようで、頭《あたま》を悩《なや》ませていると、遠《とお》くから「エーン……エーン」と、泣《な》き声《ごえ》が聞《き》こえ、だんだんと近《ちか》づいて来《き》た。

「チャイ？　チャイじゃないか。どうしたの？」

チャイはマイロが伸《の》ばした手《て》に降《お》り立《た》つと、安心《あんしん》したのか、さらに泣《な》き出《だ》した。

「しずかと…それに、それに……、クレアも真《ま》っ白《しろ》にされちまったぁ。うぇ〜ん」

悪《わる》ガキそのもののチャイがここまで涙《なみだ》を流《なが》す姿《すがた》を見《み》て、のび太《た》たちまで、もらい泣《な》きしそう。だが今《いま》は、赤《あか》き竜《りゅう》の暴走《ぼうそう》を止《と》めなければならない。

「そうだ！」マイロがひらめいた。

「あいつは色《いろ》を片《かた》っ端《ぱし》から吸《す》い込《こ》んでいるから、色《いろ》で誘《さそ》い出《だ》せばいいんだ」

「でも、どうやって？」

のび太《た》が素朴《そぼく》に聞《き》き返《かえ》した。

「まだ色《いろ》が残《のこ》っていればいいんだけど……」

そう言《い》ってマイロは走《はし》り出《だ》し、のび太《た》とドラえもんは、意味《いみ》がわからないまま、後《あと》をついていった……。


もはやアートリア公国《こうこく》のほとんどは、赤《あか》き竜《りゅう》の魔砲《まほう》と悪魔《あくま》たちのしわざによって、人《ひと》も、町《まち》も、森《もり》までもが色《いろ》を失《うしな》い、真《ま》っ白《しろ》になっていた。湖《みずうみ》だけは辛《かろ》うじて残《のこ》されていたが、そこに赤《あか》き竜《りゅう》をおびき出《だ》すには、無色透明《むしょくとうめい》の水《みず》ではない、強《つよ》い色《いろ》が必要《ひつよう》だ。のび太《た》はもう自《じ》分《ぶん》たちがオトリにでもなるしかないと思《おも》ったが、その湖畔《こはん》に〝派手《はで》な色《いろ》〟がやってきた。

「なにもここまで大《おお》きくしなくたっていいのに……」

顔《かお》を真《ま》っ赤《か》にしているのび太《た》に『ビッグライト』をしまいながらドラえもんが言《い》った。

「これくらい大《おお》きくした方《ほう》が目立《めだ》つじゃないか」

派手《はで》な色《いろ》の物《もの》とは、のび太《た》が描《か》いた、ドラえもんの絵《え》……とてもヘタッピなアレだった。

アトリエは真《ま》っ白《しろ》にされていたが、中《なか》の絵《え》は幸《さいわ》いにも無傷《むきず》だった。特《とく》に目立《めだ》つのび太《た》の絵《え》をもっと目立《めだ》たせようと、『ビッグライト』で巨大化《きょだいか》させたのだ。

「本当《ほんとう》はぼくの絵《え》を使《つか》おうと思《おも》ったんだけど……」

「どうせなら一番派手《いちばんはで》なものがいいからね」

ドラえもんのすすめで、たくさん色《いろ》が使《つか》われているのび太《た》の絵《え》がオトリとなった。

赤《あか》き竜《りゅう》に気《き》づいてもらえるよう、マイロとのび太《た》とで絵《え》を持《も》つと、『タケコプター』で湖《みずうみ》の上空《じょうくう》をぐるーっと、周回《しゅうかい》し始《はじ》めた。

「これ、本当《ほんとう》にいい絵《え》だから、真《ま》っ白《しろ》にはさせないようにしないとね」

のび太《た》は、自分《じぶん》のヘタッピな絵《え》が照《て》れくさかったが、マイロにそう言《い》われて、胸《むね》のどこかにくすぐったいものを感《かん》じた。

びゅううううう。突然《とつぜん》、後《うし》ろから大《おお》きな風《かぜ》に押《お》されて振《ふ》り返《かえ》ると、背後《はいご》で赤《あか》き竜《りゅう》が巨大《きょだい》な翼《つばさ》を羽《は》ばたかせていた。

「さっそく来《き》たか！」赤《あか》き竜《りゅう》を睨《にら》みつけるマイロ。

森《もり》の中《なか》のクレアを探《さが》し出《だ》せるほど、鋭《するど》い〝色《いろ》の嗅覚《きゅうかく》〟を持《も》った竜《りゅう》が〝派手《はで》な色《いろ》〟を見逃《みのが》すはずもなく、あっという間《ま》に食《く》らいついて来《き》た。しかし、目的《もくてき》は、おびき出《だ》すことではなく、湖《みずうみ》の底《そこ》に連《つ》れ込《こ》むこと。

「このまま、湖《みずうみ》の底《そこ》へ向《む》かおう」

息《いき》をあわせて高度《こうど》を下《さ》げると、赤《あか》き竜《りゅう》は背後《はいご》から魔砲《まほう》を撃《う》ち込《こ》んで来《き》た。バウッ、バウッ！　二人《ふたり》は大《おお》きな絵《え》を持《も》っているため、思《おも》うように飛《と》ぶことができない。

それでもなんとか呼吸《こきゅう》をあわせ、魔砲《まほう》をギリギリのところで避《よ》けながら、飛《と》び続《つづ》けた。

避《よ》けた魔砲《まほう》は、遠《とお》くの山《やま》や森《もり》に当《あ》たり、そこからも色《いろ》は失《うしな》われていく。あまりのパワーに、のび太《た》があっけにとられた時《とき》だった。ブオゥッ！　魔砲《まほう》が頭《あたま》をかすめる。

「ヒィ〜、当《あ》たったら真《ま》っ白《しろ》になるところだった……」

胸《むね》をなでおろしたのだが、次《つぎ》の瞬間《しゅんかん》……

のび太《た》の『タケコプター』が真《ま》っ白《しろ》になってボロりと取《と》れ、落《お》ちて行《い》った。

のび太《た》も『タケコプター』の後《あと》を追《お》うようにして、まっさかさまに湖《みずうみ》の方《ほう》へ。

「あ、わ、しまった〜あああああぁぁ……」

「のび太《た》〜!!」

マイロは慣《な》れない『タケコプター』で急降下《きゅうこうか》。普通《ふつう》の人間《にんげん》、ましてや十三世紀《じゅうさんせいき》の人《ひと》なら怖《こわ》くてできない芸当《げいとう》だったが、のび太《た》を助《たす》けたい一心《いっしん》で追《お》いかけ、腕《うで》をガシッとつかんだ。

しかし、さすがに『タケコプター』一本《いっぽん》で二人《ふたり》の人間《にんげん》と大《おお》きな絵《え》を支《ささ》えることはできず、なんとかゆっくりと下降《かこう》するのが精《せい》いっぱい。ただ、しめたことに、足元《あしもと》に見《み》えてきたのはアートリア湖《こ》の底《そこ》。このまま着地《ちゃくち》をすれば目的地《もくてきち》なのだが、竜《りゅう》の攻撃《こうげき》は終《お》わらない。

バウッ！

魔砲《まほう》の追《お》い打《う》ちを食《く》らい、無理《むり》な避《よ》け方《かた》でバランスを崩《くず》してしまった。

「うわ〜〜っ」

きりもみ状態《じょうたい》で落下《らっか》し、湖底《こてい》にたたきつけられてしまう。マイロは、すぐにのび太《た》に駆《か》けより、手《て》を差《さ》しのべた。

「大丈夫《だいじょうぶ》かい？」

「ぼくのことはいいから……あの絵《え》を……」

ヘタッピドラの絵《え》は、少《すこ》し離《はな》れた場所《ばしょ》に落《お》ちていた。

「わかった。ここで待《ま》ってて」

マイロが拾《ひろ》いに行《い》こうとした時《とき》、バサッ、バサッ、ズシーン。

竜《りゅう》が、翼《つばさ》をたたみながら、二人《ふたり》の目《め》の前《まえ》に降《お》り立《た》った。

「あぁ、のび太《た》の絵《え》が……」

絵《え》は竜《りゅう》の後《うし》ろ側《がわ》。すり抜《ぬ》けて向《む》こう側《がわ》に行《い》くには危険《きけん》すぎる。

マイロはそれでも取《と》りに行《い》こうとしたが、今度《こんど》はのび太《た》がマイロを引《ひ》っ張《ぱ》った。

「ちょうどいいよ。竜《りゅう》を誘《さそ》い込《こ》めたんだから、逃《に》げよう」

しかし、湖《みずうみ》の岸《きし》まではまっすぐな一本道《いっぽんみち》で、隠《かく》れる場所《ばしょ》はない。後《うし》ろからは狙《ねら》い放題《ほうだい》で非常《ひじょう》に危険《きけん》だったが、そこを走《はし》りきる以外《いがい》の選択肢《せんたくし》もない。

すでに赤《あか》き竜《りゅう》は大口《おおぐち》を開《あ》け、魔砲《まほう》を撃《う》とうとしている。のび太《た》は、石橋《いしばし》で転《ころ》んだ時《とき》の痛《いた》みに耐《た》え、足《あし》を引《ひ》きずりながら走《はし》った。だが、足首《あしくび》が悲鳴《ひめい》を上《あ》げるようにねじれ、転《ころ》んでしまった。それに巻《ま》き込《こ》まれる形《かたち》でマイロも転倒《てんとう》。すぐに立《た》ち上《あ》がろうとしたが、もう足《あし》が言《い》うことを聞《き》かない。

バウッ！　絶望《ぜつぼう》を感《かん》じる音《おと》だった。放《はな》たれた魔砲《まほう》の光《ひかり》に包《つつ》まれ、竜《りゅう》の姿《すがた》が霞《かす》んでいく。

「ぼくのせいで……ごめん」

のび太《た》が詫《わ》びるようにつぶやいた瞬間《しゅんかん》、二人《ふたり》は何《なに》かに引《ひ》っ張《ぱ》られるように宙《ちゅう》に浮《う》いた。

その直後《ちょくご》にズバーン！　魔砲《まほう》がさく裂《れつ》し、のび太《た》が転《ころ》んだ場所《ばしょ》は真《ま》っ白《しろ》になった。

ドサッ。

気《き》が付《つ》くと、湖《みずうみ》の岸辺《きしべ》にいて、そこにはドラえもんが立《た》っていた。手《て》に『かるがるつりざお』を握《にぎ》って。

「ドラえも～ん、ありがとう！」

のび太《た》がその胸《むね》にすがりついたが、ドラえもんは険《けわ》しい表情《ひょうじょう》のまま、『かるがるつりざお』を『モーゼステッキ』に持《も》ち替《か》える。

「その話《はなし》はあとあと。先《さき》にこれで決着《けっちゃく》をつけてやる!!」

杖《つえ》を天高《てんたか》く突《つ》き上《あ》げ、叫《さけ》ぶ。

「湖《みずうみ》よ、元《もと》に戻《もど》れ～！！！」

スイッチをカチリとやると、モーゼステッキから稲光《いなびかり》が走《はし》り、湖《みずうみ》の裂《さ》け目《め》全体《ぜんたい》に伝《つた》わっていった。さらに光《ひかり》は湖面全体《こめんぜんたい》に広《ひろ》がっていき……。

………。

時間《じかん》が過《す》ぎることが、これほど長《なが》く感《かん》じたことはない。「はやく！　お願《ねが》い……」みんな心《こころ》の中《なか》でそう叫《さけ》んだだろう。そして、やっとその瞬間《しゅんかん》がやってきた。湖《みずうみ》の裂《さ》け目《め》の角《かど》が、白波《しらなみ》のようにじゅわりと泡立《あわだ》ち、端《はし》からどんどん水《みず》に戻《もど》って崩《くず》れ始《はじ》め……。

ザザザザ。ドドドドド。ザババババ～ッ。

湖底《こてい》で唸《うな》っていた赤《あか》き竜《りゅう》は、巨大《きょだい》な大波《おおなみ》に包《つつ》み込《こ》まれる。

「やった!!」

身《み》を乗《の》り出《だ》して湖《みずうみ》をのぞき込《こ》み、ドラえもん、のび太《た》、マイロが勝利《しょうり》を確信《かくしん》したその時《とき》。

グウオオオォォォォ～！！！！　という雄叫《おたけ》びと共《とも》に、ズバババババババ～！　赤《あか》き竜《りゅう》は身体全体《からだぜんたい》に炎《ほのお》のオーラをまとわせ、発光《はっこう》。長《なが》い首《くび》を旋回《せんかい》させながら、これまでに見《み》たことのない巨砲《きょほう》を、湖全体《みずうみぜんたい》に照射《しょうしゃ》した。

ピキ……、ピキピキ……。カチカチカチカチ。

竜《りゅう》を包《つつ》み込《こ》もうとした大波《おおなみ》は、あと少《すこ》しというところで、真《ま》っ白《しろ》に固《かた》まってしまった。

「な、なんてやつだ……」

あまりのショックに、『モーゼステッキ』を取《と》り落《お》としてしまうドラえもん。

「ダメだ危《あぶ》ない！」

マイロが大声《おおごえ》を上《あ》げた。

暗黒《あんこく》の騎士《きし》であり、この世《よ》を沈《しず》める赤《あか》き竜《りゅう》は、相手《あいて》を打《う》ちのめすことに対《たい》して容赦《ようしゃ》はない。次《つぎ》なる巨大魔砲《きょだいまほう》が、湖《みずうみ》の底《そこ》を這《は》い上《あ》がるように飛《と》んで来《き》て、目前《もくぜん》に迫《せま》った。

もはやこれまで。マイロものび太《た》も、そう思《おも》ったに違《ちが》いない。しかしドラえもんは、すかさず、『四次元《よじげん》ポケット』から真《ま》っ赤《か》なふろしきのような布《ぬの》を取《と》り出《だ》した。

「『ひらりマント〜!!!』」

敵《てき》の攻撃《こうげき》をはじき返《かえ》すことのできる『ひらりマント』を構《かま》え、巨大魔砲《きょだいまほう》を間一髪《かんいっぱつ》で受《う》け止《と》めた。ズガガガガガガ!

あまりの圧力《あつりょく》に吹《ふ》き飛《と》ばされそうになるが、のび太《た》が一緒《いっしょ》に『ひらりマント』を支《ささ》え、それにマイロも加《くわ》わった。耐《た》えなければ……はじき返《かえ》せなければ、こっちが真《ま》っ白《しろ》にされてしまう。ただ、この一発《いっぱつ》に耐《た》えたところで、次《つぎ》の攻撃《こうげき》を防《ふせ》げるかはわからない。

でも、とにかく今《いま》、生《い》き延《の》びなければ、世界《せかい》は真《ま》っ白《しろ》にされてしまう。

「グギギギギギギ!!!!」

三人《さんにん》は、満身《まんしん》の力《ちから》で『ひらりマント』を支《ささ》え続《つづ》けた。

10

色《いろ》のない世界《せかい》

湖《みずうみ》まで真《ま》っ白《しろ》になったことで、アートリア公国《こうこく》は、見渡《みわた》す限《かぎ》り白一色《しろいっしょく》の世界《せかい》になり果《は》てた。色《いろ》があるのは、あちこちに点在《てんざい》している真《ま》っ黒《くろ》な悪魔《あくま》たちだけ。

ジャイアンもスネ夫《お》も、クレアも、しずかちゃんも、みんな真《ま》っ白《しろ》。

「まるで絵《え》の端《はじ》っこみたいになっちゃった」

のび太《た》が、絵世界《えせかい》で見《み》た光景《こうけい》を思《おも》い出《だ》し、ぼそりと口《くち》にした。

「やっぱり世界《せかい》はこのまま終《お》わってしまうのか……」

マイロの目《め》から輝《かがや》きが消《き》えている。

「湖《みずうみ》の水《みず》もなくなったんじゃ、もうどうしようもない……」

ドラえもんの手《て》の中《なか》で、『ひらりマント』の焼《や》け焦《こ》げた切《き》れ端《はし》が、力《ちから》なく風《かぜ》に揺《ゆ》られている。あの巨大《きょだい》な魔砲《まほう》を、三人《さんにん》はなんとかはじき返《かえ》すことに成功《せいこう》した。だが、次《つぎ》にもう一《いち》度魔砲《どまほう》が放《はな》たれたら、受《う》け止《と》める術《すべ》はない。しかし、敵《てき》が攻撃《こうげき》の手《て》を緩《ゆる》めることもない。

赤《あか》き竜《りゅう》は、湖《みずうみ》の裂《さ》け目《め》を抜《ぬ》け出《だ》し、落胆《らくたん》している三人《さんにん》に黒《くろ》い影《かげ》を落《お》としながら飛《と》び越《こ》えると、すぐ後《うし》ろにそびえる、白亜《はくあ》の砦《とりで》のてっぺんに着陸《ちゃくりく》した。みんなで流《なが》しそうめんを楽《たの》しんだ、あの場所《ばしょ》に。至近距離《しきんきょり》からの攻撃《こうげき》で仕留《しと》めようとでも考《かんが》えているのだろう。

目《め》と鼻《はな》の先《さき》で魔砲《まほう》を撃《う》つ構《かま》えを見《み》せた。

「もうだめだ……」のび太《た》が膝《ひざ》をつく。

「あ、そうだ！　あるぞ。まだ大量《たいりょう》の水《みず》が‼」

ドラえもんが急《きゅう》に声《こえ》を弾《はず》ませながら、ポケットに手《て》をつっこみ、取《と》り出《だ》した。

「『水《みず》もどしふりかけ』～！」

「そうか！　それがあったよ」

のび太《た》も声《こえ》を弾《はず》ませた。赤《あか》き竜《りゅう》のいる砦《とりで》は、もともとのび太《た》たちが湖《みずうみ》の水《みず》で作《つく》ったもの。『水《みず》もどしふりかけ』をかければ水《みず》に戻《もど》り、そのまま赤《あか》き竜《りゅう》にぶっかけることができる。

ただし、それは砦《とりで》から色《いろ》が抜《ぬ》かれ、白《しろ》い石《いし》になっていなければの話《はなし》だ。とはいえ、やれることは、もうこれしかない。

ドラえもんは『タケコプター』を装着《そうちゃく》して飛《と》んで行《い》き、大《おお》きく振《ふ》りかぶった。

「食《く》らえ～！　水《みず》もどしふりかけ～‼」

砦《とりで》めがけ、『水《みず》もどしふりかけ』を投《な》げようとしたその刹那《せつな》。

バウッ！

最悪《さいあく》なことが現実《げんじつ》になってしまった。魔砲《まほう》をまともに食《く》らったドラえもんは、そのまま放物線《ほうぶつせん》を描《えが》いて地面《じめん》に落下《らっか》し……ゴトリ。大《おお》きな石《いし》が落《お》ちたような音《おと》が響《ひび》いた。

「ドラえもん！」

のび太《た》が駆《か》け寄《よ》り、ドラえもんを抱《だ》きとめるが、身体《からだ》のどこにも、あの青空《あおぞら》のような色《いろ》は残《のこ》っていなかった。頼《たの》みの綱《つな》の『水《みず》もどしふりかけ』も地面《じめん》にたたきつけられて砕《くだ》け、粉《こな》は空気中《くうきちゅう》に舞《ま》って霧《きり》のように消《き》え去《さ》った。

「うっ……ううう……わぁ～」

真《ま》っ白《しろ》になったドラえもんの胸《むね》に突《つ》っ伏《ぷ》し、のび太《た》は……泣《な》いた。

「ドラえもんまでいなくなったら……ぼくたちだけで、どうすればいいんだ……」

胸《むね》がつぶれるような果《は》てしない悲《かな》しみに耐《た》えきれず、泣《な》いた。しかし、赤《あか》き竜《りゅう》は、涙《なみだ》を流《なが》す暇《ひま》すら与《あた》えてくれない。次《つぎ》なる魔砲《まほう》を撃《う》とうと大口《おおぐち》を開《あ》けている。

「のび太《た》、ひとまず逃《に》げよう」

マイロは、のび太《た》を引《ひ》っ張《ぱ》って走《はし》った。砦《とりで》に陣取《じんど》った竜《りゅう》から逃《のが》れるには、再《ふた》び割《わ》れた湖《みずうみ》の中《なか》を抜《ぬ》け、島《しま》の上《うえ》のアートリア城《じょう》に駆《か》け込《こ》むしかない。でも、そこまで逃《に》げきれたところで、水《みず》があるわけでも、『水《みず》もどしふりかけ』があるわけでもない。打《う》つ手《て》はゼロ。

しかし、みんなの仇《かたき》として一太刀《ひとたち》でも浴《あ》びせたいと思《おも》ったのか、のび太《た》は、腰《こし》に差《さ》してあった『ショックガン』を赤《あか》き竜《りゅう》に向《む》かって撃《う》った。さすが射撃《しゃげき》の名人《めいじん》の放《はな》ったビームは、すべて命中《めいちゅう》したが、いくら当《あ》てたところで、傷《きず》はすぐにふさがってしまう。

「とにかく城《しろ》を目指《めざ》して走《はし》ろう。なんとか生《い》き延《の》びて、方法《ほうほう》を考《かんが》えよう」

二人《ふたり》は共《とも》に走《はし》った。しかし、そのわずかな望《のぞ》みさえもすぐに絶《た》たれてしまう。赤《あか》き竜《りゅう》は、のび太《た》たちの頭《あたま》を越《こ》え、目《め》の前《まえ》に降《お》り立《た》ち、風車《ふうしゃ》のような翼《つばさ》で大風《おおかぜ》を起《お》こす。

「うわぁあああ」

二人《ふたり》は風《かぜ》に飛《と》ばされ、離《はな》れ離《ばな》れに。のび太《た》はすぐにマイロを助《たす》けようと立《た》ち上《あ》がり、無《む》駄《だ》だとわかりつつも、『ショックガン』で抵抗《ていこう》した時《とき》だった。

カーン！　という音《おと》と共《とも》に、何《なに》かを射抜《いぬ》いた。手《て》ごたえを感《かん》じ、音《おと》のする方《ほう》に目《め》をやると、赤《あか》き竜《りゅう》から何《なに》か飛《と》び出《で》て来《く》るのが見《み》えた。

「ツノが折《お》れた？」

そのようでもあったが、はっきりしない。それよりも、次《つぎ》なる魔砲《まほう》が、まだ立《た》ち上《あ》がれていないマイロの方《ほう》へ向《む》けられたので、助《たす》けようと駆《か》け出《だ》した時《とき》だった。

「うわ～あああぁぁぁぁ」

底《そこ》のない落《お》とし穴《あな》に落《お》ちたように、のび太《た》は突然《とつぜん》どこかへ向《む》かって〝落下《らっか》〟した。ジェットコースターで高《たか》い場所《ばしょ》から一気《いっき》に落《お》ちて行《い》く、胸《むね》が浮《う》き上《あ》がるような感覚《かんかく》が続《つづ》き、あるところでドスン。尻《しり》もちをついてやっと止《と》まった。

「え？　ここは？」

周《まわ》りには、まるでクレヨンでぐちゃぐちゃと描《か》きなぐったようなカラフルな空間《くうかん》が広《ひろ》がっている。見上《みあ》げると、はるか上空《じょうくう》に、四角《しかく》い穴《あな》があり、のび太《た》はそこから落《お》ちて来《き》たようだが、ここがどこかはさっぱりわからない。そこへ……。

「てけれっつぅ～、てけれっつぅのぱぁ～」

意味《いみ》がわからない言葉《ことば》だが、でもどこか馴染《なじ》みのある声《こえ》が聞《き》こえてきた。

「てけれっつぅ～、てけれっつぅのぱぁ～」

何度《なんど》も繰《く》り返《かえ》しながら、その声《こえ》が近《ちか》づいて来《く》る。のび太《た》はおそるおそる振《ふ》り返《かえ》ってみると、クレヨンで描《か》いたような、下手《へた》くそな、でも、見覚《みおぼ》えがあり、そして妙《みょう》に親《した》しみのある、青《あお》いアイツが立《た》っていた。

「ド、ドラえもん⁉」

それも、のび太《た》が描《か》いた、あのヘタッピなドラえもん。だから、しゃべり方《かた》もどこかヘタッピ。

「のーび、のーび」

ヘタッピドラえもんだけど、またこうして話《はなし》ができて、笑顔《えがお》を振《ふ》りまいてくれるのがうれしくて……胸《むね》が飛《と》んだり跳《は》ねたりするほど最高《さいこう》で、何《なに》よりまたこうして会《あ》えたことがたまらなくて、涙《なみだ》を流《なが》して抱《だ》きついた。

「会《あ》いたかったよ～ドラえも～ん」

「うーれうーれ」

「うんうん。ぼくも、また会《あ》えてうれしいよ」

ヘタッピドラえもんのヘタッピなしゃべりを、すぐに理解《りかい》するのび太《た》。それは、のび太《た》がドラえもんを大好《だいす》きだからなのか、のび太《た》の描《えが》いた絵世界《えせかい》だからかはわからない。でも、ドラえもんへの愛情《あいじょう》があふれていることだけは確《たし》かなようだった。

でも、どうして突然《とつぜん》、のび太《た》がヘタッピドラえもんの絵《え》の中《なか》に落《お》ちて来《き》たのかは、わからない。もしかしたら、その理由《りゆう》を知《し》るのは、マイロの方《ほう》が先《さき》なのかもしれない。

魔砲《まほう》をなんとか避《よ》けたマイロは、目《め》の前《まえ》で突然姿《とつぜんすがた》を消《け》したのび太《た》を探《さが》していた。

「のび太《た》？　どこ？」

赤《あか》き竜《りゅう》の動《うご》きを気《き》にしながらも、のび太《た》が消《き》えた場所《ばしょ》を見回《みまわ》して、すぐに理由《りゆう》を悟《さと》った。そこには、落《お》としたままだったヘタッピドラの絵《え》があり、そのすぐ横《よこ》に、『はいりこみライト』が転《ころ》がっていた。そう、あの時《とき》のび太《た》が射抜《いぬ》いたのは竜《りゅう》のツノではなく、飲《の》み込《こ》まれていた、『はいりこみライト』だった。それが、地面《じめん》に落《お》ちた衝撃《しょうげき》でヘタッピドラえもんの絵《え》を照射《しょうしゃ》し、絵世界《えせかい》への扉《とびら》が開《ひら》かれた。そこへ、のび太《た》が入《はい》り込《こ》んで……いや、落《お》ちてしまったのだった。

絵《え》の中《なか》ののび太《た》は、すぐにマイロを助《たす》けに向《む》かおうとしたが、出入《でい》り口《ぐち》は高《たか》い場所《ばしょ》にあって、どうやっても届《とど》かない。するとヘタッピドラえもんがヘタッピな『四次元《よじげん》ポケット』から、ヘタッピな『タケコプター』を取《と》り出《だ》してくれた。

「コープ、コープ！」

「これがタケコプター？　ずいぶんヘタッピだなぁ」

「のーび！　たっぴ！」

「ごめんごめん、ぼくの絵《え》がヘタッピなのがいけないんだよね。エヘヘ」

謝《あやま》りつつ、のび太《た》がヘタッピタケコプターを頭《あたま》に取《と》り付《つ》けてみると、プロペラはぎこちなく回転《かいてん》し、ゆっくり上昇《じょうしょう》を始《はじ》めた。はじめこそ調子《ちょうし》よく飛《と》んだが、プスン……プスンと頼《たよ》りない音《おと》を出《だ》し、プロペラが止《と》まったり、またすぐ回転《かいてん》したり。だんだん飛《と》ぶよりも止《と》まっている時間《じかん》が長《なが》くなり、結局《けっきょく》、元《もと》いた場所《ばしょ》に戻《もど》ってしまった。

その時《とき》だった。うなるような地響《じひび》きが聞《き》こえて来《き》て、クレヨンの絵世界《えせかい》からは想像《そうぞう》もつかない、激《はげ》しい地割《じわ》れが発生《はっせい》。その裂《さ》け目《め》がのび太《た》たちに向《む》かって走《はし》って来《き》た。

「のーび、こっち！」

ヘタッピドラえもんがすかさずのび太《た》の手《て》を握《にぎ》り、大《おお》きなカブを引《ひ》っこ抜《ぬ》くようにのけぞった。すると、のび太《た》のいた場所《ばしょ》に大《おお》きな亀裂《きれつ》が走《はし》り抜《ぬ》けていき、なんとかスレスレで落《お》ちずにすんだ。どうして、突然《とつぜん》こんな天変地異《てんぺんちい》が起《お》きてしまったのか。その理由《りゆう》は、湖《みずうみ》の底《そこ》でぶつかりあっているマイロと赤《あか》き竜《りゅう》の戦《たたか》いにあった。

「うわあああああ」

赤《あか》き竜《りゅう》の尻尾《しっぽ》が鞭《むち》のようにうなり、マイロが吹《ふ》っ飛《と》ばされた。ヘタッピドラえもんの絵《え》も一緒《いっしょ》にはじけ飛《と》び、その隅《すみ》っこに亀裂《きれつ》ができてしまう。これはまさに、ヘタッピドラえもんの世界《せかい》にできたものと同《おな》じ裂《さ》け目《め》だった。

「しまった!!」

絵《え》を抱《かか》えながら赤《あか》き竜《りゅう》の攻撃《こうげき》を避《よ》け切《き》ることは難《むずか》しく、マイロは何度《なんど》も、鋼《はがね》のような尻尾《しっぽ》の鞭《むち》を食《く》らう。とうとう抱《かか》えた絵《え》の隅《すみ》が裂《さ》け、破片《はへん》となって吹《ふ》っ飛《と》んでしまった。

「あああ〜っ！」

「あああ〜っ！」

マイロと同《おな》じような悲鳴《ひめい》が、ヘタッピドラえもんの世界《せかい》にも聞《き》こえてきた。さっきできた大《おお》きな地割《じわ》れがさらに大《おお》きく広《ひろ》がり、対岸《たいがん》がゴゴゴと音《おと》を立《た》てて離《はな》れて行《い》く。このままでは、のび太《た》たちのいる場所《ばしょ》もなくなってしまうかもしれない。

「ド、ドドドドラえもん、早《はや》く出《だ》してよ！」

「ん〜、アーデモ……コーデモ……」

あせるとすぐに思《おも》った道具《どうぐ》が出《だ》せなくなるのは、ヘタッピなドラえもんも一緒《いっしょ》で、ヤカンやゲタをまき散《ち》らしてばかり。

「ミーミー、モーモー」

やっとこ出《だ》してくれたのは、小瓶《こびん》のような、なすびのような、ひょろりとしたもの。のび太《た》の願《ねが》いにこたえたものだが、ヘタッピすぎて、なんだかよくわからない。

「これが本当《ほんとう》にそうなの？」

半信半疑《はんしんはんぎ》だったが、これにかけるしかない。マイロのことも放《ほう》っておけない。

「ドラえもん、ありがとう」

なすびのような小瓶《こびん》を受《う》け取《と》って握手《あくしゅ》を交《か》わし、ヘタッピ『タケコプター』でてっぺんにある出口《でぐち》へと向《む》かった。プロペラをプスンプスンさせながら登《のぼ》っていく姿《すがた》を、ヘタッピドラえもんは、へにょへにょの腕《うで》を振《ふ》って、ずーっと見守《みまも》り続《つづ》けてくれているのだった。

「のーびー、ガンバー」


バウッ！　マイロに向《む》かって魔砲《まほう》が飛《と》んで来《き》た。だが、大《おお》きな絵《え》を抱《かか》えているのと、体《たい》力《りょく》の限界《げんかい》とで、もう思《おも》うように動《うご》くことができない。

「ダ、ダメだ……」

その時《とき》！　手《て》にしていた絵《え》からのび太《た》がにゅうと、顔《かお》を出《だ》した。

「わわわわわ」

絵《え》から抜《ぬ》け出《で》られたものの、頭《あたま》のヘタッピ『タケコプター』の動作《どうさ》が不安定《ふあんてい》で、足《あし》に絵《え》を引《ひ》っかけたまま、さらに上昇《じょうしょう》していく。絵《え》につかまっていたマイロも一緒《いっしょ》に舞《ま》い上《あ》がってしまう。ドーン！　それまでいた場所《ばしょ》に魔砲《まほう》が着弾《ちゃくだん》。間一髪《かんいっぱつ》で助《たす》かったと思《おも》った瞬間《しゅんかん》……、ヘタッピ『タケコプター』の回転《かいてん》が止《と》まり、二人《ふたり》はまた地面《じめん》に落下《らっか》した。

のび太《た》は身体《からだ》の痛《いた》みを気《き》にする暇《ひま》もなく、マイロにお願《ねが》いをした。

「マイロ、パチンコを描《か》いてほしいんだ！　今《いま》すぐ！」

「わかった！」と、『ほんものクレヨン』を取《と》り出《だ》し、すぐにパチンコを描《か》いてポンッと取《と》り出《だ》してくれた。さすが、のび太《た》の絵《え》と違《ちが》って、りっぱなパチンコに仕上《しあ》がっている。

「でも、これをどうするの？　あいつには、いくら石《いし》をぶつけたって……」

「ヘタッピなやつだけど、これにかけるしかないんだ」

のび太《た》は、ドラえもんから受《う》け取《と》った、なすびのような小瓶《こびん》を取《と》り出《だ》し、パチンコにつがえ、引《ひ》き絞《しぼ》った。のび太《た》なら、狙《ねら》った場所《ばしょ》に当《あ》てることはできる。あとは、ヘタッピなやつがうまく働《はたら》いてくれれば……。そうじゃないと世界《せかい》は本当《ほんとう》に滅《ほろ》んでしまう。

のび太《た》は、すべての思《おも》いをのせて渾身《こんしん》の一撃《いちげき》を放《はな》った。

「食《く》らえ～っ！　ヘタッピだけど……水《みず》もどしふりかけ～！！！！」

ビュン！　ヘタッピ『水《みず》もどしふりかけ』は、赤《あか》き竜《りゅう》の横《よこ》をすり抜《ぬ》け、その先《さき》へ。

「行《い》け〜！！！」

のび太《た》の声《こえ》が湖《みずうみ》の裂《さ》け目《め》の中《なか》にこだまする。ギューン！

湖《みずうみ》を飛《と》び出《だ》し、その先《さき》にある、砦《とりで》の壁《かべ》に当《あ》たって砕《くだ》けた。

パリーン。

固唾《かたず》をのんで見守《みまも》っているのび太《た》とマイロ。

「頼《たの》む！　頼《たの》むから効《き》いてくれ‼」

ヘタッピな道具《どうぐ》はタケコプターがそうだったように、思《おも》うような効果《こうか》が出《で》たり出《で》なかったりする。ふりかけも、どこまで効果《こうか》があるのかわからず、不安《ふあん》な時間《じかん》が続《つづ》いた。

ふりかけの当《あ》たった場所《ばしょ》にはキラキラと粉《こな》が舞《ま》っているが、このままキラキラしただけで終《お》わってしまうのか？　それ以前《いぜん》に、あの砦《とりで》が石《いし》にされていたら？　そんな最悪《さいあく》の予想《よそう》が頭《あたま》をよぎり始《はじ》めた時《とき》だった。

粉《こな》の触《ふ》れた場所《ばしょ》が、ぷるぷるとゼリーのように波打《なみう》ち始《はじ》めた。その範囲《はんい》はどんどん広《ひろ》がっていき、砦全体《とりでぜんたい》が、透《す》き通《とお》ったと思《おも》ったら、上部《じょうぶ》から白波《しらなみ》が立《た》ち、崩《くず》れ始《はじ》めた。

ドドドドドウ。波《なみ》は地面《じめん》に当《あ》たると大《おお》きく跳《は》ね上《あ》がり、全体《ぜんたい》が大波《おおなみ》となってザッパーン!! 湖《みずうみ》の裂《さ》け目《め》の中《なか》へ一気《いっき》に流《なが》れ込《こ》み、赤《あか》き竜《りゅう》は、大波《おおなみ》をもろに食《く》らった。

ウオオォォ……。

奇妙《きみょう》な雄叫《おたけ》びが聞《き》こえたが、逃《に》げる間《ま》もなく飲《の》み込《こ》まれ、ザバーッ!! あっという間《ま》に濁流《だくりゅう》の音《おと》にかき消《け》されてしまった。

もがき苦《くる》しみ、水面《すいめん》から赤《あか》き竜《りゅう》の首《くび》と大《おお》きな翼《つばさ》が一旦《いったん》浮上《ふじょう》したが、その時《とき》にはすでに溶《と》け始《はじ》めていた。食《た》べ損《そこ》ねたソフトクリームのようにドロドロになり、そのまま周《まわ》りの水《みず》を赤《あか》く染《そ》めながら崩《くず》れていく。そして、元《もと》の絵《え》の具《ぐ》となって……消《き》えた。

のび太《た》とマイロも、大波《おおなみ》に巻《ま》き込《こ》まれたものの、ヘタッピドラえもんの大《おお》きな絵《え》をボートの代《か》わりにして、その上《うえ》に避難《ひなん》していた。

「や……やった……」

「のび太《た》! すごいよのび太《た》!!! これで世界《せかい》は救《すく》われたんだよ!」

竜《りゅう》が消《き》えたのと同時《どうじ》に、国中《くにじゅう》のあらゆる場所《ばしょ》が元《もと》の色《いろ》を取《と》り戻《もど》し始《はじ》めた。湖《みずうみ》が、石橋《いしばし》が、お城《しろ》が、町《まち》が……。そして、魔砲《まほう》でやられたスネ夫《お》、ジャイアン、しずか、クレア、パルやソドロ、そして国民《こくみん》たちが元《もと》に戻《もど》った。それとは逆《ぎゃく》に、国中《くにじゅう》にあふれていた悪魔《あくま》たちは、煙《けむり》となって消《き》え、絵《え》の中《なか》へと戻《もど》っていった。

シーンと静《しず》まり返《かえ》っていたアートリア公国《こうこく》のあちこちから喜《よろこ》びの声《こえ》が聞《き》こえて来《く》る。

ドラえもんも元《もと》に戻《もど》り、何《なに》が起《お》きたのか理解《りかい》が追《お》いつかず、キョロキョロしていると、のび太《た》が飛《と》びついてきた。

「ドラえもん!! よかったぁ～!」

「のび太《た》くん、一体《いったい》どういうことなの?」

「やったんだよ! イゼールを、あの赤《あか》き竜《りゅう》をやっつけたんだ!!」

アートリア湖《こ》が、独特《どくとく》のアートリアブルーの輝《かがや》きを取《と》り戻《もど》していて、そこに夕陽《ゆうひ》がさし込《こ》んだ。ブルーにオレンジ色《いろ》が重《かさ》なり、息《いき》をのむ美《うつく》しさとなる。

ドラえもんはこの景色《けしき》を見《み》て、改《あらた》めて平和《へいわ》が訪《おとず》れたことを実感《じっかん》するのだった。

*

元《もと》の姿《すがた》に戻《もど》った一同《いちどう》は、アートリア湖《こ》の湖畔《こはん》に集《あつ》まっていた。

「この絵《え》は、国《くに》を救《すく》った絵《え》として、城《しろ》のギャラリーに加《くわ》えることにするぞよ」

元《もと》の大《おお》きさに戻《もど》したヘタッピドラえもんの絵《え》を、クレアが抱《だ》きしめながら言《い》った。のび太《た》は、照《て》れくさそうに笑《わら》っている。ジャイアンとスネ夫《お》は、のび太《た》のヘタッピな絵《え》が世界《せかい》を救《すく》う決《き》め手《て》になったことに納得《なっとく》がいかない様子《ようす》だ。

そこへ、聞《き》きなれた声《こえ》がした。

「おーい！　おーい！　みんな～!!」

声《こえ》の方《ほう》に目《め》をやると、こっちに向《む》かって来《く》るコウモリのような影《かげ》。夕陽《ゆうひ》を背負《せお》っているため逆光《ぎゃっこう》でうまく見《み》えないが、青《あお》く輝《かがや》いているのだけはわかった。

「まさか、大《おお》いなる恵《めぐ》みをもたらすっていう……!?」

「青《あお》いコウモリだ！」

浮《う》き足立《あしだ》って喜《よろこ》ぶスネ夫《お》とジャイアン。伝説《でんせつ》にある『青《あお》きコウモリ羽《は》ばたけば、大《おお》いなる恵《めぐ》みもたらされん』の一文《いちぶん》を思《おも》い起《お》こさせられたからだ。しかし、その姿《すがた》が近《ちか》づいてくると、青《あお》いコウモリなんかではなくチャイ……だった。

「チャイ！　無事《ぶじ》であったか。よかった」

クレアが両手《りょうて》を広《ひろ》げて迎《むか》え入《い》れる。無事《ぶじ》なのはうれしかったが、ジャイアンとスネ夫《お》は、肩透《かたす》かしを食《く》らったようで、ちょっと残念《ざんねん》そう。

「こ、これは……。これはどうしたんじゃ？」

驚《おどろ》きの声《こえ》を上《あ》げたのはクレア。それと同時《どうじ》に、チャイを囲《かこ》んでいたみんなの顔《かお》に青《あお》い光《ひかり》がチラチラし始《はじ》める。チャイが青《あお》く輝《かがや》く石《いし》を抱《かか》えていたからだった。それには、ジャイアンとスネ夫《お》だけじゃなく、マイロまでが前《まえ》のめりになって食《く》いついた。

「ねぇ、この石《いし》、どこで見《み》つけたの？」

「教《おし》えたら、チョコレイトウくれる？」

スネ夫《お》が興奮《こうふん》気味《ぎみ》に間《あいだ》に入《はい》って来《き》た。

「やるやる！　いくらでもやるから教《おし》えて！」

チョコレートがもらえるとわかってご満悦《まんえつ》のチャイは、青《あお》く輝《かがや》く石《いし》を見《み》つけた場所《ばしょ》へとみんなを案内《あんない》した。

「こっちこっち。来《き》て来《き》て。キキキ」

チャイが先頭《せんとう》になって湖底《こてい》へ降《お》りていく。目指《めざ》す場所《ばしょ》はアートリア湖《こ》の底《そこ》だったため、もう一度《いちど》『モーゼステッキ』で裂《さ》け目《め》を作《つく》ったのだ。そして、向《む》こう岸《ぎし》に届《とど》きそうなほど歩《ある》くと、地面《じめん》が青《あお》い輝《かがや》きを見《み》せるようになり、さらにその先《さき》で、屋根《やね》の高《たか》さほどもある、巨大《きょだい》な結晶《けっしょう》の塔《とう》が姿《すがた》をあらわした。

「さっきは水《みず》の裂《さ》け目《め》からちょっとしか出《で》てなかったんだよ。こんなにでっかかったか」

よく見《み》ると、この結晶《けっしょう》が、両翼《りょうよく》を広《ひろ》げたコウモリを思《おも》わせる形《かたち》なのに気《き》が付《つ》き、クレアはハッとした。

「大《おお》いなる恵《めぐ》みをもたらす、青《あお》きコウモリとは、これのことじゃったか」

マイロが間近《まぢか》で結晶《けっしょう》のかけらを手《て》に取《と》り、少《すこ》し爪《つめ》で削《けず》り取《と》ってみた。

「間違《まちが》いない、これはアートリアブルーだよ」

代々《だいだい》、宮廷画家《きゅうていがか》だけの秘密《ひみつ》とされたアートリアブルーの鉱石《こうせき》は、湖底《こてい》にあった。

「まさか、水《みず》の中《なか》だったなんて……。父《とう》さん……」

もともとここにあったものなのか、湖底《こてい》に隠《かく》されたものなのかは不明《ふめい》だが、探《さが》し求《もと》めていた青《あお》い石《いし》に、とうとうたどり着《つ》くことができた。

傾《かたむ》いた夕陽《ゆうひ》が湖《みずうみ》の底《そこ》に届《とど》き始《はじ》め、青《あお》きコウモリが照《て》らされると、周《まわ》りのみんながアートリアブルーの光《ひかり》に包《つつ》まれた。

「うわぁ～」

「きれいね～」

口々《くちぐち》に感嘆《かんたん》の声《こえ》が漏《も》れる。

ジャイアンとスネ夫《お》だけは「やった～！　これで億万長者《おくまんちょうじゃ》だ～！！！」と大騒《おおさわ》ぎ。

「ダメだよ、これからマイロはこれで絵《え》を描《か》くんだから」

「そうよ、アートリアブルーは、アートリアの人《ひと》たちのものよ」

のび太《た》としずかに注意《ちゅうい》され、ドラえもんには「タイムパトロールにつかまるぞ」とまで言《い》われて、二人《ふたり》はしょぼくれてしまった。

アートリアブルーの粉《こな》を親指《おやゆび》と人差《ひとさ》し指《ゆび》でこすり合《あ》わせると鮮《あざ》やかな青色《あおいろ》が広《ひろ》がった。

そこへ光《ひかり》が当《あ》たると、角度《かくど》によっていろんな色《いろ》にキラキラ輝《かがや》く。

「なんてきれいなブルーなんだ。これで、ずっと描《か》きたかったあの美《うつく》しい青《あお》が表現《ひょうげん》できる」

マイロはそう言《い》って、クレアの瞳《ひとみ》をのぞき込《こ》む。

「……え？」

クレアは、なんて返《かえ》していいかわからず、うるんだ瞳《ひとみ》でマイロを見《み》つめるばかり。

「本当《ほんとう》の色《いろ》……アートリアブルーで、描《か》きたかったんだ。うるうるしているその瞳《ひとみ》をね」

あわてて握《にぎ》りこぶしで涙《なみだ》をぐりんと拭《ぬぐ》うクレア。でも、みるみる頬《ほお》が赤《あか》くなっていき、自分《じぶん》でもそれがわかって、なんとかごまかそうと精一杯《せいいっぱい》強《つよ》がった。

「いくら、え……絵《え》の具《ぐ》がよくても、い、いい絵《え》が描《か》けるわけではないぞよ」

「そ、それはそうだけど……描《か》かせてくれる？」

「え……。い、いつも勝手《かって》に描《か》く癖《くせ》に……」

お互《たが》いが照《て》れている様子《ようす》を、ニコニコしながら見《み》ているのび太《た》たち。

「チャイ、お手柄《てがら》だったね」

もしかしたら青《あお》いコウモリとは、本当《ほんとう》にチャイのことだったのかもしれないと思《おも》うドラえもんだった。

ジジジジ……バチバチッ。

電気《でんき》がショートしたような音《おと》がして、目《め》をやると、水《みず》たまりの中《なか》で『はいりこみライト』が点灯《てんとう》したまま転《ころ》がっていた。

「こんなところにあったのか。しかもつけっぱなしで……」

拾《ひろ》い上《あ》げたとたんに火花《ひばな》が散《ち》り、バチン！　ライトが消《き》えた。スイッチをカチカチしてみるが、光《ひかり》は消《き》えたまま。

「あーあ、これ高《たか》かったのになぁ」

ドラえもんがぼやいていると、チャイの身体《からだ》が、光《ひかり》の粒《つぶ》に包《つつ》まれ始《はじ》めた。

「キ、キキキキキ!?」

羽《は》ばたいてもいないのに、すうっと音《おと》もなく、まるで糸《いと》で引《ひ》っ張《ぱ》られているかのように空《そら》へと浮《う》かび上《あ》がり、徐々《じょじょ》に、身体《からだ》が透明《とうめい》になっていく。

「このままだと、消《き》えちゃいそうよ」

「一体《いったい》どうしたの？　チャイ」

しずかとのび太《た》が心配《しんぱい》そうに声《こえ》をかける。チャイは、自分《じぶん》に何《なに》が起《お》きたのかがわかったようで、やれやれそうかと深《ふか》くため息《いき》をついて言《い》った。

「今度《こんど》会《あ》う時《とき》までに、チョコレイトウ、用意《ようい》しといてくれよ。キキキ」

するとそのまま、薄《うす》くなり……消《き》えた。

みんなは何《なに》が起《お》きたのかわからず、チャイがいたはずの空《そら》を見《み》つめるばかり。

でもクレアだけは何《なに》が起《お》きたのかがわかっているようだった。

「絵《え》の中《なか》に戻《もど》ったか……」

「もしかして……！」ドラえもんが『はいりこみライト』をもう一度《いちど》カチカチさせて言《い》った。

「このライトが壊《こわ》れたからだ」

次《つぎ》なる異変《いへん》に、真《ま》っ先《さき》に気《き》が付《つ》いたのはマイロだった。

「クレア……、まさか?!」

なんとクレアの周《まわ》りにも、チャイと同《おな》じ光《ひかり》の粒《つぶ》が舞《ま》い始《はじ》め、半透明《はんとうめい》になりながらゆっくりと浮《う》かび上《あ》がりはじめた。

「黙《だま》っていて悪《わる》かった。わらわもまた、本当《ほんとう》は絵《え》の中《なか》の者《もの》なのじゃ……」

クレアのつま先《さき》が地面《じめん》から離《はな》れる。

「クレア！」

みんながクレアを取《と》り囲《かこ》み、マイロはそれよりもさらに一歩《いっぽ》近《ちか》づいて、その手《て》をつかもうと手《て》を伸《の》ばしたが、すぅ……と、空《くう》を切《き》った。

「父上《ちちうえ》と母上《ははうえ》の悲《かな》しみを癒《いや》すため、マイロの父《ちち》がわらわの絵《え》を描《か》いてくれた。そのおかげじゃ。それでこうしてみなと一緒《いっしょ》に過《す》ごすことができたのじゃ……」

これまで一緒《いっしょ》に戦《たたか》ってきたクレアは、あの板《いた》に描《か》かれた『六歳《ろくさい》のクレア姫《ひめ》』だった。

マイロは何度《なんど》も必死《ひっし》に手《て》を伸《の》ばすが、やはり触《ふ》れることは出来《でき》ない。

「マイロ……ずっとこうしていたかった……ぞよ」

アートリアブルーに輝《かがや》く瞳《ひとみ》から涙《なみだ》がこぼれ落《お》ちる。

マイロは涙《なみだ》をつかもうとしたが、その涙《なみだ》もまた、すり抜《ぬ》けていき……消《き》えた。

「会《あ》えてうれしかった……」

そう言《い》い残《のこ》し、クレアは空《そら》の中《なか》にゆっくりと消《き》えて行《い》った。

のび太《た》たちは、マイロと一緒《いっしょ》に、クレアの消《き》えた空《そら》をいつまでも眺《なが》めていた。夕陽《ゆうひ》で伸《の》びた影《かげ》が、徐々《じょじょ》に闇《やみ》の中《なか》に溶《と》け込《こ》んでも、ずっと……。

11 さよならアートリア

次《つぎ》の日《ひ》。

夜明《よあ》けを待《ま》ってから、ドラえもんは『復元光線《ふくげんこうせん》』で、崩《くず》れたお城《しろ》を元《もと》の姿《すがた》に戻《もど》した。

城下町《じょうかまち》にも市《いち》が立《た》ち、早《はや》くもいつもの暮《く》らしを取《と》り戻《もど》している。


のび太《た》たち一同《いちどう》は、アートリア城《じょう》の王《おう》と王妃《おうひ》の前《まえ》にいた。

「本当《ほんとう》になんとお礼《れい》を言《い》ってよいか……しかし、あのクレアが幻《まぼろし》であったとは……うっ」

王《おう》は言葉《ことば》を詰《つ》まらせてうつむき、王妃《おうひ》は涙《なみだ》を拭《ぬぐ》っている。

のび太《た》たちも、かける言葉《ことば》を失《うしな》い、足元《あしもと》を見《み》つめていると、キュイ～ン!!

見《み》たことのあるマシンが目《め》の前《まえ》に出現《しゅつげん》した。それはタイムボートに乗《の》ったパルだった。

タイムパトロールの制服《せいふく》に身《み》を包《つつ》み、見違《みちが》えるようなりりしい表情《ひょうじょう》を浮《う》かべている。後《うし》ろにはもう一人《ひとり》、深《ふか》くフードをかぶって顔《かお》は見《み》えないが、誰《だれ》かが乗《の》っていた。

「みなさんに、ちょっとお届《とど》け物《もの》をね」

そう言《い》って、フードの人物《じんぶつ》をエスコートするかのように手《て》を添《そ》え、ゆっくりと降《お》ろした。

その人《ひと》にみんなの視線《しせん》が集《あつ》まる。

「ばあ！」

フードをめくって顔《かお》を見《み》せたのは、マイロと同《おな》い年《どし》くらいの女《おんな》の子《こ》。

「あぁ……なんということだ……」

その顔《かお》を見《み》たとたん、王《おう》は立《た》ち上《あ》がってわなわな。王妃《おうひ》もまた、言葉《ことば》にならない言葉《ことば》を発《はっ》して立《た》ち上《あ》がったが、よろりとなって、王《おう》の胸《むね》の中《なか》へ倒《たお》れ込《こ》んでしまった。

マイロやのび太《た》たちも、その子《こ》がすぐに誰《だれ》かわかった。

「クレア……だね」

マイロが、優《やさ》しく声《こえ》をかける。

そう、女《おんな》の子《こ》は、背《せ》が少《すこ》し伸《の》びていたが、クレアだった。

「マイロ……」

二人《ふたり》は手《て》を取《と》り合《あ》い、そして見《み》つめ合《あ》った。目《め》の高《たか》さはちょうど同《おな》じくらい。

「わらわの心配《しんぱい》もせず、絵《え》ばっか描《か》いていたんじゃろ」

「そうかもね、ごめんごめん」

クレアは、にじんだ涙《なみだ》をぐりんと拭《ぬぐ》い、マイロも涙《なみだ》をこらえるのがやっと。

「捕《つか》まえたソドロを未来《みらい》に護送《ごそう》した時《とき》、時空《じくう》トンネルに漂《ただよ》っていたのを偶然見《ぐうぜんみ》つけたんだ」

パルの説明《せつめい》によると、クレアは四年前《よねんまえ》、この時代《じだい》でいうところの神隠《かみかく》しにあっていたのだという。時空《じくう》の隙間《すきま》に落《お》ちたタイムトリッパーは救助対象《きゅうじょたいしょう》のため、歴史《れきし》に影響《えいきょう》がないかをチェックした上《うえ》で救助《きゅうじょ》したのだという。

「そうしたら、クレア姫《ひめ》だったからびっくりしたよ。それですぐにここへお連《つ》れしたってわけ」

クレアはこうして、四年《よねん》の時《とき》を経《へ》て、アートリアに帰《かえ》って来《き》た。年齢《ねんれい》もマイロと同《おな》じ十歳《じっさい》だが、行方不明《ゆくえふめい》だった四年《よねん》の間《あいだ》の記憶《きおく》は、パズルのピースが抜《ぬ》け落《お》ちたようにぽっかりと空《あ》いている。当然《とうぜん》、のび太《た》やドラえもんたちのことを知《し》るはずもない。

マイロはそれを察《さっ》して、のび太《た》たちを改《あらた》めて紹介《しょうかい》した。

「この人《ひと》たちは、キミを救《すく》ってくれた勇者《ゆうしゃ》たちだよ。わからないとは思《おも》うけど……でも、ぼくとクレアと、そしてこの国《くに》を守《まも》ってくれた大事《だいじ》な友達《ともだち》なんだ」

「知《し》っておるぞよ」

目《め》を閉《と》じながら、深《ふか》くうなずくクレア。

「え～っ？」みんなが口《くち》を揃《そろ》えた。

「わらわは、不思議《ふしぎ》な場所《ばしょ》を漂《ただよ》っている間《あいだ》、ずっと眠《ねむ》っておった、そこで夢《ゆめ》を見《み》ていたのじゃ。……六歳《ろくさい》のわらわがみんなと一緒《いっしょ》に過《す》ごした夢《ゆめ》を……」

「すげー、オレのことを知《し》ってるのか？」

「ジャイアンを知《し》ってるなら、ぼくのこともわかるよね」

「わたしと、空飛《そらと》ぶホウキに乗《の》ったことも？」

「そんなに急《きゅう》にいろいろ言《い》ったら、混乱《こんらん》しちゃうだろ？」

ドラえもんが間《あいだ》に入《はい》ってみんなをなだめる。

絵《え》の中《なか》のクレアと、目《め》の前《まえ》にいるクレアは別人《べつじん》だが、どちらも時空《じくう》トンネルでつながっていた時期《じき》があったとするならば、もしかしたらそんなことがあるのかもしれない。

マイロが姫《ひめ》の青《あお》い瞳《ひとみ》を見《み》ながら言《い》った。

「一人前《いちにんまえ》の絵師《えし》になったら、キミの絵《え》を描《か》かせてくれる？　その瞳《ひとみ》を染《そ》める青《あお》……。アートリアブルーを見《み》つけたんだ」

「わらわは絵《え》は嫌《きら》いじゃ」

いつものおてんば姫《ひめ》の顔《かお》になり、プイと横《よこ》を向《む》いてしまった。しかし、ちょっと照《し》れくさそうな顔《かお》をしてから、マイロを見《み》つめ直《なお》し、こう付《つ》け加《くわ》えたのだった。

「……でも、ちょっとだけ好《す》きになれるかもしれん」

そう言《い》って、はにかんだクレアの瞳《ひとみ》は、美《うつく》しいアートリアブルーの輝《かがや》きを放《はな》っていた。

*

再会《さいかい》を見届《みとど》けたあと、のび太《た》たちの姿《すがた》は、城門《じょうもん》の前《まえ》にあった。

クレアとマイロ、王《おう》と王妃《おうひ》が見送《みおく》りに来《き》てくれている。

「そうだ、のび太《た》くん、これこれ」

ドラえもんが、丸《まる》い切《き》り口《くち》のある二枚《にまい》の絵《え》をさし出《だ》す。

「そうだったね」

のび太《た》は冒険《ぼうけん》のきっかけとなったあの絵《え》を一枚《いちまい》に組《く》み合《あ》わせ、マイロに渡《わた》した。

「これを思《おも》い出《で》にと思《おも》って……」

「確《たし》かに、父《とう》さんの絵《え》だ……。ありがとう」

こうしてマイロは、冒険《ぼうけん》を共《とも》にした六歳《ろくさい》のクレアと再会《さいかい》したと同時《どうじ》に、父《ちち》の絵《え》とも再《ふたた》び会《あ》うことができた。これ以上《いじょう》の宝物《たからもの》はないと、心《こころ》から喜《よろこ》ぶマイロとクレアの顔《かお》を見《み》て、のび太《た》たちはアートリア公国《こうこく》を後《あと》にする。

湖《みずうみ》は、アートリアブルーの湖面《こめん》に夕陽《ゆうひ》を映《うつ》し込《こ》み、神秘的《しんぴてき》な輝《かがや》きを放《はな》っていた。

エピローグ

野比家《のびけ》の居間《いま》では、ママがお茶《ちゃ》を飲《の》みながら雑誌《ざっし》を開《ひら》き、パパはぼんやりとテレビを見《み》ている、そんないつもの休日《きゅうじつ》。のび太《た》はテーブルの端《はし》っこに座《すわ》り、パパの絵《え》を描《か》いていた。

その横《よこ》にいたドラえもんは、あきれた様子《ようす》でぶつくさ言《い》っている。

「夏休《なつやす》みの終《お》わり、ギリギリに……。時間《じかん》はあんなにあったじゃないか」

「いーのいーの。絵《え》というのは、気持《きも》ちが大事《だいじ》なんだから。あっ、パパ、今動《いまうご》かないでね。そのままそのまま」

知《し》ったふうな口《くち》をききながら、鉛筆《えんぴつ》を走《はし》らせるのび太《た》。

テレビでは、話題《わだい》となっていた謎《なぞ》の絵《え》の続報《ぞくほう》が報《ほう》じられている。

「ヨーロッパ南東部《なんとうぶ》で発見《はっけん》された謎《なぞ》の絵《え》ですが、この度《たび》、新《あら》たな発見《はっけん》がありました。それがこちら……」

なんと、画面《がめん》に映《うつ》し出《だ》されたのは、のび太《た》の頭《あたま》に落《お》ちて来《き》た……そして、マイロに渡《わた》した、あの絵《え》だった。

「あ〜!!」のび太《た》とドラえもんは、思《おも》わず声《こえ》を上《あ》げ、画面《がめん》に食《く》らいついた。

あの絵《え》には、六歳《ろくさい》のクレアが描《か》かれていたのだが、さらに驚《おどろ》いたことに、数人《すうにん》の人物《じんぶつ》が描《か》き足《た》されていた。後《うし》ろ姿《すがた》ではっきりはしないが、どう見《み》ても、ドラえもんとのび太《た》、しずか、スネ夫《お》、ジャイアン、そしてマイロだ。もちろん、チャイらしきコウモリも羽《は》ばたいている。

「幻《まぼろし》のブルーが使《つか》われていることと、かまぼこ形《がた》に切《き》れた跡《あと》。これにどのような意味《いみ》があるのかは、さらなる謎《なぞ》として、これからの研究《けんきゅう》の対象《たいしょう》となるでしょう」

現代《げんだい》の専門家《せんもんか》が謎《なぞ》だと頭《あたま》を悩《なや》ませているが、その答《こた》えを知《し》っている二人《ふたり》は、ニヤニヤしながらささやき合《あ》った。

「絵《え》の中《なか》のクレアとチャイが寂《さび》しがらないようにというつもりで、マイロが描《か》いたんだよ」

「ぼくもそう思《おも》ってた」

専門家《せんもんか》からは、さらに衝撃的《しょうげきてき》な言葉《ことば》が発《はっ》せられた。

「これは美術史上《びじゅつしじょう》でもかなり重要《じゅうよう》な作品《さくひん》で、数億《すうおく》、いや数十億《すうじゅうおく》はくだらないでしょう」

「す、数十億《すうじゅうおく》？」

「半分《はんぶん》でいいから、もらっておくんだった」

あちゃ～と、頭《あたま》を抱《かか》える二人《ふたり》。

パパとママは、ニュースの驚《おどろ》きよりも、のび太《た》とドラえもんの反応《はんのう》に驚《おどろ》いている。

「さらに、もう一枚《いちまい》の絵《え》が見《み》つかっているのですが……」

続《つづ》いて画面《がめん》に映《うつ》った絵《え》を見《み》て、さっきにも増《ま》して大声《おおごえ》を上《あ》げてしまうのび太《た》。

「ああああぁぁぁ～！！！」

かなりの年月《ねんげつ》が経過《けいか》して色《いろ》が消《き》えかけ、傷《いた》みが激《はげ》しかったが、それは確《たし》かにのび太《た》の描《か》いたアレ。ヘタッピなドラえもんの絵《え》だった。

「もしかして、この絵《え》も？」

「大金持《おおがねも》ちになれるかもよ！　のび太《た》くん」

二人《ふたり》は顔《かお》を見合《みあ》わせ、グヒヒといやらしい笑《わら》い方《かた》をしている。

「こちらはですね、ずいぶんと傷《いた》んでおりますし、そもそもが中世《ちゅうせい》の落書《らくが》きでしょうね。ま、傷《いた》んでなかったとしても、価値《かち》はありません。まっっったくないです」

「え……」

それを聞《き》いて、のび太《た》は天《てん》を仰《あお》ぎ、そのままひっくり返《かえ》ってしまった。

「世界《せかい》を救《すく》った絵《え》なのになぁ……」

「いくら古《ふる》くたって、下手《へた》なものは下手《へた》ってことか」

ドラえもんも落胆《らくたん》しているようだったが、パパは急《きゅう》に笑《わら》い出《だ》した。

「アハハハ、見《み》る目《め》がないなぁ」

「え？」のび太《た》が身体《からだ》を起《お》こしてパパの言葉《ことば》に耳《みみ》を傾《かたむ》ける。

「これはいい絵《え》だよ。気持《きも》ちを込《こ》めて好《す》きなものを描《か》いた感《かん》じが伝《つた》わってくるじゃないか」

のび太《た》は、こぼれそうな笑《え》みを浮《う》かべると、鉛筆《えんぴつ》を握《にぎ》り、パパの絵《え》の続《つづ》きを描《か》き始《はじ》めた。

「パパ！　さっきのポーズ、もう一回《いっかい》やって」

「あ、すまんすまん」

パパもうれしそう。

「さて、そろそろお昼《ひる》にしましょうか。何《なに》がいいかしら？」

ママがテレビを消《け》して立《た》ち上《あ》がった。

「え〜っと、だったら、流《なが》しそうめん！」

ママのあとを追《お》いかけてキッチンへ向《む》かうドラえもん。

居間《いま》は、パパとのび太《た》の二人《ふたり》きりとなる。

のび太《た》が一生懸命《いっしょうけんめい》に絵《え》を描《か》く姿《すがた》を見《み》て、パパは思《おも》わずにやけてしまいそうになるが、ポーズを変《か》えちゃいけないと、キリッ、口《くち》を結《むす》んだ。

カリカリ……カリカリ……。鉛筆《えんぴつ》が走《はし》る音《おと》だけが響《ひび》く。

心地《ここち》よい風《かぜ》が、のび太《た》の頬《ほお》をなで、そして軒下《のきした》の風鈴《ふうりん》を揺《ゆ》らした。

チリーン。

おわり

Shogakukan Junior Bunko

★小学館ジュニア文庫★

小説　映画ドラえもん　のび太の絵世界物語

2025年２月12日　初版第１刷発行
2025年５月20日　　　第２刷発行

原作／藤子・Ｆ・不二雄
著・脚本／伊藤公志
監督／寺本幸代

発行人／畑中雅美
編集人／杉浦宏依
編集／伊藤 澄

発行所／株式会社　小学館
〒101-8001　東京都千代田区一ツ橋２－３－１
電話／編集　03-3230-5105
販売　03-5281-3555

印刷・製本／株式会社DNP出版プロダクツ

デザイン／藤田康平（Barber）

Printed in Japan　　ISBN 978-4-09-231504-4